UN ARTISTE DU
MONDE FLOTTANT

PAR

KAZUO ISHIGURO

Traduit de l'anglais
par Denis AUTHIER

10│18

« *Domaine étranger* »
dirigé par Jean-Claude Zylberstein

PRESSES DE LA RENAISSANCE

Du même auteur
aux Éditions 10/18

▶ UN ARTISTE DU MONDE FLOTTANT, n° 2121
LUMIÈRE PÂLE SUR LES COLLINES, n° 2122
LES VESTIGES DU JOUR, n° 2191
L'INCONSOLÉ, n° 3077
QUAND NOUS ÉTIONS ORPHELINS, n° 3455

Titre original :
An artist of the floating world
publié par Faber and Faber, Limited, Londres

© Kazuo Ishiguro, 1986.
© Presses de la Renaissance, 1987
pour la traduction française.
ISBN 2-264-03497-1

Pour mes parents

Octobre 1948

Si, par une belle journée, vous gravissez le sentier qui part, en pente raide, du petit pont de bois que l'on continue d'appeler, par ici, « le Pont de l'Hésitation », bientôt, entre deux cimes de gingkos, vous apparaîtra le toit de ma maison. Quand elle n'occuperait pas cette position dominante sur la colline, elle se distinguerait néanmoins de toutes les autres maisons du voisinage ; aussi vous demanderez-vous peut-être, en approchant par le sentier, à qui, à quel homme riche connu, elle peut bien appartenir.

Or, je ne suis pas, je n'ai jamais été ce qu'on appelle un homme riche. Précisons donc que cette imposante demeure, ce n'est pas moi qui l'ai bâtie, mais mon prédécesseur en ces lieux, Akira Sugimura. Assurément, si vous êtes nouvellement installé dans cette ville, ce nom n'évoquera rien pour vous ; mais parlez d'Akira Sugimura à ceux qui vivaient ici avant la guerre : tout le monde vous répondra que durant quelque trente années, Sugimura fut l'un des plus respectés et des plus influents de nos concitoyens.

Cela dit, quand arrivant en haut de la côte, vous découvrirez le beau portail de cèdre, l'étendue de terrain qu'entourent les murs du jardin, le toit avec ses tuiles élégantes et son faîte joliment sculpté s'élevant en pointe au-dessus du paysage, il se peut que vous vous posiez une dernière question : comment j'ai pu acquérir une telle propriété, si je prétends ne disposer que de ressources modestes. La vérité est que je l'ai achetée à un prix qui, probablement, ne représentait même pas la moitié de sa valeur à l'époque ; cela, grâce à une procédure très curieuse – d'aucuns diraient même absurde – stipulée lors de la vente par la famille Sugimura.

C'est un épisode qui remonte déjà à une quinzaine d'années. En ce temps-là, où ma situation financière s'améliorait semblait-il de mois en mois, ma femme s'était mise à me presser de trouver une nouvelle maison. Avec sa prévoyance coutumière, elle insistait sur l'importance d'avoir une habitation en accord avec notre rang – non par vanité, certes, mais pour pouvoir un jour bien marier nos enfants. Sage pensée, j'en convenais ; mais comme Setsuko, notre aînée, n'avait que quatorze ou quinze ans, je ne mettais aucune hâte dans cette affaire. Toutefois, pendant un an environ, j'ai pris régulièrement des renseignements quand j'entendais parler d'une maison qui pût nous convenir. C'est un de mes élèves qui me fit remarquer que la maison d'Akira Sugimura, un an après sa mort, allait être mise en vente. Cette suggestion me sembla insensée, je l'attribuai au respect exagéré que mes élèves avaient toujours pour moi. Je me renseignai néanmoins, et ma démarche eut une suite inattendue.

Un après-midi, je reçus la visite de deux dames hautaines, aux cheveux gris. Apprenant qu'elles étaient les filles d'Akira Sugimura, je me dis surpris de recevoir une telle marque d'attention, de la part d'une si noble famille. À quoi la plus âgée des deux sœurs répondit d'une voix dure qu'elles n'étaient pas venues simplement par politesse. Au cours des mois précédents, de nombreuses demandes leur étaient parvenues, concernant la maison de feu leur père ; mais la famille avait finalement décidé de les rejeter toutes sauf quatre, au terme d'une sélection méticuleuse dont les seuls critères avaient été la réputation et les œuvres des personnes considérées.

« L'important, pour nous, continua-t-elle, est que le futur propriétaire de cette demeure, construite par notre père, soit un homme qu'il aurait estimé, qu'il aurait jugé digne d'elle. Assurément, les circonstances nous obligent à tenir compte de l'aspect financier, mais c'est strictement secondaire. Nous avons donc fixé un prix. »

À ce point, la jeune sœur, qui avait à peine parlé, me tendit une enveloppe, que j'ouvris sous leur regard sévère, et qui ne contenait qu'une simple feuille de papier, avec un chiffre, tracé d'une écriture élégante, au pinceau. J'allais exprimer mon profond étonnement devant la modicité du prix, mais je vis, en relevant les yeux vers mes visiteuses, que toute allusion de ma part à la question de l'argent serait considérée comme très déplaisante. L'aînée dit simplement : « Il n'est dans l'intérêt d'aucun de vous de tenter d'enchérir sur l'autre. Nous-mêmes ne sommes pas intéressées par ce que nous pourrions obtenir au-delà de ce prix. Les enchères auxquelles nous vous convions, à partir de maintenant, sont en quelque sorte des enchères de prestige. »

Si elles s'étaient déplacées elles-mêmes, m'expliqua-t-elle, c'était pour me demander, au nom de la famille Sugimura, de les autoriser à examiner de plus près ma carrière, mes antécédents et mes références ; il en serait de même, bien sûr, pour les trois autres postulants ; et le choix s'arrêterait sur le plus digne.

Le procédé était original, mais, à mes yeux, il n'avait rien d'inadmissible : ne se soumet-on pas aux mêmes conditions quand on négocie en vue d'un mariage ? Au fond, j'étais même flatté d'avoir retenu l'attention de cette famille ancienne et très fermée. Comme je donnais mon accord et leur faisais part de ma gratitude, la plus jeune, pour la première fois, m'adressa la parole : « Notre père était un homme cultivé, monsieur. Il avait un grand respect pour les artistes. Et il connaissait votre œuvre. »

Je cherchai moi-même à me renseigner, dans les jours qui suivirent, et je découvris que la jeune sœur avait dit la vérité : Akira Sugimura avait effectivement été un fervent amateur d'art, il avait à maintes reprises financé des expositions. J'appris également (s'il fallait en croire la rumeur) qu'une partie importante de la famille Sugimura s'était opposée à la vente de la demeure, ce qui avait occasionné d'âpres discussions. Des considérations financières rendant malgré tout cette vente inévitable, l'ensemble de la famille était finalement arrivé à un compromis, dont résultaient les étranges modalités de l'opération. Ce que celles-ci avaient d'impérieux, d'arrogant même, était indéniable. Pour ma part, j'étais prêt à comprendre les sentiments d'une maison aussi illustre ; mais ma femme prit très mal cette idée d'enquête.

« Qu'est-ce qu'ils se croient ? protesta-t-elle. Il faudrait leur dire que nous ne voulons plus rien avoir à faire avec eux.

— Où est le mal ? fis-je remarquer. Quoi qu'ils découvrent sur nous, qu'avons-nous à cacher ? C'est vrai : je ne suis pas d'une famille riche, mais les Sugimura le savent déjà, sans aucun doute, et nous tiennent néanmoins pour de dignes successeurs. Qu'ils s'informent, tout ce qu'ils trouveront tournera à notre avantage. » Et je ne manquai pas d'ajouter : « Ils agissent envers nous exactement comme ils le feraient si nous voulions nous allier par mariage avec leur famille. C'est le genre de choses auxquelles nous devrons nous habituer. »

D'ailleurs, cette idée d'« enchères de prestige », comme avait dit la fille aînée, était tout à fait admirable. Les affaires devraient plus souvent se régler de la sorte. L'honneur s'attache à des conditions où l'on met dans la balance non pas votre bourse, mais vos œuvres et votre conduite morale. Moi-même je ne puis oublier le contentement profond que j'ai éprouvé en apprenant que les

Sugimura, après une enquête on ne peut plus méticuleuse, m'avaient jugé le plus digne de cette demeure qu'ils prisaient tant, et qui, certes, vaut bien les quelques désagréments que j'ai subis pour l'avoir. Si l'extérieur est impressionnant, imposant, l'intérieur en revanche, entièrement garni de bois choisis pour la beauté de leur grain et de leurs teintes naturelles, est d'une grande douceur, et, ainsi que nous l'avons tous ressenti une fois installés, invite à la détente et au calme.

Mais les Sugimura, avec leurs manières hautaines (certains d'entre eux ne cherchaient même pas à cacher leur hostilité à notre égard), rendirent les négociations pénibles du début jusqu'à la fin ; un acquéreur moins compréhensif se serait formalisé et aurait tout planté là. Encore des années après la vente, il m'arrivait de rencontrer dans la rue tel ou tel membre de leur famille, qui, au lieu de s'en tenir aux habituels échanges de politesses, se mettait à m'interroger sur l'état de la maison et les modifications que j'avais pu y apporter.

Aujourd'hui, je n'entends pour ainsi dire jamais parler des Sugimura. Peu après la capitulation, cependant, j'ai reçu la visite de la plus jeune des deux sœurs. Les années de guerre en avaient fait une petite vieille fluette, maladive. Fidèle à la tradition familiale, elle était venue, manifestement, pour s'enquérir de la façon dont la maison – plutôt que ses habitants – avait survécu au conflit ; elle eut tout juste quelques paroles de commisération quand je lui parlai de ma femme et de Kenji, et, aussitôt, m'assaillit de questions sur les dégâts causés par les bombardements. L'irritation montait en moi ; puis je remarquai les regards involontaires qu'elle jetait de-ci, de-là dans la pièce, et les silences qui interrompaient brusquement ses phrases bien faites et compassées ; et je compris la force de l'émotion qui la submergeait. Devinant que presque tous les siens étaient morts depuis l'époque de la vente, j'eus pitié d'elle et l'invitai à faire un tour de la maison.

Celle-ci avait souffert elle aussi de la guerre. Akira

Sugimura avait construit une aile à l'est de la maison, contenant trois grandes pièces et reliée au corps principal par un long passage couvert donnant d'un côté sur le jardin. Cette galerie est d'une longueur incroyable : on a insinué que Sugimura la fit construire – ainsi que l'aile orientale – à l'intention de ses parents, pour ne plus vivre juste à côté d'eux. Quoi qu'il en soit, c'était une des particularités les plus attachantes de la maison ; l'après-midi, les jeux d'ombres et de lumières du feuillage se projetaient dedans, sur toute la longueur, si bien que, sans sortir, on avait l'impression de se promener sous les berceaux d'un jardin. Or c'était cette partie de la maison que les bombes avaient le plus abîmée. Comme nous la regardions, du jardin, je m'aperçus que la vieille demoiselle était au bord des larmes ; je ne ressentais plus aucune animosité envers elle à ce moment-là, et je l'assurai du mieux que je pus que ces dommages seraient réparés à la première occasion et que toute la demeure redeviendrait telle que l'avait bâtie son père.

En lui faisant cette promesse, je ne me doutais nullement de la persistance et de l'ampleur de la pénurie. Longtemps encore après la capitulation, des semaines d'attente étaient parfois nécessaires pour obtenir telle ou telle pièce de bois, ou même une livre de clous. Dans ces circonstances, j'ai dû me consacrer avant tout au corps principal – qui, lui non plus, n'avait pas été épargné –, renvoyant à plus tard la réfection de l'aile orientale et du passage couvert. J'ai fait ce que j'ai pu pour empêcher qu'ils ne se détériorent ultérieurement, mais il serait absolument impossible de rouvrir maintenant cette partie de la maison. D'ailleurs, il ne reste ici que Noriko et moi, nous n'avons pas vraiment besoin d'agrandir notre espace vital dans l'immédiat.

Aujourd'hui encore, si je vous mène à l'arrière de la maison et écarte le lourd panneau mobile pour vous faire voir ce qui subsiste du couloir en jardin de Sugimura, vous pourrez avoir une idée de ce qu'il avait autrefois de pittoresque. Mais vous remarquerez aussi, certainement, les toiles d'araignées et les moisissures, contre lesquelles il m'est impossible de lutter, ainsi que les grands trous dans le plafond que seules abritent du ciel des bâches enduites de goudron. Parfois, quand j'entrouvre ce panneau de bon matin, la lumière du soleil se déverse à flots entre les bâches, en rayons chatoyants qui révèlent des nuages de poussière en suspension – comme si le plafond venait de s'écrouler.

Outre cette partie de la maison, c'est la véranda qui fut le plus gravement touchée. Ma famille, surtout mes deux filles, adorait cet endroit où l'on pouvait passer des heures assis à bavarder et à contempler le jardin ; aussi, la première fois que Setsuko – ma fille mariée – nous a rendu visite après la capitulation, n'ai-je pas été étonné de voir à quel point elle était chagrinée par l'état de la véranda. À l'époque j'avais déjà réparé les dégâts les plus graves, mais le plancher était encore bombé et tout crevassé à une extrémité, là où la terre avait été soulevée par l'explosion. Son petit toit n'avait pas non plus été épargné, évidemment ; les jours de pluie, il fallait disposer partout des récipients sous les fuites.

Au cours de l'année écoulée, cependant, j'ai pu y effectuer un certain nombre de travaux, si bien que lorsque Setsuko est revenue nous voir, le mois dernier, la véranda était à peu de chose près entièrement restaurée. Noriko avait pris quelque congé à l'occasion de la visite de sa sœur, et comme il continuait de faire beau, toutes deux y passaient des heures et des heures, comme autrefois. Souvent je me joignais à leur compagnie. Par moments, on se serait presque cru reporté des années en arrière, quand toute la famille, profitant d'une journée de soleil, se retrouvait là pour papoter.

Un jour du mois dernier – ce devait être le lendemain de l'arrivée de Setsuko – nous étions là, assis tous les trois dans la véranda, après le petit déjeuner, quand Noriko dit à sa sœur :

« Ça me soulage que tu sois enfin venue ! À cause de père ; c'est un poids, tu sais.

— Noriko, je t'en prie... » Setsuko s'agita sur son coussin, l'air gêné.

« Depuis que père est à la retraite je n'ai plus un instant à moi, continua Noriko avec un sourire espiègle. Il faut tout le temps l'occuper, sinon il commence à se morfondre.

— Noriko... » répéta l'aînée avec un petit rire nerveux, puis elle regarda le jardin en soupirant. « L'érable s'est complètement remis, semble-t-il. Il est splendide.

— On voit que Setsuko ne vous connaît pas tel que vous êtes maintenant, père ! Pour elle vous êtes toujours le seigneur et maître qui menait toute la maison à la baguette. Vous êtes bien plus doux ces derniers temps, n'est-ce pas ? »

J'ai ri pour inviter Setsuko à ne pas se méprendre sur ces badineries, mais elle continuait d'avoir l'air mal à l'aise.

« C'est vrai, Setsuko, a renchéri sa sœur ; ce n'est pas drôle de s'occuper de quelqu'un qui traîne toute la journée dans la maison en se morfondant.

— Ta sœur débite des sornettes, comme d'habitude, ai-je dit alors. Qui a fait toutes ces réparations, si je passe mes journées à me morfondre ?

— Bien sûr, a dit Setsuko en me souriant. Il suffit de voir comme la maison est belle maintenant pour se dire que père n'a sûrement pas chômé.

— Il s'est fait aider pour toutes les réparations difficiles, a répliqué Noriko. Tu n'as pas l'air de me croire, Setsuko, mais père est très différent maintenant. Il n'y a plus à avoir peur de lui. Il est bien plus doux, il est devenu pantouflard !

— Noriko...

— Il prépare même les repas de temps en temps. Qui l'aurait cru ? Il a fait beaucoup de progrès en cuisine dernièrement.

— Bon, je crois qu'on a assez parlé de ce sujet, Noriko, a fait doucement remarquer sa sœur.

— Ce n'est pas vrai, père ? Vous êtes devenu un excellent cuisinier ! » s'est exclamée Noriko.

J'ai souri de nouveau, en hochant la tête avec lassitude. Et c'est alors, je me souviens, que Noriko a dit, en se tournant vers le jardin et en fermant les yeux dans le soleil :

« Et tant mieux, parce qu'il ne faut pas qu'il compte sur moi pour venir faire la popote ici quand je serai mariée. J'aurai bien assez à faire sans avoir en plus à m'occuper de père. »

À ces mots, sa sœur aînée, abandonnant son attitude pleine de réserve, m'a jeté un regard interrogateur – qu'aussitôt elle a détourné de moi pour rendre à Noriko son sourire. Mais Setsuko avait l'air vraiment mal à l'aise désormais.

À ce moment-là, son petit garçon est passé comme une flèche à côté de nous.

« Ichiro, calme-toi, s'il te plaît ! » lui a crié sa mère, sautant sur cette occasion de parler d'autre chose.

Mon petit-fils, n'ayant connu que l'appartement moderne de ses parents, était visiblement fasciné par tout l'espace qu'il y a chez nous. En tout cas, il semblait mépriser cordialement le plaisir que nous avions à rester assis dans la véranda et trouvait bien plus distrayant de se lancer à toutes jambes d'un bout à l'autre, en faisant des glissades sur le plancher ciré. Il avait déjà failli à plusieurs reprises renverser notre plateau à thé ; sa mère avait eu beau lui répéter de s'asseoir, cela n'avait servi à rien. Cette fois encore, Setsuko lui ordonnait de nous rejoindre en montrant un coussin, mais il faisait la tête à l'autre bout de la véranda.

Je l'ai appelé moi-même : « Allez, viens, Ichiro. J'en ai assez de parler tout le temps avec les femmes. Viens t'asseoir à côté de moi, qu'on parle un peu entre hommes ! »

Aussitôt il s'est approché, a mis son coussin à côté du mien et s'est assis, prenant une posture tout à fait noble, mains sur les hanches, épaules bien en arrière. Et il a commencé, gravement :

« Oji, j'ai une question.

— Oui, Ichiro, qu'y a-t-il ?

— Je veux que vous me parliez du monstre.

— Le monstre ?

— Il est préhistorique ?

— Préhistorique ? Tu connais déjà des mots comme ça ? Tu dois être un petit garçon très intélligent. »

Apparemment, le compliment a fait oublier à Ichiro toute sa dignité, car il s'est laissé rouler sur le dos en gigotant, les pieds en l'air.

« Ichiro ! » (Setsuko le grondait en chuchotant.) « Quelles vilaines manières devant ton grand-père ! Redresse-toi ! »

Ichiro s'est contenté de laisser tomber les pieds lourdement sur les lattes du plancher ; puis il a croisé les bras sur la poitrine et a fermé les yeux, en disant, d'une voix somnolente :

« Oji, il est préhistorique, le monstre ?

— Mais de quel monstre s'agit-il, Ichiro ?

— Excusez-le, père, a dit Setsuko avec un sourire nerveux. Il y avait une affiche de cinéma à la sortie de la gare quand nous sommes arrivés hier. Ichiro n'a pas cessé d'importuner le chauffeur de taxi avec ses questions. Dommage que je n'aie pas vu cette affiche moi-même.

— Oji ! Il est préhistorique ou pas, le monstre ? Je veux que vous me répondiez !

— Ichiro ! » Sa mère le regardait d'un air horrifié.

« Je ne sais pas très bien, Ichiro. Il faudrait voir le film.

— Quand est-ce qu'on y va ?

— Hum. Je crois que tu devrais demander d'abord à ta mère. On ne sait jamais, c'est peut-être un film qui fait trop peur pour être vu par des enfants. »

Cette phrase a eu sur mon petit-fils un effet incroyable (alors que je ne cherchais nullement à le provoquer). Il s'est redressé d'un coup sur son derrière et m'a foudroyé du regard en hurlant : « Hein ? Comment pouvez-vous dire une chose pareille ?

— Ichiro ! » s'est exclamée Setsuko, consternée. Mais celui-ci continuait de me considérer d'un air furibond, et sa mère s'est résolue à quitter son coussin pour s'approcher de nous.

« Ichiro ! lui a-t-elle chuchoté, en lui secouant le bras. Ne regarde pas comme ça ton grand-père. »

Ichiro s'est laissé retomber en arrière en gigotant, les pieds en l'air.

Sa mère m'a adressé un autre de ses sourires nerveux, et a dit : « Qu'il est mal élevé », et, manifestement à court de paroles, a souri de nouveau.

« Ichiro-san. » Cette fois c'était Noriko ; elle venait de se lever. « Tu veux m'aider à débarrasser ?

— C'est un travail de femmes, a répliqué Ichiro, en continuant d'agiter les pieds.

— Ah, quel ennui ! La table est trop lourde, je ne suis pas assez forte pour la porter toute seule. Qui va pouvoir m'aider si Ichiro ne veut pas ? »

Celui-ci a bondi sur ses pieds et est rentré à grands pas dans la maison sans nous accorder le moindre coup d'œil. Noriko, en riant, s'est lancée à sa poursuite.

Quand ils eurent disparu, Setsuko, qui les regardait, a pris la théière pour me servir une autre tasse. « Je ne savais pas que les choses étaient tellement avancées, a-t-elle dit en abaissant la voix. Je veux dire : la négociation du mariage de Noriko.

— Non, nous n'en sommes pas du tout là, ai-je répondu en hochant la tête. En fait, rien n'est décidé encore. Nous en sommes toujours aux premières démarches.

— Pardonnez-moi, mais ce que Noriko a dit tout à l'heure m'a fait supposer que les choses étaient plus ou moins... » Setsuko s'est interrompue, puis a répété : « Pardonnez-moi », mais sur un ton qui impliquait une question.

17

« Tu sais, ce n'est pas la première fois que Noriko parle de cette façon, hélas ! D'ailleurs, elle a une conduite bizarre depuis que cette négociation a commencé. La semaine dernière nous avons reçu la visite de M. Mori – tu te souviens de lui ?

— Bien sûr. Il va bien ?

— Très bien. Il passait par ici, il est entré pour nous présenter ses respects. Or Noriko s'est mise à parler, devant lui, de cette affaire. Et elle s'est comportée à peu près de la même manière que tout à l'heure, comme si tout était réglé. C'était on ne peut plus embarrassant. M. Mori m'a même félicité en partant, et il m'a demandé ce que faisait le fiancé.

— Assurément, a dit Setsuko, pensive. Ce devait être fort embarrassant.

— Mais est-ce la faute de M. Mori ? Tu viens toi-même d'entendre ta sœur : qu'est-ce que peut penser d'autre une personne qui n'est pas de la famille ? »

Ma fille s'est tue et nous sommes restés quelques instants sans rien dire. À un moment j'ai tourné les yeux de son côté : elle regardait le jardin, sa tasse de thé dans ses deux mains, et on eût dit qu'elle avait oublié que cette tasse était là. Au bout d'un certain temps, j'ai pris conscience que je la contemplais ; peut-être à cause de la façon dont elle était prise dans la lumière, ou pour quelque autre raison semblable ; le fait est que j'ai eu plusieurs fois cette impression lors de sa visite le mois dernier, car – cela ne fait aucun doute – Setsuko embellit en avançant en âge. Dans sa jeunesse, sa mère et moi craignions que son manque de grâce ne l'empêchât de faire un bon mariage. Enfant, c'était un garçon manqué, et l'adolescence avait accentué ses traits masculins ; chaque fois que mes filles se chamaillaient, Noriko finissait toujours par avoir l'avantage en criant à sa sœur « Garçon ! Garçon ! » Qui sait l'effet que ce genre de chose peut avoir sur la personnalité ? Que Noriko soit devenue si têtue, si impétueuse, et Setsuko si timide et réservée, cela n'a certes rien de fortuit. Or il semble que maintenant, à l'approche de la trentaine, le physique de Setsuko non seulement s'est « arrangé », mais exprime de plus en plus nettement une dignité qui n'a rien de factice. Sa mère disait souvent : « Notre Setsuko fleurira en été. » Moi, je ne voyais dans cette phrase qu'une pieuse illusion consolatrice ; or, à plusieurs reprises, le mois dernier, j'ai été frappé de constater à quel point ma femme avait vu juste.

Setsuko sortait de sa rêverie ; elle a jeté un autre coup d'œil à l'intérieur de la maison, puis elle a dit : « Noriko a dû être profondément affectée par ce qui s'est passé l'an dernier. Bien plus, peut-être, que nous ne pensions. »

J'ai poussé un soupir et hoché la tête. « Il est possible que je ne lui aie pas accordé assez d'attention à ce moment-là.

— Oh, je suis sûre que vous avez fait tout ce que vous pouviez, au contraire. Mais ce genre de choses est un terrible coup pour une femme, forcément.

— Je dois avouer que j'ai supposé qu'elle jouait un peu la comédie, comme cela lui arrive parfois. Elle allait faire un grand mariage d'amour, n'est-ce pas ! Aussi n'ai-je guère pris au sérieux la façon dont elle a réagi quand l'affaire a tourné court. Mais peut-être que ce n'était pas seulement de la comédie.

— Nous en riions, je me rappelle, mais qui sait si ce n'aurait pas été vraiment un mariage d'amour ? »

Nous nous sommes tus de nouveau. Dans la maison, Ichiro criait je ne sais quoi, mais toujours la même chose.

« Excusez-moi, a repris Setsuko, avec une nuance nouvelle dans la voix ; mais je me demande encore pourquoi ce mariage ne s'est pas fait, l'an dernier. A-t-on su quelque chose d'autre à ce sujet ? Ce fut si inattendu.

— Je n'en sais rien. Et cela n'a guère d'importance désormais, n'est-ce pas ?

— Bien sûr, pardonnez-moi. » Puis, après avoir réfléchi un instant, elle a poursuivi : « C'est simplement que Suichi continue de me poser des questions sur ce qui s'est passé l'an dernier, sur les raisons pour lesquelles les Miyake se sont retirés de cette façon... » Elle a eu un petit rire, comme en aparté. « Il a l'air persuadé que je sais un secret, que nous lui cachons tout. Il faut tout le temps que je le rassure, que je lui jure que je n'en ai moi-même aucune idée.

— Crois-moi, lui ai-je dit un peu fraîchement, cela reste un mystère pour moi aussi. Si je savais quelque chose, je ne vous cacherais rien, à Suichi et à toi.

— Oui, bien sûr. Je vous prie de m'excuser, je ne voulais pas insinuer... » De nouveau elle a laissé sa phrase maladroitement en suspens.

J'ai pu paraître un peu cassant avec ma fille ce matin-là, mais ce n'était pas la première fois que Setsuko me questionnait de la sorte sur l'an dernier et le comportement des Miyake. Comment peut-elle penser que je lui cache quelque chose ? À supposer même que les Miyake aient eu une raison particulière de se retirer comme ils l'ont fait, ce n'est pas à moi, bien évidemment, qu'ils la diraient.

À mon avis cette histoire ne mérite pas qu'on s'y intéresse encore. Assurément, leur dérobade au dernier moment fut tout à fait inattendue ; de là à inférer qu'il y avait quelque chose de spécial derrière cette attitude, non. Je pense que ce fut tout simplement une question de différence entre les familles. Les Miyake, autant que j'aie pu voir, sont de ces gens honnêtes et fiers qui ne peuvent qu'être gênés, au fond, à l'idée que leur fils se marie au-dessus de son rang. Il y a encore quelques années, d'ailleurs, ils auraient abandonné bien plus tôt ; mais, entre ce couple qui déclarait faire un « mariage d'amour » et tout ce que l'on raconte aujourd'hui sur l'évolution des usages, on comprendra, étant donné ce que sont les Miyake, qu'ils n'aient pas tout de suite trouvé la juste façon d'agir. L'explication n'est pas plus compliquée que ça, certainement.

Le fait que j'approuvais apparemment le mariage a pu

contribuer également à leur confusion ; en effet, je n'ai à aucun moment fait peser la question de la différence de condition, pour la raison fort simple qu'il n'est pas dans ma nature de m'attacher à ce genre de choses. De fait, jamais dans ma vie je n'ai eu une conscience très vive de ma propre position dans la société ; même maintenant, je suis souvent sincèrement surpris quand un événement, ou les paroles de quelqu'un, me rappellent la haute considération dont je jouis. Rien que l'autre soir, par exemple : j'étais en ville, dans notre vieux quartier de plaisir, chez Mme Kawakami ; Shintaro aussi était là, et – comme cela arrive de plus en plus souvent – nous étions les seuls clients. Comme à l'accoutumée nous buvions au bar, juchés sur nos tabourets, et causions à bâtons rompus avec Mme Kawakami ; les heures passant et personne n'entrant, la conversation était devenue plus intime. À un certain moment, Mme Kawakami parlait d'un de ses parents, un jeune homme, et se plaignait qu'il ne réussît pas à trouver un emploi digne de ses capacités.

« Mais vous devez lui dire d'aller voir Sensei, Oba-san ! s'est exclamé Shintaro, en me désignant d'un mouvement de tête. Sensei n'aura qu'un mot à dire où il faut, et votre parent trouvera bientôt une bonne place.

— Que dites-vous, Shintaro ! ai-je protesté. Je suis à la retraite maintenant. Je n'ai plus de relations.

— Tout le monde accueillera avec respect une recommandation venant d'un homme du rang de Sensei, a insisté Shintaro. Envoyez ce jeune homme à Sensei, Obasan ! »

D'où lui vient une telle conviction ? me disais-je, un peu interloqué ; puis j'ai compris qu'il avait encore présent à l'esprit ce petit service que je rendis jadis à son frère cadet.

Ce devait être en 1935 ou en 1936 – une affaire tout à fait banale, autant que je me souvienne : une lettre de recommandation à une connaissance au ministère d'État, quelque chose de ce genre. Je n'y pensais déjà plus quand, un après-midi que je me reposais à la maison, ma femme annonça des visiteurs.

« Fais-les entrer, s'il te plaît, dis-je.

— Mais ils tiennent à rester dehors, pour vous déranger le moins possible. »

Je sortis sur le seuil de la maison : c'était Shintaro et son frère (guère plus qu'un adolescent alors). Dès qu'ils m'aperçurent, ils se mirent à s'incliner en faisant des risettes.

« Montez donc, je vous prie », leur dis-je ; mais ils continuaient de se répandre en salutations. « Shintaro, je vous en prie. Venez sur le *tatami*.

— Merci, Sensei, dit Shintaro, tout risettes et courbettes, sans avancer. C'est déjà le comble de l'impertinence de notre part de venir ainsi jusque chez vous. Le comble de l'impertinence. Mais nous ne pouvions plus rester à la maison ; nous devions absolument venir vous remercier.

— Venez à l'intérieur. Setsuko était en train de préparer le thé.

— Nous nous sommes déjà montrés bien trop impertinents, Sensei. Vraiment. » Puis, se tournant vers son jeune frère, il lui chuchota d'une voix précipitée : « Yoshio ! Yoshio ! »

Le jeune homme interrompit enfin ses prosternations, et, me regardant d'un air intimidé : « Jusqu'à la fin de mes jours, dit-il, je vous resterai reconnaissant. Je n'épargnerai aucun effort pour me montrer digne de votre intercession. Soyez assuré que je ne vous décevrai pas. Je m'appliquerai au travail, je ferai tout mon possible pour satisfaire mes supérieurs. Et quelle que soit ma réussite future, aussi haut que je parvienne, je n'oublierai jamais l'homme qui permit mes débuts.

— Mais ce n'était vraiment rien. Rien que vous ne méritiez. »

Ces mots soulevèrent de véhémentes protestations ; puis Shintaro dit à son frère : « Yoshio, nous abusons de la bonté de Sensei. Mais avant de partir, regarde bien encore l'homme qui t'a aidé. Quel privilège pour nous d'avoir un bienfaiteur si influent et généreux !

— Oui, oui, marmonna le jeune homme en levant les yeux vers moi.

— Je vous en prie, Shintaro, vous me gênez. Entrez donc, nous allons prendre un peu de saké pour fêter ça.

— Sensei, nous devons vous quitter maintenant. Quelle impertinence de notre part d'être venus ainsi troubler votre après-midi ! Mais nous devions absolument vous remercier sans tarder. »

J'étais content de moi – je dois l'avouer – après cette visite. Ce fut l'un de ces moments qui révèlent soudain le chemin parcouru dans une vie pleine d'occupations qui ne permettent pas de s'arrêter pour faire le point soi-même. C'est vrai : j'avais, pour ainsi dire sans y penser, mis un jeune homme sur une bonne voie. Quelques années auparavant, je n'aurais jamais cru cela possible ; et pourtant, j'avais acquis cette influence presque sans m'en apercevoir.

Mais l'autre soir, chez Mme Kawakami, j'ai fait remarquer à Shintaro : « Vous savez bien que ce n'est plus comme dans le temps ; beaucoup de choses ont changé. Je suis à la retraite maintenant, je n'ai plus autant de relations. »

Cela dit, autant que je sache, il se pourrait bien que Shintaro ait raison ; et que je fusse surpris de l'étendue de mon influence aujourd'hui encore si je décidais de tenter l'épreuve. Comme je l'ai dit, je n'ai jamais été obsédé par la conscience de mon propre rang.

Quoi qu'il en soit, ce n'est pas moi qui me moquerais de Shintaro parce qu'il peut faire preuve, parfois, de naï-veté sur certains sujets ; il est si rare de nos jours de ren-contrer quelqu'un qui ne soit pas contaminé par l'amertume et le cynisme de l'époque. Cela me redonne toujours confiance, en quelque sorte, chaque fois que j'entre chez Mme Kawakami, de trouver Shintaro assis au bar, comme n'importe quel soir depuis quelque dix-sept ans, en train de faire tourner distraitement son bonnet sur le comptoir, selon sa vieille habitude. On dirait vraiment que pour lui rien n'a changé. Il m'accueille toujours très poliment, comme s'il était encore mon élève ; et jusqu'à la fin de la soirée, aussi éméché qu'il soit, il continuera de me dire « Sensei » et de me prodiguer les marques du plus profond respect. Parfois même, il me pose des questions de technique ou de style avec l'ardeur d'un jeune débutant – alors que cela fait longtemps, bien entendu, que Shintaro ne pratique plus aucune forme réelle d'art. Depuis quelques années il ne fait qu'illustrer des livres ; à présent, d'après ce que j'ai compris, il est spécialisé dans les pompes à incendie. Il passe ses journées, dans son espèce de mansarde, à dessiner en série des pompes à incendie. Mais je pense que le soir, après quelques verres, il aime croire qu'il est encore le jeune artiste idéaliste que je pris à ses débuts sous ma direction.

Il y a chez Shintaro un aspect puéril dont Mme Kawakami (qui, à l'occasion, révèle une certaine malignité) ne manque jamais de se divertir. Ainsi, l'un de ces derniers soirs, par une pluie torrentielle, Shintaro fait irruption dans le petit bar. Et de tordre son bonnet tout mouillé audessus du paillasson.

« Dites donc, Shintaro-san ! lui crie Mme Kawakami. Qu'est-ce que c'est que ces manières ? »

Shintaro la regarde avec des yeux de chien battu et commence à se confondre en excuses – ce qui ne fait qu'aiguillonner la patronne.

« Jamais je n'ai vu personne se conduire ainsi, Shintaro-san. Quel manque de respect à mon égard ! »

Finalement, je me suis décidé à intervenir : « Cela suffit, Obasan. Dites à Shintaro que vous ne faites que plaisanter.

— Plaisanter ? Je ne plaisante pas du tout. Le malotru ! » Et elle a continué sur ce ton. À la fin, le pauvre Shintaro faisait vraiment pitié à voir.

Dans d'autres cas, inversement, Shintaro est persuadé qu'on le taquine, alors qu'en fait, on lui parle tout à fait sérieusement. Je me rappelle une fois où il mit Mme Kawakami dans une situation difficile en déclarant gaiement, à propos d'un général qu'on venait d'exécuter pour crimes de guerre : « Depuis que je suis gosse je l'admire, cet homme ! Je me demande ce qu'il peut bien faire maintenant. Oh, il doit être à la retraite. »

Il y avait de nouveaux clients ce soir-là, et certains le regardaient d'un air désapprobateur. Mme Kawakami – qui ne perd jamais le sens des affaires – s'approche de lui et lui apprend à voix basse le sort du général. Shintaro éclate de rire, puis dit, tout haut : « Vraiment, Oba-san, vous poussez la plaisanterie un peu loin parfois ! »

Dans ce genre de domaine, l'ignorance de Shintaro est souvent remarquable ; mais, comme je l'ai dit, il n'y a pas à s'en moquer. Rendons grâces au Ciel, plutôt, qu'il y ait encore des gens sur qui le cynisme actuel n'a aucune prise. En fait, c'est sans doute ce trait même de caractère chez Shintaro – cette impression qu'il donne d'être sorti en quelque sorte intact de ce qui s'est passé – qui m'a amené, au cours des dernières années, à apprécier de plus en plus sa compagnie.

Quant à Mme Kawakami, bien qu'elle fasse de son mieux pour ne pas céder à l'humeur dominante, il est indéniable que les années de guerre l'ont beaucoup vieillie. Avant la guerre, elle pouvait encore passer pour une « femme jeune », mais depuis, quelque chose en elle s'est brisé et comme affaissé. Quand on pense à tous ceux qu'elle a perdus, cela n'a rien d'étonnant. D'autre part, les affaires sont de plus en plus difficiles pour elle ; elle aussi doit avoir de la peine à croire que ce quartier est le même que celui où elle ouvrit son petit établissement il y a de cela seize ou dix-sept ans ; car, en vérité, rien ne subsiste de notre vieux quartier de plaisir. Presque tous les anciens concurrents de Mme Kawakami ont fermé boutique et sont partis, et elle-même aura envisagé plus d'une fois de les imiter.

Et dire que lorsqu'elle a ouvert – je m'en souviens très bien – on se demandait si elle tiendrait plus de quelques jours ! Les débits de boissons et les petits restaurants pullulaient en effet dans le quartier ; il était impossible de marcher dans ces petites rues sans frôler à chaque instant les innombrables panneaux de toile qui pendaient aux devantures, proclamant en caractères tapageurs les attractions des établissements respectifs. Mais en ce temps-là tous prospéraient : la clientèle ne manquait jamais ; le soir, surtout lorsqu'il faisait bon, l'endroit grouillait de monde ; on flânait de bar en bar, on restait des heures au milieu de la rue à parler avec les uns et les autres. Plus aucune voiture ne s'aventurait par là, même les cyclistes devaient descendre de leur vélo pour le pousser, non sans mal, entre les groupes indifférents.

J'ai dit « notre quartier de plaisir » ; en fait, ce n'était qu'un endroit où l'on pouvait boire, manger et parler. Les vrais lieux de plaisir – les maisons des geishas et les théâtres – se trouvaient dans le centre de la ville. Pour moi, j'ai toujours préféré notre quartier. La foule qui l'envahissait régulièrement était très vivante mais respectable, elle comptait beaucoup de gens comme nous – artistes et écrivains attirés là par la perspective de conversations animées jusque très avant dans la nuit. Le cercle dont je faisais partie fréquentait le « Migi-Hidari », établissement situé sur une placette pavée, formée par l'intersection de trois petites rues. Avec ses nombreuses salles réparties sur deux niveaux et sa flopée d'hôtesses en costume traditionnel ou occidental, le Migi-Hidari éclipsait tous ses concurrents. Comme j'avais un peu contribué à cette réussite, nous y avions notre table, toujours réservée, dans un coin. Il faut dire que c'était l'élite de mon école qui se réunissait là avec moi pour boire : Kuroda, Murasaki, Tanaka... jeunes hommes brillants, qui commençaient déjà à être connus. Tous adoraient discuter ; et il y en eut des joutes passionnées autour de cette table !

Shintaro ne fit jamais partie de ce cénacle, soit dit en passant. Personnellement, je l'aurais volontiers admis parmi nous ; mais mes élèves avaient le sens de la hiérarchie – ce qui, j'en conviens, excluait catégoriquement la présence de leur camarade. Un soir, je me rappelle, peu après cette visite que Shintaro m'avait rendue en compagnie de son frère, j'évoquai l'épisode à notre table. Kuroda et les autres trouvèrent hautement comique qu'on pût avoir une telle gratitude « pour une simple place de gratte-papier » ; mais c'est dans un silence solennel qu'ensuite ils m'écoutèrent, quand je leur exposai qu'on peut, comme par surprise, s'élever et acquérir de l'influence, sans l'avoir cherché, sans s'être fixé cela comme but, mais simplement parce qu'on s'est toujours appliqué à son travail, pour le plaisir, en quelque sorte, d'accomplir sa tâche le mieux possible. À ce point, l'un d'eux – Kuroda certainement – s'est penché en avant et a dit :

« Cela fait un certain temps que je soupçonne Sensei de ne pas se douter de la haute considération dont il jouit dans cette ville. Comme l'exemple qu'il vient de donner l'illustre amplement, sa réputation s'étend même désormais au-delà du monde de l'art, à toutes les conditions. Mais Sensei ne le sait pas ! Cela, c'est bien de lui ! C'est bien dans sa nature modeste d'être lui-même le plus étonné de l'estime qu'on a pour lui. Mais pour nous tous, ici, cela n'a rien de surprenant. On peut même dire qu'aussi respecté qu'il soit actuellement par l'ensemble des amateurs, nous seuls, ici à cette table, savons à quel point ce respect est encore insuffisant. Mais personnellement, je n'ai aucun doute : sa réputation ne fera que grandir, et dans les années à venir, rien ne nous rendra plus fiers, rien ne nous fera plus d'honneur que de dire aux autres que nous fûmes jadis les élèves de Masuji Ono. »

Rien d'extraordinaire dans tout ceci ; ce n'était pas la première fois, en effet, que mes protégés (la plupart du temps d'ailleurs, Kuroda, qui était un peu leur porte-parole) se lançaient à un certain moment de la soirée, quand nous avions déjà un peu bu, dans ces grandes déclarations de loyauté à mon endroit. En général, je n'y prêtais aucune attention, bien sûr ; mais cette fois-là, tout mon être se mit à vibrer de satisfaction – comme lorsque j'avais vu Shintaro et son frère se répandre en salutations dans l'entrée de ma maison.

Cela dit, je ne voudrais pas qu'on s'imagine que je fréquentais seulement les meilleurs de mes élèves. Je crois même que la première fois que j'ai mis les pieds chez Mme Kawakami, ce fut parce que j'avais envie de passer la soirée à discuter d'une chose avec Shintaro. Ce soir-là, aujourd'hui que j'essaie de me le rappeler, se confond dans mon souvenir avec tous les autres soirs de cette époque : les mêmes images, les mêmes bruits ; les lampes suspendues aux portes, les rires des gens attroupés devant le Migi-Hidari, l'odeur de la grande friture, une hôtesse de bar persuadant un client d'aller retrouver sa femme – et, résonnant de tous côtés, le clic-clac de myriades de socques de bois sur le béton. C'était une chaude nuit d'été, cela je m'en souviens, et je faisais le tour des tout petits bars qu'affectionnait Shintaro, sans le trouver. Mais dans ce quartier, la concurrence n'excluait pas les rapports de bon voisinage, et c'est finalement une des patronnes de bar auprès de qui je m'enquérais de Shintaro qui me suggéra, très naturellement, sans une ombre de ressentiment, d'aller voir à « l'endroit qui venait d'ouvrir ».

Mme Kawakami peut certes énumérer et montrer toutes les petites « améliorations » (comme elle dit) qu'elle a apportées au cours des ans à son petit local, mon impression n'en est pas moins que, ce premier soir, il avait à peu près le même air qu'aujourd'hui. Ce que l'on remarque tout de suite quand on entre – exactement comme alors –, c'est le contraste entre le comptoir chaudement éclairé par de longues suspensions, et le reste de la pièce, plongé dans l'ombre. La plupart des clients préfèrent rester assis au bar, dans la lumière, ce qui crée une atmosphère douillette, intime. Je me souviens encore du plaisir que j'eus à découvrir cet endroit ; et aujourd'hui, malgré ce que sont devenus les alentours, on est toujours aussi bien chez Mme Kawakami.

Mais c'est vraiment la seule chose qui n'ait pas changé. C'est au point qu'on pourrait se demander, une fois sorti de chez elle, si l'on ne vient pas de boire dans un avant-poste perdu de la civilisation. Où que l'on regarde, en effet, ce ne sont que décombres, à perte de vue. Seules, dans le lointain, des silhouettes d'immeubles rappellent qu'on se trouve dans une ville. Mme Kawakami dit que tout cela, « c'est à cause de la guerre ». Or, je me souviens que beaucoup de choses étaient encore debout dans le quartier peu après la capitulation. Le Migi-Hidari était toujours là ; toutes les fenêtres avaient été soufflées, une partie du toit s'était effondrée. Je me vois encore marchant au milieu de toutes ces ruines, en me demandant si elles reviendraient un jour à la vie. Puis, un matin, je suis repassé par là ; les bulldozers avaient tout abattu.

Il n'y a plus que des décombres désormais en face de chez Mme Kawakami. Quels que soient les projets des autorités, cet état de choses dure depuis trois ans. Les pluies ont formé de petites mares où l'eau croupit entre les gravats ; et Mme Kawakami a fini par se résoudre à mettre des treillis métalliques aux fenêtres, contre les moustiques – ce qui, certes, n'est pas fait pour attirer les clients.

Du côté de la rue où se trouve le bar, les maisons sont restées, mais beaucoup sont inoccupées ; celles qui le jouxtent de part et d'autre, en particulier, sont vides depuis un certain temps. Souvent, notre hôtesse se plaint de cette situation et nous déclare que si elle faisait soudain fortune, elle les achèterait pour s'agrandir. Cela dit, elle espère surtout que des gens viendront s'y installer, dussent-ils ouvrir des établissements comme le sien – tout plutôt que de continuer de vivre dans ce cimetière !

S'il vous arrivait à vous aussi de sortir de chez Mme Kawakami à la nuit tombante, vous vous sentiriez peut-être comme obligés de marquer une halte pour regarder ce paysage de désolation. Vous distingueriez encore dans l'obscurité ces monceaux de briques et de charpente et peut-être aussi, çà et là, les bouts de tuyauteries sortant du sol comme de la mauvaise herbe. Puis, reprenant votre chemin entre les décombres, vous verriez sans cesse scintiller les flaques d'eau reflétant un instant la lueur des réverbères.

Mais si le soleil n'est pas encore complètement couché quand vous arrivez au pied de la côte qui grimpe vers chez moi, arrêtez-vous sur le petit Pont de l'Hésitation et retournez-vous vers ce qui reste de notre ancien quartier de plaisir : vous remarquerez bientôt l'alignement des anciens poteaux du télégraphe se perdant dans les ténèbres le long du chemin que vous venez de faire – et, en haut de ces poteaux, des grappes sombres d'oiseaux, perchés tant bien que mal, comme attendant la réapparition des fils sur lesquels jadis ils lignaient le ciel.

Un soir, il n'y a pas très longtemps, où je m'attardais sur ce petit pont de bois, j'ai vu au loin deux colonnes de fumée s'élever au-dessus des ruines. Était-ce les ouvriers d'un de ces interminables chantiers de travaux publics ? Ou des enfants s'adonnant aux joies de la destruction ? En tout cas ce spectacle incitait à la mélancolie. On eût dit des bûchers funéraires abandonnés. « Un cimetière », dit Mme Kawakami ; effectivement, quand on se rappelle tous les gens qui fréquentaient autrefois cet endroit, on ne peut s'empêcher de voir les choses ainsi.

Mais je m'écarte de mon propos, qui était de rappeler certains moments du séjour de Setsuko, le mois dernier.

Comme je l'ai déjà dit peut-être, Setsuko a passé presque toute sa première journée à bavarder avec sa sœur dans la véranda. À un certain moment, vers la fin de l'après-midi, la conversation ayant pris un tour exclusivement féminin, je les ai quittées, je me souviens, pour me mettre à la recherche de mon petit-fils qui, quelques minutes auparavant, s'était élancé comme un bolide à l'intérieur.

J'étais déjà dans le couloir quand un bruit sourd et lourd ébranla toute la maison. Inquiet, j'ai pressé le pas et suis entré dans la salle à manger. À cette heure de la journée, notre salle à manger est déjà très sombre ; aussi, après la vive clarté de la véranda, m'a-t-il fallu un certain temps avant de m'assurer qu'Ichiro n'était pas dans cette pièce. Alors un autre coup a retenti, suivi de plusieurs autres ; chaque fois mon petit-fils criait « Yah ! Yah ! » Ce vacarme provenait de la pièce voisine, où se trouve le piano. Je me suis approché de la porte, qui était fermée, j'ai écouté un moment, puis je l'ai fait coulisser sans bruit.

Contrairement à la salle à manger, ce petit salon reçoit le soleil toute la journée. Avec toute la lumière dans laquelle il baigne, ç'aurait été l'endroit idéal pour y prendre les repas s'il avait été un peu plus grand. À une époque j'y entreposais mes tableaux et mon matériel, mais aujourd'hui, sans ce piano droit allemand, ce serait une pièce presque entièrement vide. Cet espace dégagé avait inspiré à mon petit-fils à peu près les mêmes idées qu'auparavant la véranda ; en effet, il s'amusait à traverser la pièce avec un curieux mouvement, en battant des pieds, et je me dis qu'il devait imiter un cavalier galopant dans la campagne. Comme il avait le dos tourné vers la porte à ce moment-là, il ne s'aperçut pas tout de suite que je l'observais. Puis il s'est écrié en me regardant avec colère :

« Oji ! Vous ne voyez pas que je suis occupé ?

— Excuse-moi, mais je ne le savais pas.

— Je ne peux pas jouer avec vous maintenant !

— Je regrette beaucoup. Je me suis demandé ce qui se passait de si intéressant dans cette pièce, et je suis entré. »

Pendant un moment Ichiro a continué à me regarder de travers, puis il a dit, d'une voix maussade :

« Bon. Mais il faut que vous restiez assis sans rien dire. Je suis occupé.

— Très bien, ai-je dit en riant. Merci beaucoup, Ichiro ! »

Je traversai la pièce sous le regard furieux de mon petit-fils et m'assis près de la fenêtre. La veille au soir, quand il était arrivé avec sa mère, je lui avais offert un bloc à dessins et des crayons de couleurs. Ce bloc et trois ou quatre crayons traînaient maintenant sur le tatami à côté de moi. Il y avait quelque chose de dessiné sur les premières feuilles ; j'allais me baisser, pour voir ce qu'il avait fait, quand soudain il reprit son numéro.

« Yah ! Yah ! »

Je l'observai un certain temps, sans comprendre grand-chose aux scènes qu'il représentait. Tantôt la chevauchée recommençait ; tantôt il semblait aux prises avec une meute d'ennemis invisibles ; et sans cesse il marmottait entre ses dents – les répliques du dialogue sans doute. Mais j'avais beau tendre l'oreille, cela n'avait aucun sens ; j'en conclus qu'il n'utilisait pas de véritables mots, et se contentait d'émettre des sons avec la langue.

Bien qu'il fît de son mieux pour m'ignorer, ma présence, visiblement, le gênait. Plusieurs fois il s'est immobilisé en pleine action, comme soudain à court d'idées. Et bientôt il a renoncé et s'est laissé tomber par terre. Je me demandais s'il fallait applaudir, mais finalement, je n'en ai rien fait.

« Bravo, Ichiro. Mais dis-moi, qui imitais-tu maintenant ?

— Devinez, Oji.

— Hum. Le seigneur Yoshitsune peut-être ? Non ? Un guerrier samouraï alors ? Hum. À moins que ce ne soit un ninja. Le Ninja du Vent.

— Oji est complètement à côté.

— Alors dis-le-moi. Qui étais-tu ?

— Lone Ranger !

— Quoi ?

— Lone Ranger ! Hi yo Silver !

— Lone Ranger ? C'est un cow-boy ?

— Hi yo Silver ! »

Et Ichiro s'est remis à galoper, en émettant une sorte de hennissement cette fois. Je l'ai observé un certain temps, puis je lui ai demandé : « Comment as-tu appris à jouer aux cow-boys, Ichiro ? »

Il continuait de galoper et de hennir.

« Ichiro, ai-je recommencé, d'un ton plus ferme. Arrête un instant et écoute. C'est plus intéressant, c'est bien plus intéressant de jouer aux samouraïs ou à quelqu'un comme le seigneur Yoshitsune. Faut-il que je te dise pourquoi ? Ichiro, écoute, Oji va te l'expliquer. Ichiro, écoute Oji-san. Ichiro ! »

Peut-être avais-je élevé la voix plus que je ne le voulais, car il s'est arrêté en me regardant d'un air stupéfait. J'ai gardé les yeux sur lui pendant un instant, puis j'ai poussé un soupir.

« Je suis désolé, Ichiro, je n'aurais pas dû t'interrompre. Tu peux être qui tu veux, bien sûr. Même un cow-boy. Tu dois pardonner à Oji-san : il ne savait plus très bien ce qu'il disait. »

Mon petit-fils continuait de me fixer des yeux. Puis, soudain, il a hurlé : « Lone Ranger ! Hi yo Silver ! » et s'est remis à galoper, en frappant le sol plus violemment que jamais. Toute la pièce tremblait autour de nous. Je l'ai observé encore un peu, puis j'ai ramassé son bloc à dessins.

Mon petit-fils avait, je dois dire, gaspillé les quatre ou cinq premières pages. Ses dessins – de trams et de trains – dénotaient une grande facilité, mais il les avait à peine esquissés et tout de suite abandonnés.

« Oji ! Qui vous a dit de regarder ça ? »

Ichiro s'était précipité sur moi. Il essayait de me prendre le bloc, mais je le tenais hors de sa portée.

« Allons, Ichiro, ne sois pas méchant. Oji veut voir ce que tu as fait avec les crayons qu'il t'a donnés. C'est tout à fait normal. » J'ai reposé le bloc sur mes genoux et l'ai ouvert au premier dessin. « Ce n'est pas mal du tout. Ichiro. Hum. Mais tu sais, tu pourrais faire encore mieux si tu voulais.

— Oji n'a pas le droit de voir ça ! »

Et encore une fois il a essayé de m'arracher le bloc. Je repoussai ses petites mains du bras.

« Oji ! Rendez-moi mon livre !

— Ichiro, ça suffit maintenant. Laisse Oji regarder tranquillement. Va prendre ces crayons, là, et apporte-les-moi. Nous allons dessiner quelque chose ensemble. Oji va t'apprendre. »

Ces paroles ont eu un effet surprenant. Mon petit-fils a aussitôt cessé de se débattre et est allé ramasser les crayons éparpillés par terre. Maintenant il avait l'air fasciné. Il s'est assis à côté de moi et m'a tendu les crayons, en regardant attentivement, mais sans rien dire.

J'ai ouvert le bloc à une nouvelle feuille et je l'ai posé sur le tatami, devant lui. « Vas-y, Ichiro, commence quelque chose. Oji verra ensuite s'il peut t'aider à faire mieux. Que veux-tu dessiner ? »

Mon petit-fils, complètement assagi, regardait la feuille blanche d'un air pensif.

« Pourquoi n'essaies-tu pas de dessiner quelque chose que tu as vu hier ? lui suggérai-je. Quelque chose que tu as vu en arrivant dans notre ville. »

Ichiro gardait les yeux baissés sur le bloc à dessins. Puis il les a relevés et a demandé : « Oji était un peintre célèbre autrefois ?

— Un peintre célèbre ? ai-je répété en riant. Ma foi oui. C'est ce que ta mère t'a dit ?

— Mon père dit que vous étiez un peintre célèbre. Mais que vous avez dû arrêter.

— J'ai pris ma retraite, Ichiro. Tout le monde se retire quand on atteint un certain âge. Ce n'est que justice, on mérite le repos.

— Mon père dit que vous avez dû arrêter. Parce que le Japon a perdu la guerre. »

De nouveau j'ai ri, puis je me suis penché et j'ai pris

le bloc. J'ai tourné les pages à l'envers, et j'ai réexaminé un croquis de tram de mon petit-fils, le tenant le bras tendu, pour mieux voir.

« On atteint un certain âge, Ichiro, et alors on a besoin de se reposer des choses. Ton père aussi s'arrêtera de travailler quand il aura mon âge. Et un jour, toi aussi tu auras mon âge et tu auras envie de te reposer. Bien, maintenant (je suis revenu à la page blanche et j'ai remis le cahier devant lui), qu'est-ce que tu vas me dessiner, Ichiro ?

— C'est Oji qui a fait le tableau de la salle à manger ?

— Non, il est d'un artiste qui s'appelle Urayama. Pourquoi ? Il te plaît ?

— Et le tableau qui est dans le couloir ?

— Il est d'un autre peintre, très bon, vieil ami de Oji.

— Où sont les peintures de Oji alors ?

— Elles sont rangées pour le moment. Bien, Ichiro, revenons aux choses importantes. Que veux-tu me dessiner ? Tu te souviens de ce que tu as vu hier ?... Mais qu'y a-t-il, Ichiro ? Pourquoi ne réponds-tu pas ?

— Je veux voir les peintures de Oji.

— Je suis certain qu'un garçon intelligent comme toi est capable de se souvenir de toutes sortes de choses. Et cette affiche de cinéma que tu as vue ? Avec le monstre préhistorique ? Tu dois sûrement pouvoir refaire ça, très bien – mieux même que l'original. »

Après avoir réfléchi un instant, Ichiro s'est retourné sur lui-même, et, le visage tout près du papier, s'est mis à dessiner, au crayon marron foncé, dans la partie inférieure de la feuille, une suite de boîtes – qui bientôt s'est métamorphosée en un alignement d'immeubles, au-dessus desquels est apparue peu à peu, menaçant la ville, une créature gigantesque en forme de lézard, dressée sur ses pattes de derrière. À ce point mon petit-fils a changé de crayon et a commencé à tirer des traits rouges tout autour de la bête.

« Qu'est-ce que c'est, Ichiro ? Le feu ? »

Ichiro continuait ses traits rouges, sans répondre.

« Pourquoi y a-t-il le feu, Ichiro ? Cela a un rapport avec l'apparition du monstre ? dit-il, avec un soupir agacé.

— C'est les câbles électriques.

— Les câbles électriques ? Voilà qui est intéressant. Je me demande comment le feu peut venir des câbles électriques. Tu le sais, toi ? »

Ichiro poussa un autre soupir, puis, reprenant son crayon marron, commença à dessiner des gens pris de panique fuyant dans tous les sens au bas de la feuille.

« Tu fais ça très bien, Ichiro. Comme récompense, Oji pourrait peut-être t'emmener voir ce film demain. Cela te plairait ? »

Il s'interrompit et me regarda.

« Mais si Oji a peur après ?

— Ça m'étonnerait, dis-je gaiement. Par contre, ce film risque fort d'effrayer ta mère et ta tante. »

À ces mots, Ichiro éclata de rire et roula sur le dos en se tenant les côtes.

« Maman et tante Noriko vont avoir une de ces frousses ! cria-t-il vers le plafond.

— Mais nous, les hommes, nous allons bien nous amuser, n'est-ce pas, Ichiro ? Nous irons demain. Cela te va ? Nous emmènerons les femmes avec nous et nous épierons leurs frayeurs. »

Ichiro continuait de s'esclaffer. « Tante Noriko va avoir peur tout de suite !

— Sans doute, dis-je, en riant de nouveau moi-même. Très bien, nous irons tous demain. Mais maintenant, il faudrait que tu termines ton dessin.

— Tante Noriko aura tellement peur qu'elle voudra sortir !

— Allons, Ichiro, continuons. Tu avais très bien commencé. »

Il s'est remis sur les genoux, a repris son crayon, mais il ne se concentrait plus autant qu'auparavant. Il a ajouté d'autres petites figures de fuyards, puis de plus en plus, jusqu'à ce que leurs formes s'entremêlent et perdent leur signification. Enfin, cessant tout à fait de s'appliquer, il s'est mis à couvrir de gribouillages furieux tout le bas de son dessin.

« Ichiro, qu'est-ce que tu fais ? Nous n'irons pas au cinéma si tu continues comme cela. Ichiro ! Arrête ! »

Il a bondi sur ses pieds en hurlant : « Hi yo Silver !

— Ichiro, assis ! Tu n'as pas encore fini.

— Où est tante Noriko ?

— Elle parle avec ta mère. Mais toi, tu n'as pas encore fini ton dessin, Ichiro. Ichiro ! »

Mais mon petit-fils s'élançait déjà hors de la pièce, en criant encore : « Lone Ranger ! Hi yo Silver ! »

Je ne me souviens plus très bien de ce que j'ai fait après pendant un certain temps. Très probablement, je suis resté assis dans la pièce au piano, à regarder les dessins d'Ichiro, à ne penser à rien de précis – comme, de plus en plus j'ai tendance à le faire, ces derniers temps. À la fin je me suis levé pour aller voir où étaient les miens.

Setsuko était seule dans la véranda, elle regardait le jardin. Le soleil brillait encore d'un vif éclat, mais il faisait déjà frais. Me voyant apparaître, ma fille déplaça un coussin pour le mettre dans un rayon de lumière.

« Nous venons de refaire du thé, père. En voulez-vous ? »

Je la remerciai, puis, tandis qu'elle me servait, j'ai tourné mes regards vers le jardin.

Notre jardin s'est bien remis de tout ce qu'il a subi pendant la guerre ; et il est toujours tel qu'Akira Sugimura le conçut, il y a une quarantaine d'années. Au loin, tout au bout, près du mur du fond, j'apercevais Noriko et Ichiro examinant un bouquet de bambous. Ces bambous, de même que tous les autres arbrisseaux et arbres du jardin, furent transplantés ici, déjà adultes, par Sugimura. On dit, d'ailleurs, que Sugimura lui-même, quand il se promenait en ville, regardait par-dessus les clôtures des jardins et offrait de grosses sommes aux propriétaires des arbres ou arbustes qu'il désirait pour lui. Que cela soit vrai ou faux, un choix a été fait qui révèle un art admirable. Le résultat était – et reste aujourd'hui – divinement harmonieux ; ce jardin ne rappelle pas son origine artificielle, on s'y sent comme dans un coin de nature dont la beauté serait fortuite.

« Noriko a toujours été si bonne avec les enfants, disait Setsuko en les regardant tous les deux. Ichiro s'est pris d'une grande affection pour elle.

— Il me plaît, ton Ichiro. Il n'est pas du tout timide, contrairement à tant d'enfants de son âge.

— J'espère qu'il ne vous importunait pas tout à l'heure. Ce qu'il peut être têtu parfois ! N'hésitez pas à le gronder s'il est insupportable.

— Au contraire, nous nous entendons très bien. Nous étions en train de faire un peu de dessin, à vrai dire.

— Vraiment ? Il a dû être ravi.

— Il m'a aussi gratifié d'un petit spectacle. Il sait très bien mimer.

— Oh oui. Il passe des heures à jouer à cela.

— Inventerait-il des mots à lui ? J'ai eu beau tendre l'oreille, je n'ai rien compris de ce qu'il disait. »

Ma fille se mit la main devant la bouche pour dissimuler son rire. « Il devait jouer aux cow-boys. Quand il joue aux cow-boys il essaie de parler anglais.

— Anglais ? Par exemple ! Ainsi, c'était ça.

— Nous l'avons emmené un jour au cinéma voir un film américain. Depuis il raffole des histoires de cowboys. Il a même fallu lui acheter un grand chapeau... Il est persuadé qu'il imite les cow-boys quand il fait ces drôles de sons. Cela a dû vous paraître très bizarre.

— Ainsi c'était cela, dis-je en riant. Mon petit-fils est devenu un cow-boy ! »

Les feuillages du jardin se balançaient dans la brise. À côté de la vieille lanterne de pierre, près du mur du fond, Noriko s'accroupissait, en montrant quelque chose à Ichiro.

« Et pourtant, dis-je avec un soupir, il y a quelques

années encore, on n'aurait pas admis qu'Ichiro voie ce genre de choses. »

Setsuko répondit, sans détourner les yeux du jardin : « Suichi pense qu'il vaut mieux qu'il aime les cow-boys, plutôt que de prendre comme idoles des gens comme Miyamoto Musashi. Selon Suichi, les héros américains sont les meilleurs modèles, maintenant, pour les enfants.

— Ah bon ? C'est l'opinion de Suichi, donc. »

Ichiro ne semblait guère intéressé par la lanterne de pierre ; au contraire, comme nous pouvions le voir, il tirait violemment sa tante par le bras. À côté de moi, Setsuko eut un rire embarrassé.

« Il est trop insolent, cet enfant. Il faudrait que tout le monde obéisse à ses caprices. Quelles mauvaises manières !

— À propos, dis-je. Ichiro et moi avons décidé d'aller au cinéma demain.

— C'est vrai ? »

Setsuko en doutait ; je l'avais vu tout de suite à son air.

« Oui, dis-je, cette histoire de monstre préhistorique semble le passionner. Ne t'inquiète pas, j'ai regardé dans le journal : c'est un film qui convient parfaitement à un garçon de son âge.

— Oui, c'est certain.

— À vrai dire, j'ai pensé que nous pourrions tous y aller. Cela nous ferait une sortie en famille, en quelque sorte. »

Setsuko s'éclaircit la voix, nerveusement. « Cela serait très agréable. Sauf que Noriko a peut-être elle aussi des projets pour demain.

— Ah ? Lesquels ?

— Je crois qu'elle voulait tous nous emmener au parc des daims. Mais on peut sûrement renvoyer cela à une autre fois.

— J'ignorais absolument que Noriko eût des projets. Elle ne m'en a pas touché le moindre mot en tout cas.

D'autre part, j'ai déjà dit à Ichiro que nous irions voir ce film demain. Il voudra à tout prix y aller maintenant.

— En effet. Je suis sûre qu'il aimerait beaucoup aller au cinéma. »

Noriko, entraînée par Ichiro, qui lui tenait la main, revenait par le sentier. Je lui aurais sans aucun doute parlé tout de suite du lendemain, mais Ichiro et elle ne firent que passer par la véranda et allèrent se laver les mains. Il me fallut donc attendre jusqu'après le souper pour aborder cette question.

Si la salle à manger est un endroit presque lugubre pendant la journée, tant elle est sombre, on s'y sent très bien en revanche quand, à la nuit tombée, on allume la lampe à abat-jour qui descend vers la table. Ce soir-là, un certain temps après le dîner, alors que nous étions tous assis autour de cette table, lisant des journaux et des revues, j'ai dit à mon petit-fils :

« Eh bien, Ichiro, as-tu parlé de demain à ta tante ? »

Levant les yeux de son livre, il m'a regardé d'un air interrogateur.

« Est-ce que nous prendrons les femmes avec nous ? ai-je continué. Rappelle-toi ce que nous avons dit. Elles pourraient bien trouver cela trop effrayant. »

Cette fois mon petit-fils a compris et est parti d'un grand sourire. « Oui, ça risque de faire trop peur à tante Noriko. Vous voulez venir, tante Noriko ?

— Mais où, Ichiro-san ? a-t-elle demandé.

— Au film du monstre.

— J'ai pensé, expliquai-je, que nous pourrions tous aller au cinéma demain. Faire une sortie en famille, en quelque sorte.

— Demain ? » Noriko me regarda, puis se tourna vers mon petit-fils. « Mais, Ichiro, nous ne pouvons pas y aller demain. Nous devons aller voir les daims, tu te souviens ?

— Les daims peuvent attendre, dis-je. Ce garçon est impatient de voir son film, maintenant.

— Impossible ! s'est exclamée Noriko. Tout est déjà arrangé. Nous avons prévenu Mme Watanabe que nous passerons chez elle au retour. Elle a envie de connaître Ichiro. De toute façon, tout cela est décidé depuis longtemps. N'est-ce pas, Ichiro ?

— C'est très gentil de la part de père, a fait remarquer Setsuko. Mais si je comprends bien, Mme Watanabe compte sur nous. On pourrait peut-être renvoyer le cinéma à après-demain.

— Mais Ichiro s'en faisait une joie, protestai-je. N'est-ce pas, Ichiro ? Quelle plaie, ces femmes ! »

Ichiro s'était replongé dans son livre, et il ne réagit pas.

« Dis-le-leur, Ichiro », insistai-je.

Il continuait de regarder fixement son livre.

« Ichiro ! »

Il a brusquement laissé tomber son livre sur la table, s'est levé et s'est précipité dans la petite pièce où se trouve le piano.

Je n'ai pu réprimer un petit rire. « Et voilà, ai-je dit à Noriko. Vous l'avez déçu maintenant. Vous auriez dû laisser les choses comme elles étaient.

— Ne soyez pas ridicule, père. Mme Watanabe nous attend, c'est décidé depuis longtemps. Et c'est ridicule aussi d'aller voir un film de ce genre avec Ichiro. Ça ne lui plaira pas, n'est-ce pas, Setsuko ? »

Ma fille aînée sourit d'un air gêné. « C'est très gentil de la part de père... Peut-être qu'après-demain... »

J'ai poussé un soupir en hochant la tête, et je suis retourné à mon journal. Mais au bout de quelques minutes, voyant que ni l'une ni l'autre ne s'occupait d'Ichiro, je me suis décidé à aller le chercher moi-même.

Ichiro, trop petit pour atteindre le cordon de la lumière centrale, avait allumé la lampe sur le piano, devant lequel il était assis, la tête posée de côté sur le couvercle de bois sombre. Cette position, certes, déformait les

41

traits de son visage, mais il semblait vraiment mécontent.

« Je regrette moi aussi, Ichiro. Mais ne sois pas déçu. Nous irons après-demain. »

Aucune réaction.

« Allons, Ichiro, ce n'est pas si grave que ça. »

J'allai à la fenêtre. Il faisait nuit noire, je ne vis que mon reflet et celui de la pièce derrière moi. J'entendais les femmes parler en chuchotant dans la salle à manger.

« Courage, Ichiro ! Il n'y a pas de quoi se mettre dans cet état. Nous irons après-demain, je te le promets. »

Je me retournai vers lui ; il avait toujours la tête posée sur le couvercle du piano, mais il promenait ses doigts dessus en tapotant.

« Bien, Ichiro, dis-je, avec un petit rire, nous irons le jour d'après. Nous n'allons quand même pas nous laisser mener par les femmes, hein ? » Je ris encore. « Il faut croire qu'elles ont trop peur d'aller voir ça. Qu'en penses-tu ? »

Mon petit-fils ne réagissait toujours pas et continuait de laisser errer ses doigts sur le couvercle du piano. Je me suis dit qu'il valait mieux le laisser seul un moment, et, en riant encore une fois, je suis retourné dans la salle à manger.

Mes filles s'étaient remises à lire leurs magazines. Je me suis rassis en poussant un profond soupir, auquel ni l'une ni l'autre n'a répondu. J'avais remis mes lunettes et m'apprêtais à reprendre la lecture du journal, quand Noriko a dit à voix basse : « Voulez-vous qu'on fasse du thé, père ?

— Tu es très gentille, Noriko. Mais pas pour moi, pas pour le moment.

— Et toi, Setsuko ?

— Merci. Mais pour moi non plus, ce n'est pas nécessaire. »

Et nous avons continué de lire en silence pendant quelques instants. Puis Setsuko a dit : « Père vient-il avec nous demain ? Comme cela nous la ferions quand même, notre sortie en famille.

— J'aimerais bien. Malheureusement il y a deux ou trois choses dont il faudrait que je m'occupe demain.

— Que dites-vous ? m'a interrompu Noriko. Quelles choses ? » Puis, se tournant vers Setsuko, elle a ajouté : « N'écoute pas ce que dit père. Il n'a rien à faire en ce moment. Il va encore passer toute sa journée à se morfondre à la maison comme d'habitude.

— Ce serait très agréable si père nous accompagnait, a insisté Setsuko.

— C'est regrettable, mais j'ai au moins une ou deux choses à faire, ai-je dit en retournant à mon journal.

— Vous allez donc rester à la maison tout seul ? a demandé Noriko.

— Il le faudra bien, si vous sortez tous. »

Setsuko a toussoté, puis elle a dit : « Dans ce cas, je resterai peut-être aussi à la maison. Père et moi n'avons pas eu beaucoup d'occasions d'échanger les nouvelles. »

Noriko, de l'autre côté de la table, fixait des yeux sa sœur. « Il n'y a aucune raison pour que tu manques cette sortie. Tu as fait tout ce chemin, tu ne vas pas passer tout ton temps enfermée !

— Mais j'aimerais beaucoup rester pour tenir compagnie à père. Nous avons sûrement encore beaucoup de choses à nous raconter.

— Voyez, père, a dit Noriko, tout ça à cause de vous ! » Puis, se tournant vers sa sœur : « Donc, il n'y a plus qu'Ichiro et moi maintenant.

— Ichiro sera très content de passer cette journée avec toi, a répondu Setsuko en souriant. Tu es la grande préférée d'Ichiro en ce moment. »

Cette décision de Setsuko m'a fait grand plaisir, car, effectivement, nous n'avions guère eu l'occasion de parler sans être dérangés ; et quand on a une fille mariée, il y a bien sûr beaucoup de choses que l'on a envie de savoir sur sa vie, mais qu'on ne peut aborder par des questions directes. Mais il ne me serait jamais venu à l'idée, ce soir-là, que Setsuko pouvait avoir ses propres raisons de vouloir rester à la maison avec moi.

Il m'arrive de plus en plus souvent – signe de l'âge peut-être – d'entrer dans les pièces sans aucun but. Quand Setsuko a écarté la porte coulissante de la salle cet après-midi-là – le deuxième jour de sa visite – cela devait faire beaucoup de temps déjà que j'y étais entré et que je restais là, perdu dans mes pensées.

« Excusez-moi, dit-elle. Je reviendrai plus tard. »

Je me retournai un peu surpris : ma fille s'agenouillait près du seuil, un vase de fleurs et de rameaux dans les mains.

« Non, entre, je t'en prie. Je ne faisais rien de particulier. »

C'est une douceur de la retraite d'avoir du temps, de pouvoir traverser ses journées à son pas, l'esprit tranquille, puisqu'on n'a plus à travailler ni à se soucier de réussir. Néanmoins il faut que je sois devenu bien distrait pour pénétrer ainsi, sans raison, comme involontairement, dans cette pièce-ci ; tout le long de ma vie, en effet, j'ai conservé le sentiment, inculqué en moi par mon père, que la salle de réception d'une maison est un lieu sacré, dont le quotidien et le futile doivent être bannis, et qu'on ouvre uniquement pour recevoir les hôtes importants ou pour aller s'incliner devant l'autel bouddhique. Aussi règne-t-il dans notre salle une atmosphère solennelle qu'on ressent rarement dans celles des autres. Pour ma part – encore que je n'aie jamais érigé cette règle en interdit, à la différence de mon père – je dissuadais mes enfants, tant qu'ils étaient jeunes, de pénétrer dans cette pièce, à moins qu'ils n'y fussent conviés pour une raison précise.

Mon respect pour les salles de réception peut sembler exagéré, mais il faut dire que dans la maison où j'ai grandi – au village de Tsuruoka, à une demi-heure de train d'ici – il me fut interdit jusqu'à l'âge de douze ans de mettre les pieds dans cette pièce. Comme chez nous elle était à maints égards le centre de la maison, la curiosité me poussait à en construire une image d'après les rapides aperçus que je réussissais à en avoir de temps en temps. Par la suite, dans ma vie, j'ai souvent étonné mes collègues peintres par ma capacité de camper sur la toile une scène que, pourtant, je n'avais qu'entrevue l'espace d'un instant ; c'est un talent que je dois peut-être à mon père, à l'entraînement qu'il donna, sans s'en douter, à mon œil d'artiste durant ces années de formation. Quoi qu'il en soit, quand j'eus douze ans les « réunions d'affaires » commencèrent, me donnant l'occasion d'aller dans cette pièce une fois par semaine.

« Ce soir nous devons parler d'affaires, Masuji et moi », annonçait mon père pendant le souper. Cela signifiait : un, que je devais me présenter devant lui après le souper ; deux, que ce soir-là, le reste de la famille ne devait pas faire de bruit du côté de la salle de réception.

Quand nous avions fini de manger mon père disparaissait, puis, au bout d'une quinzaine de minutes, m'appelait. La pièce dans laquelle j'entrais n'était éclairée que par une grande chandelle posée en son milieu. Dans le rond de lumière qu'elle projetait, mon père était assis en tailleur sur le tatami, devant une boîte de bois, sa « cassette » comme il disait. Ainsi qu'il m'y invitait du geste, je m'asseyais devant lui dans la lumière ; alors, la flamme vive de la chandelle plongeait dans l'ombre tout le reste de la pièce. Tout au plus discernais-je vaguement, derrière lui, l'autel bouddhique contre le mur du fond, ou les quelques tentures qui ornaient les alcôves.

Mon père se mettait à parler. De sa « cassette » il extrayait des carnets épais, dont il ouvrait certains pour me montrer du doigt des colonnes de chiffres serrés les uns au-dessus des autres. Et tout le temps, il parlait, parlait, d'un ton grave et mesuré. De loin en loin, cependant, il levait les yeux sur moi, comme demandant mon

45

accord – que je me hâtais de donner en murmurant :
« Oui, en effet. »

Évidemment, il m'était tout à fait impossible de suivre
ce que mon père disait. Ce n'étaient qu'interminables
calculs qu'il refaisait dans son jargon, sans chercher
aucunement à se mettre à la portée du jeune garçon que
j'étais. Mais il me semblait également impossible de lui
demander de s'arrêter pour me donner des explications ;
si j'étais admis désormais dans la salle de réception,
n'était-ce pas parce qu'on me jugeait en âge de
comprendre ce genre de choses ? La honte que j'en
éprouvais n'avait d'égale que ma terreur d'être pris à
tout moment en flagrant délit de mensonge si mon père
me sommait de dire autre chose que : « Oui, en effet. »
Mais les mois passaient, et la question fatidique n'était
jamais posée ; je n'en vivais pas moins dans la crainte
constante de la prochaine « réunion ».

J'ai compris depuis longtemps, bien sûr, que mon
père n'exigeait pas du tout que je suivisse ses monolo-
gues ; mais pourquoi alors me soumettrait-il à ce suppli-
ce ? Désirait-il graver dans mon esprit, dès ce jeune âge,
son espoir de me voir reprendre un jour le commerce
familial ? Ou bien considérait-il qu'en tant que futur
chef de la famille, j'avais le droit d'être consulté sur
toutes les décisions qui pouvaient influencer ma vie
d'adulte ? De la sorte – tel était peut-être le calcul de
mon père – j'aurais d'autant moins de raisons de me
plaindre dans le cas où j'hériterais d'une affaire chance-
lante.

Une fois – j'avais quinze ans – je fus convoqué dans
la salle pour un entretien d'une tout autre nature.
Comme toujours, la grande chandelle brûlait, et mon
père était assis dans sa lumière. Mais ce soir-là, au lieu
de la « cassette », il avait posé devant lui un lourd brasero en terre. C'était le plus grand de la maison, et cela
m'intrigua, car on ne s'en servait que lorsqu'il y avait
des invités.

« Tu les as tous amenés ? me demanda-t-il.

— J'ai fait ce que vous m'avez dit. »

Je déposai à côté de mon père la pile de peintures et de dessins que je tenais dans les bras. Pile, impossible à bien ranger, de feuilles de tailles et de papiers différents, que les couleurs, en séchant, avaient rendues courbes ou plissées.

Puis je m'assis sans rien dire, tandis que mon père commençait à examiner mon œuvre. Il s'arrêtait un moment sur chaque peinture, puis la posait de côté. Quand il fut presque à la moitié, il dit, sans lever les yeux :

« Masuji, es-tu bien sûr que tout est ici ? N'y a-t-il pas encore une ou deux peintures que tu ne m'aurais pas apportées ? »

Je ne répondis pas tout de suite. Il me regarda et dit : « Eh bien ?

— Peut-être. Il y en a peut-être une ou deux que je n'ai pas apportées.

— Ah bon ? Et, évidemment, celles qui manquent sont celles dont tu es le plus fier. N'est-ce pas ? »

Comme il avait de nouveau baissé les yeux sur les peintures, je ne répondis rien, et me remis à l'observer. À un moment, il en approcha une tout près de la flamme de la chandelle, en disant : « Ça, c'est le sentier qui descend de la colline de Nashiyama, n'est-ce pas ? C'est très ressemblant. On s'y croirait. C'est vraiment bien fait.

— Merci, père.

— Tu sais, Masuji (mon père avait toujours les yeux fixés sur ce paysage), j'ai été surpris par une chose que m'a dite ta mère. Elle a l'impression, me semble-t-il, que tu veux devenir peintre de profession. »

La formulation n'était pas interrogative, aussi je ne dis rien. Mais alors mon père releva les yeux et répéta : « Ta mère, Masuji, a l'impression, semble-t-il, que tu veux devenir peintre de profession. Elle se méprend, naturellement.

— Naturellement, dis-je à voix basse.

— Cela signifie, n'est-ce pas, qu'il y a un malentendu de sa part.

— Sans aucun doute.

— Je vois. »

Mon père recommença à étudier les peintures ; je l'observais en silence. Puis il dit, les yeux toujours baissés : « Quelqu'un est passé devant cette pièce ; ce devait être ta mère. Tu l'as entendue ?

— Je n'ai pas dû faire bien attention...

— Je pense que c'était ta mère. Dis-lui d'entrer puisqu'elle passe par ici. »

Je me levai et allai à la porte. Le couloir était noir et vide, comme je m'y attendais. Derrière moi, j'entendis la voix de mon père : « Tant que tu y es, Masuji, va aussi ramasser le reste de tes peintures et rapporte-les-moi. »

Quand je revins dans la salle accompagné de ma mère, quelques minutes plus tard, il me sembla (simple effet de mon imagination peut-être) que le brasero en terre avait été légèrement rapproché de la chandelle. J'eus aussi l'impression qu'il y avait une odeur de brûlé dans l'air ; je jetai un coup d'œil au brasero ; apparemment, il n'avait pas été utilisé.

Mon père me jeta un regard éperdu, en me voyant déposer les derniers exemplaires de mon travail à côté de la première pile. Visiblement, mes peintures continuaient de le préoccuper énormément, car il resta un certain temps sans nous accorder la moindre attention, à ma mère et à moi, assis en face de lui. Enfin il poussa un soupir, leva les yeux et dit : « Masuji, je ne crois pas que tu t'intéresses beaucoup à ce que racontent les bonzes itinérants, n'est-ce pas ?

— Les bonzes itinérants ? Non, pas tellement.

— Ils en ont des choses à dire sur ce monde ! Moi non plus je ne les écoute guère la plupart du temps. Mais il faut être poli avec ces saints hommes, même si parfois ils ont plutôt l'air de mendiants que de moines. »

Il marqua une pause ; aussi je dis : « Oui, en effet. »

Alors mon père se tourna vers ma mère : « Te rappelles-tu, Sachiko, les bonzes itinérants qui passaient par le village autrefois ? Il y en a un qui est venu chez nous juste après la naissance de notre fils. Un vieillard maigre, qui n'avait qu'une main, au demeurant un bonhomme très robuste. Tu t'en souviens ?

— Oui, bien sûr, dit ma mère. Mais faut-il accorder une telle importance à ce que certains moines peuvent raconter ?

— Mais tu te souviens que celui-ci vit clair dans l'âme de Masuji. Il nous a mis en garde en nous quittant, tu te souviens, Sachiko ?

— Mais notre fils était encore au sein à ce moment-là. » Ma mère avait baissé la voix ; peut-être eût-elle préféré que je n'entendisse pas cette conversation. Mon père, au contraire, parlait inutilement fort, comme s'il s'adressait à un vaste auditoire :

« Il nous a mis en garde en partant. Il nous a dit que Masuji avait les membres sains, mais que dans sa nature, il y avait un grave défaut. Une faiblesse de caractère qui le rendrait enclin à la paresse et à la fourberie. Tu t'en souviens, Sachiko ?

— Mais ce moine a dit aussi, il me semble, tant de bonnes choses sur notre fils.

— C'est vrai. Il nous a dit clairement que notre fils avait beaucoup de qualités. Mais tu te souviens de son avertissement, Sachiko ? Il a dit que, quand bien même les bons aspects domineraient, nous, ses parents, devrions rester vigilants, pour corriger ce mauvais penchant dès qu'il se montrerait. Sinon, a dit le vieux moine, Masuji finira par devenir, quand il sera grand, un propre-à-rien.

— Mais, répliqua ma mère, est-il vraiment judicieux d'accorder tant d'importance aux paroles de ces moines ? »

Mon père sembla quelque peu surpris par cette remarque. Puis il hocha la tête pensivement, comme si ma mère l'avait vraiment mis dans l'embarras. « Moi-même, reprit-il, je répugnais à prendre ses paroles au sérieux. Mais, à mesure que Masuji grandissait, j'ai bien été obligé de reconnaître leur justesse. C'est indéniable, il y a une grande faiblesse dans le caractère de notre fils. Il n'est guère porté à la méchanceté, assurément ; mais sans cesse, nous avons dû combattre son indolence, son aversion pour le travail utile, son manque de volonté. »

Puis, avec des gestes posés, mon père prit trois ou quatre de mes peintures et les tint dans les deux mains, comme les soupesant. Et il dit, en tournant les yeux vers moi : « Masuji, ta mère a eu l'impression que tu désirais exercer le métier de peintre. Peut-être y a-t-il eu un malentendu ? »

Je baissai les yeux et continuai de me taire. À côté de moi, j'entendis ma mère dire, presque en chuchotant : « Il est encore si jeune. Je suis sûre que ce n'est qu'une lubie d'enfant. »

Il y eut un silence.

« Dis-moi donc, Masuji, reprit mon père, as-tu une idée du monde dans lequel vivent les artistes ? »

Je restais muet, les yeux toujours rivés au sol, devant moi.

« Les artistes, poursuivit mon père, vivent dans la misère noire. Le monde qu'ils habitent est plein de tentations, qui émoussent la volonté et poussent au vice. Ai-je raison, Sachiko ?

— Naturellement. Malgré tout il y a peut-être des artistes, parfois, qui réussissent à éviter ce genre de pièges.

— Bien sûr, il y a des exceptions partout. »

À sa voix (j'avais toujours les yeux baissés), j'aurais juré qu'il était en train de hocher la tête, l'air perplexe.

« ... Les rares, pourvus d'une détermination et d'un caractère hors du commun. Mais je crains que notre fils ne soit pas de ceux-là. Qu'il en soit même carrément l'opposé. Notre devoir est de le protéger contre ces dangers. Notre vœu le plus cher n'est-il pas de faire de lui un homme dont nous soyons fiers ?

— Bien sûr », dit ma mère.

Je levai les yeux un instant. La chandelle, ayant brûlé jusqu'à la moitié, éclairait vivement son visage de côté. Il avait posé les peintures dans son giron, et je remarquai qu'il en tripotait nerveusement les angles.

« Masuji, dit-il, tu peux nous laisser maintenant. Je voudrais parler avec ta mère. »

Un peu plus tard, cette nuit-là, je tombai par hasard sur ma mère dans l'obscurité. Dans un couloir certainement, encore que je ne me souvienne pas de ce détail, ni de la raison pour laquelle j'errais dans le noir. Ce n'était certes pas pour écouter aux portes, car j'étais bien résolu – cela, je me le rappelle très bien – à ne pas accorder le moindre intérêt à ce qui pourrait se passer dans la salle après ma sortie. À cette époque, bien sûr, toutes les maisons étaient mal éclairées ; aussi le fait d'avoir une conversation dans le noir n'avait rien d'inhabituel. Je distinguais la silhouette de ma mère, devant moi, mais je ne voyais pas son visage.

« Il y a une odeur de brûlé dans la maison, observai-je.

— De brûlé ? » Ma mère se tut un instant. « Non. Je ne crois pas. Tu as trop d'imagination, Masuji.

— Je l'ai sentie, pourtant. Tiens, je la sens encore. Est-ce que père est toujours dans la salle ?

— Oui. Il travaille.

— Il peut faire ce qu'il veut, là-bas, cela m'est complètement égal. »

Ma mère ne disant rien, j'ajoutai : « La seule chose que père ait réussi à enflammer, c'est mon ambition.

— C'est une bonne chose à entendre, Masuji.

— Ne vous méprenez pas, mère. Je ne me vois pas, dans quelques années, assis à mon tour là où père est assis, et tenant à mon propre fils tous ces discours où il n'est question que de comptes et d'argent. Seriez-vous fière de moi si je devenais comme ça ?

— Je le serais vraiment, Masuji. Il y a dans une vie comme celle de ton père beaucoup plus de choses que tu ne peux le penser à ton âge.

51

— Je ne serais pas du tout fier de moi. Quand j'ai dit que j'étais ambitieux, cela signifie que je veux m'élever au-dessus d'une vie comme celle-là. »

Ma mère se tut pendant quelques instants. Puis elle dit : « Quand on est jeune, beaucoup de choses semblent ennuyeuses et sans vie. Mais en vieillissant, on s'aperçoit que ce sont les choses mêmes qui importent le plus. »

Au lieu de répondre à cela, je crois que je déclarai : « Avant, j'étais terrorisé par ces réunions d'affaires. Maintenant, depuis un certain temps, elles m'ennuient, tout simplement. Elles me dégoûtent même. Ces "réunions" auxquelles j'ai le privilège d'assister ! Ce ne sont que comptes d'apothicaire. Des heures passées à empiler des pièces. Non, je ne me le pardonnerai jamais, si ma vie finit par ressembler à ça. »

Je m'arrêtai, pour voir si ma mère dirait quelque chose. Pendant un moment, j'eus presque la certitude qu'elle s'était éloignée silencieusement pendant que je parlais, me laissant seul dans ce couloir. Puis je l'entendis bouger juste devant moi ; alors je répétai : « Ce que père fait dans la salle m'est entièrement égal. S'il a allumé quelque chose, c'est l'ambition, en moi. »

Mais me voilà encore en pleine digression. Je voulais rapporter ici la conversation que j'ai eue avec Setsuko le mois dernier, quand elle est entrée dans la salle de réception pour changer les fleurs.

Elle s'était assise devant le petit autel (c'est ainsi que je me rappelle cette scène) et s'était mise à enlever les fleurs qui commençaient à se faner. Je m'étais moi-même assis derrière elle, et je la regardais secouer précautionneusement chaque tige avant de la poser dans son giron, cependant que nous parlions gaiement, je crois, de choses plaisantes. Puis elle dit, tout en continuant de s'occuper de ses fleurs :

« Excusez-moi de faire allusion à ça, père. Sans aucun doute, vous y aurez déjà pensé...

— De quoi s'agit-il, Setsuko ?

— Si j'en parle, c'est uniquement parce que je crois comprendre que les négociations, pour le mariage de Noriko, vont progresser. »

Maintenant elle disposait les fleurs fraîchement coupées dans les vases autour de l'autel. Elle accomplissait cette opération avec beaucoup de soin, plaçant les fleurs une à une et s'arrêtant chaque fois pour considérer l'effet produit. « Je voulais simplement dire, continua-t-elle, qu'une fois les négociations engagées sérieusement, père ferait peut-être bien de prendre certaines précautions.

— Des précautions ? Naturellement, nous serons prudents. Mais à quoi penses-tu précisément ?

— Aux enquêtes, surtout, pardonnez-moi.

— Mais bien entendu, nous serons aussi minutieux qu'il le faudra. Nous engagerons le même informateur que l'an dernier. C'était quelqu'un de très sérieux, tu t'en souviens, n'est-ce pas ? »

Setsuko déplaça délicatement une tige. « Pardonnez-moi de ne pas m'exprimer assez clairement. Je voulais parler de leurs enquêtes à eux.

— Je regrette, mais je ne te suis pas. Aurions-nous quelque chose à cacher ? »

Elle rit un instant, nerveusement. « Mon père doit me pardonner. Comme vous savez, je n'ai jamais été douée pour la conversation. Suichi me reproche tout le temps de ne pas savoir m'exprimer. Lui qui parle si bien, au contraire. Je devrais prendre exemple sur lui.

— Mais non, je sais que tu as une conversation très agréable ; mais en ce moment, je regrette, je ne vois pas du tout ce que tu veux dire. »

Soudain elle leva les bras au ciel : « Il y a trop d'air », dit-elle en soupirant ; et elle se pencha de nouveau vers ses fleurs. « Je les aime bien comme ça, mais, apparemment, la brise n'est pas d'accord. » Son visage se rembrunit un instant, puis elle répéta : « Vous devez m'excuser, père. À ma place, Suichi exprimerait mieux ce que je pense. Il n'est pas là, bien sûr... Je voulais simplement dire que père serait peut-être bien avisé de prendre certaines précautions. Pour éviter que des malentendus ne surgissent. Noriko a presque vingt-six ans désormais. Nous ne pourrons pas nous permettre longtemps des déceptions comme celle de l'an dernier.

— Mais des malentendus à quel propos, Setsuko ?

— Du passé. Mais je vous en prie, ce que je dis est sûrement tout à fait superflu. Je suis persuadée que père aura pensé déjà à tout cela et qu'il fera tout ce qu'il faut. »

Elle changea de position, pour considérer son œuvre, puis se retourna vers moi, le sourire aux lèvres. « Je ne suis guère habile à ce genre de choses, dit-elle en indiquant les fleurs.

— Au contraire, c'est superbe. »

Elle regarda l'autel d'un air peu convaincu et rit timidement.

Hier, alors que j'étais dans le tramway qui mène au paisible faubourg d'Arakawa, ces paroles échangées dans la salle de réception sont remontées à ma mémoire, provoquant en moi un accès d'irritation. Je regardais avec plaisir, par les vitres, le paysage de plus en plus harmonieux et dégagé à mesure qu'on descend vers le sud, quand l'image de ma fille, assise devant le petit autel et me conseillant de « prendre des précautions », m'est soudain revenue à l'esprit. Je l'ai revue se tournant à peine vers moi pour dire : « Nous ne pourrons plus nous permettre longtemps des déceptions comme celle de l'an dernier » ; et je me suis rappelé son air entendu, dans la véranda, le premier matin de son séjour, quand elle avait insinué que je lui cachais quelque chose concernant le retrait des Miyake l'an dernier. Ces souvenirs ont déjà plus d'une fois altéré mon humeur au cours du mois écoulé ; mais hier, la tranquillité dans laquelle j'étais, me rendant seul en ces quartiers éloignés et plus calmes, m'a enfin permis de voir plus clair en moi-même, et j'ai compris que cette irritation que je ressentais n'était pas tant dirigée contre Setsuko que contre son mari.

J'admets – c'est une chose tout à fait naturelle, je suppose – qu'une femme soit influencée par les idées de son mari, y compris lorsque celles-ci sont parfaitement absurdes, comme dans le cas de Suichi. Mais le mari qui va jusqu'à rendre sa femme soupçonneuse à l'égard de son propre père ne peut que soulever le ressentiment de ce dernier. Étant donné les souffrances que Suichi a dû endurer en Mandchourie, j'ai toujours essayé d'adopter une attitude tolérante devant certains aspects de son comportement ; ainsi je ne me suis jamais considéré comme visé personnellement, chaque fois que se manifeste, d'une façon ou d'une autre, sa hargne à l'égard de ma génération. Mais c'est que j'ai toujours supposé que ces idées s'estomperaient avec le temps. Or, dans son cas, il semble qu'elles persistent et deviennent même de plus en plus tranchées et déraisonnables.

Tout cela me laisserait indifférent maintenant – après tout, Setsuko et Suichi habitent loin d'ici, et je les vois tout au plus une fois par an – si dernièrement, depuis la visite de sa sœur, le mois dernier, Noriko elle-même ne semblait gagnée par cette déraison. C'est ce qui m'irrite le plus ; au point que j'ai été tenté ces derniers jours d'écrire une lettre de réprimande à Setsuko. Qu'un mari et sa femme s'adonnent à de ridicules spéculations, rien à dire ; mais qu'ils les gardent pour eux ! À ma place, un père plus strict aurait déjà réagi depuis longtemps.

Plusieurs fois le mois dernier, j'ai trouvé mes deux filles plongées dans de grandes discussions qu'à mon arrivée elles interrompaient, l'air coupable, le temps de trouver d'autres sujets de conversation, apparemment beaucoup moins passionnants. Je pourrais évoquer trois occasions au moins où cela s'est produit pendant les cinq jours que Setsuko a passés ici. Et puis il y a ce que Noriko m'a dit, l'autre matin, alors que nous finissions de déjeuner : « Je passais hier devant Shimizu, le grand magasin, quand devinez qui j'ai vu attendant à l'arrêt du tram ? Jiro Miyake !

— Miyake ? » Je levai les yeux de mon bol, surpris d'entendre Noriko trompeter ainsi ce nom. « Ah, c'est bien malencontreux.

— Malencontreux ? Au contraire, père, j'ai été très contente de le voir. C'est lui qui avait l'air gêné ; aussi je ne l'ai pas retenu longtemps. De toute façon, il fallait que je retourne au bureau. J'étais sortie pour faire une course. Mais saviez-vous qu'il s'est fiancé ?

— Il t'a dit ça ? Quel toupet !

— Ce n'est pas lui qui a abordé ce sujet, bien sûr, mais moi. Je lui ai dit que j'étais engagée dans de nouvelles négociations, et je lui ai demandé comment les choses se présentaient de son côté. J'ai dit exactement comme ça. Il est devenu tout rouge ! Mais il a fini par réussir à me dire qu'il est pour ainsi dire fiancé. Tout, ou presque, est réglé.

— Tu es vraiment très indiscrète, Noriko. C'est bien la dernière chose dont tu devais lui parler !

— Je voulais savoir. Cette histoire ne me fait plus rien. Les négociations actuelles vont si bien que rien que l'autre jour je me disais : ce serait vraiment triste que Jiro Miyake en soit encore à ressasser ce qui s'est passé l'an dernier ! Vous pouvez donc imaginer comme j'ai été contente de voir qu'il était quasiment fiancé.

— Je vois.

— J'espère faire bientôt connaissance de la fiancée. Je suis sûre que c'est quelqu'un de très bien, n'est-ce pas ?

— Certainement. »

Nous avons recommencé à manger. Puis Noriko a dit : « Il y a quelque chose d'autre que j'ai failli lui demander. Mais je me suis ravisée. » Se penchant vers moi, elle a chuchoté : « À propos de l'an dernier. Pourquoi se sont-ils retirés ?

— Heureusement que tu ne lui as pas posé cette question. D'ailleurs, ils ont été très clairs à l'époque : comme ils nous l'ont dit, ils ont considéré que le jeune homme n'avait pas une situation digne de toi.

— Mais père, vous savez très bien que ce n'était qu'une formule polie. Nous n'avons jamais su la vraie raison. Moi, du moins, on ne m'en a jamais rien dit. »

De nouveau je levai les yeux vers elle. Elle tenait ses baguettes en l'air, comme attendant une réponse. Je continuai de manger.

« Pourquoi pensez-vous qu'ils se soient retirés ? Avez-vous découvert quelque chose à ce sujet ?

— Je n'ai rien découvert. Comme je l'ai déjà dit, ils ont pensé que le jeune homme n'avait pas une position assez élevée. C'est une raison parfaitement valable.

— Mais peut-être que c'était tout simplement moi qui ne leur convenais pas. Qu'ils ne me trouvaient pas assez jolie. Pensez-vous que c'était cela, père ?

— Tu sais bien que cela n'a rien à voir avec toi. On peut rompre des négociations pour toutes sortes de raisons.

— Alors – si je ne suis pas en cause – je me demande ce qui a bien pu les pousser à se dérober comme cela. »

Elle avait dit cela très posément – ce qui de sa part, ne m'a pas paru naturel. Peut-être n'était-ce qu'une impression ; mais un père ne remarque-t-il pas les moindres changements dans la façon de parler de sa fille ?

Quoi qu'il en soit, en me racontant cela, Noriko m'a fait repenser à l'unique véritable conversation que j'ai eue moi-même avec Jiro Miyake ; je l'avais également rencontré à un arrêt de tram et nous avions fini par parler. C'était il y a juste un an – avant la rupture des négociations – vers la fin de l'après-midi, quand la ville fourmille de gens rentrant du travail. Je venais de traverser le quartier de Yokote et je me dirigeais vers l'arrêt du tram devant l'immeuble de la société Kimura. Si vous connaissez bien ce quartier, vous aurez remarqué tous les petits bureaux, d'aspect assez miteux, qui s'alignent aux étages, au-dessus des commerces. Quand je suis tombé sur Jiro Miyake, ce jour-là, il venait de descendre d'un de ces bureaux, par un escalier étroit entre deux devantures de magasins.

Je l'avais déjà vu deux fois, lors de rencontres concertées entre les deux familles où il avait paru vêtu de son mieux. Mais, ce soir-là, il semblait presque quelqu'un d'autre, dans son vieil imperméable trop grand pour lui et avec sa serviette qu'il serrait sous le bras. De plus, il avait tout à fait l'air du jeune homme qui passe ses journées à recevoir des ordres ; il était constamment prêt à la courbette, toute sa façon de se tenir le montrait. Quand je lui demandai si c'était là qu'il travaillait, dans ce bureau qu'il venait de quitter, il se mit à rire nerveusement, comme si je l'avais surpris au sortir d'une maison louche.

Qu'il avait l'air embarrassé ! J'ai tout de suite pensé que sa gêne extrême ne pouvait s'expliquer seulement par le caractère inattendu de notre rencontre ; puis j'ai abandonné cette idée : être forcé d'avouer qu'on gagne sa vie dans un endroit aussi minable n'a effectivement rien de plaisant. Or, environ une semaine plus tard, j'apprenais avec surprise que les Miyake s'étaient retirés ; et cela m'amena à me remémorer cette rencontre, à la recherche de détails significatifs.

« Je me demande, dis-je à Setsuko, qui était alors chez nous, s'ils n'avaient pas déjà pris leur décision, et si le jeune Miyake ne pensait pas tout le temps à cela, pendant que nous parlions.

— Ce serait l'explication de la nervosité que père a remarquée, avait observé Setsuko. A-t-il dit quelque chose qui aurait pu permettre de deviner leurs intentions ? »

Mais même alors, à une semaine à peine de cette rencontre, je ne me rappelais presque plus rien de la conversation que nous avions eue, le jeune Miyake et moi. Mon comportement, cet après-midi-là, s'était évidemment conformé à la supposition que les fiançailles étaient imminentes et que mon interlocuteur était un futur membre de la famille. Je m'étais donc soucié avant tout d'amener le jeune Miyake à se détendre. Sinon, j'aurais prêté une plus grande attention, peut-être, à ce que nous nous sommes dit en allant à l'arrêt du tram et durant les quelques minutes où nous sommes restés là à attendre ensemble.

Cependant, au cours des jours suivants, comme je repensais sans cesse à toute l'affaire, il me vint soudain à l'esprit que cette rencontre elle-même avait pu précipiter la rupture.

« Ce serait tout à fait possible, comme je le dis alors à Setsuko. Miyake était très, très gêné que j'aie vu son lieu de travail. Il n'aura jamais senti aussi nettement l'abîme qu'il y a entre nos deux familles. C'est un point sur lequel ils sont revenus trop souvent pour que ce soit une simple formule. »

Apparemment, Setsuko ne fut pas convaincue par cette explication ; et, une fois rentrée chez son mari, se sera mise à spéculer sur l'échec de ce projet de mariage, puisque cette année, elle est revenue ici avec ses propres théories à ce sujet – ou, du moins, celles de Suichi. Me voilà donc obligé de réfléchir de nouveau à cette rencontre, de la considérer sous un autre angle encore. Mais si une semaine après, déjà, je me rappelais à peine ce qui s'était passé, maintenant c'est plus d'une année qui s'est écoulée !

Malgré tout, je me suis souvenu d'un moment de la conversation auquel je n'accordais aucune importance auparavant. Miyake et moi avions débouché dans la grand-rue, et chacun s'était mis à attendre son tram devant l'immeuble de la Kimura. Et je revois Miyake me disant :

« Nous avons appris une triste nouvelle, aujourd'hui au travail. Le président de notre société mère vient de mourir.

— J'en suis désolé. Était-il âgé ?

— Il n'avait qu'un peu plus de soixante ans. Je n'ai jamais eu l'occasion de le rencontrer personnellement, mais bien sûr j'avais vu des photographies de lui dans nos publications. C'était un homme supérieur ; nous avons tous le sentiment d'avoir perdu un père.

— Quel coup, pour vous tous !

— En vérité. » Il se tut un instant. « Cela dit, nous sommes assez embarrassés, au bureau, quant à la manière la plus appropriée de lui rendre hommage. Le fait est, pour être franc, que le président s'est suicidé.

— Vraiment ?

— Oui. Il s'est asphyxié. Mais il semble qu'il ait essayé de faire hara-kiri, car on a trouvé des éraflures sur son ventre. » Miyake baissa gravement les yeux vers le sol. « Il s'est ainsi excusé au nom des sociétés qu'il dirigeait.

— Il s'est excusé ?

— Manifestement notre président se sentait responsable de certaines entreprises auxquelles nous avons été mêlés pendant la guerre. Deux de nos dirigeants avaient déjà été destitués par les Américains ; notre président, visiblement, trouvait que ce n'était pas assez. Par son acte, il a fait ses excuses, au nom de nous tous, aux familles de ceux qui ont été tués pendant la guerre.

— Allons, cela est tout à fait excessif. C'est à croire que le monde a sombré dans la folie ! Pas un jour ne passe, semble-t-il, qu'on n'annonce encore que quelqu'un s'est donné la mort pour s'excuser. Dites-moi, mon jeune ami, ne trouvez-vous pas tout cela très regrettable ? Ne doit-on pas faire tout ce qu'on peut pour soutenir son pays s'il est en guerre ? Il n'y a aucune honte à cela. Quel est ce besoin de s'excuser par la mort ?

— Vous avez certainement raison, monsieur. Mais pour être franc, il y a comme un soulagement général dans notre société. Nous sentons maintenant que nous pouvons oublier nos erreurs passées et nous tourner vers l'avenir. C'est une chose admirable qu'a faite notre président.

— Mais aussi infiniment regrettable. Car ce sont les meilleurs que nous perdons ainsi, dans bien des cas.

— En effet, monsieur, c'est dommage. Alors qu'il y en a tant qui devraient vraiment s'excuser par le don de leur vie mais sont trop lâches pour faire face à leurs responsabilités. Et ainsi ce sont les esprits nobles, comme notre président, qui se sacrifient à leur place. Je pense à cela parfois, quand je vois tous ceux qui sont déjà revenus aux positions qu'ils occupaient pendant la guerre. Certains ne sont rien d'autre que des criminels de guerre. C'est eux qui devraient s'excuser.

— Je vois ce que vous voulez dire. Mais ceux qui durant la guerre ont combattu et travaillé loyalement pour notre pays ne peuvent être traités de criminels de guerre. C'est une expression qu'on emploie bien à la légère ces derniers temps.

— Mais ce sont eux qui ont perdu le pays, monsieur. Et il est juste qu'ils reconnaissent leurs responsabilités. S'ils ne le font pas, s'ils refusent d'admettre leurs erreurs, c'est que ce sont des lâches. Quand on a fait de telles erreurs, au nom de tout un pays... non, ce sont les pires lâches qui soient. »

Miyake s'exprima-t-il vraiment ainsi ce jour-là ? Il est possible, en effet, que je confonde ce qu'il m'a dit avec les formules dont Suichi est coutumier ; j'en suis peut-être venu, dans une certaine mesure, à associer dans mon esprit mon gendre actuel avec ce gendre virtuel que fut, malgré tout, pour moi Miyake. Assurément, des expressions comme « les pires lâches qui soient », si elles sont tout à fait dans le style de Suichi, ne le sont guère d'un être aussi modéré, apparemment, que le jeune Miyake. Je suis néanmoins certain que nous avons bien eu cette conversation, en substance, ce jour-là à l'arrêt du tram, même si je trouve assez étrange, de sa part, d'avoir abordé un tel sujet. Quant à la formule « les pires lâches qui soient », maintenant que j'y repense, elle est de Suichi : il l'a prononcée, je me rappelle, lors de la soirée qui suivit l'inhumation des cendres de Kenji.

Nous avions attendu plus d'un an leur rapatriement de Mandchourie – à cause, nous disait-on régulièrement, de toutes les complications que créaient là-bas les communistes. Et quand ses cendres sont enfin arrivées, en même temps que celles de vingt-trois autres jeunes gens, tous tombés dans une charge désespérée à travers un champ de mines, on ne nous a pas garanti qu'il s'agissait en effet des cendres de Kenji ou uniquement des siennes. « Mais si ce ne sont pas que les cendres de mon frère, m'avait écrit à cette époque Setsuko, elles ne peuvent être mêlées qu'à celles de ses camarades. Nous n'avons pas le droit de nous plaindre de cela. » Nous les avons donc acceptées comme celles de Kenji, et nous lui avons rendu les hommages que nous lui devions, il y a eu deux ans le mois dernier.

Au cours de la cérémonie au cimetière, je vis soudain Suichi s'éloigner l'air furieux. Je demandai à Setsuko ce qu'avait son mari ; elle me répondit dans un chuchotement rapide : « Pardonnez-lui, je vous en prie, il ne se sent pas bien. C'est la sous-alimentation ; bien que des mois soient passés, il continue d'avoir des crises comme celle-là. »

Mais plus tard, alors que les personnes qui avaient assisté aux obsèques se réunissaient chez moi, elle me dit : « S'il vous plaît, père, comprenez. Suichi est bouleversé par ce genre de cérémonie.

— J'en suis vraiment touché, dis-je. J'ignorais qu'il fût si proche de ton frère.

— En effet, ils s'entendaient bien quand ils se voyaient. D'autre part, Suichi s'identifie profondément à ceux qui ont connu le sort de Kenji. Il dit que cela aurait pu si facilement lui arriver à lui aussi.

— Mais n'est-ce pas une raison supplémentaire de ne pas partir au beau milieu de la cérémonie ?

— Excusez-moi, père, Suichi n'a absolument pas voulu se montrer irrévérencieux. Mais nous avons assisté à je ne sais plus combien de cérémonies de ce genre cette année, pour des amis ou des camarades de Suichi, et chaque fois ça le met en colère.

— En colère ? Mais pourquoi exactement ? »

D'autres invités arrivaient, je dus interrompre cette conversation. Mais plus tard dans la soirée, j'eus l'occasion de parler à Suichi lui-même. Beaucoup de nos hôtes étaient encore là, dans la salle de réception, quand je l'aperçus de l'autre côté de la pièce, dominant d'une bonne tête tous les invités présents ; il était seul ; il avait écarté les panneaux coulissants donnant sur le jardin, et le dos tourné au bruit confus des voix, regardait dans l'obscurité. J'allai à lui.

« Setsuko m'a dit, Suichi, que ces cérémonies vous mettent en colère. »

Il se retourna et sourit. « Oui, sans doute. Je suis indigné quand je pense à cela. À ce gâchis.

— Certes. Il est terrible de penser à toutes ces vies gaspillées. Mais Kenji, comme tant d'autres, est mort en brave. »

Mon gendre me considéra sans rien dire, le visage impassible, inexpressif ; c'est un air qu'il prend de temps à autre, et auquel je n'ai jamais pu vraiment m'habituer. Non que Suichi vous veuille le moindre mal, dans ce cas-là, j'en suis sûr, mais comme c'est un homme fort et assez beau, il est facile de lire dans ce regard une menace ou une accusation.

« Mort en brave, mort en brave, ça n'en finit jamais ! dit-il finalement. La moitié de mes camarades de promotion sont morts en braves. Tous pour des causes stupides – mais ils ne l'auront jamais su... Savez-vous, père, ce qui me met vraiment hors de moi ?

— Oui, quoi donc ?

— Ceux qui ont envoyé Kenji et les autres à ces morts glorieuses, ceux-là, où sont-ils aujourd'hui ? Ils continuent de vivre, à peu près comme avant. Beaucoup, même, encore mieux qu'avant ; ils savent si bien se comporter devant les Américains, ceux-là mêmes qui nous ont menés à la catastrophe ! Et ce sont les garçons comme Kenji que nous devons pleurer. Voilà ce qui me met hors de moi. Les jeunes, les braves meurent pour des causes stupides, et les vrais coupables sont toujours des nôtres. Avec leur peur de se montrer pour ce qu'ils sont et d'admettre leur responsabilité. » Et c'est alors, j'en suis certain, que se retournant vers l'obscurité il dit : « À mon avis, ce sont les pires lâches qui soient. »

Cette cérémonie m'avait épuisé, sinon j'aurais contredit certaines de ses opinions, dénuées de tout fondement. Mais je me dis que nous aurions d'autres occasions de reprendre cette discussion, et je déviai la conversation. Je me revois encore là, à côté de lui, regardant la nuit, tout en m'enquérant de son travail et d'Ichiro. Depuis que Suichi était revenu de guerre, je l'avais à peine entrevu ; c'était la première fois que je découvrais le gendre changé, amer et acerbe, auquel il me faut désormais m'habituer. Je fus étonné ce soir-là de le voir parler ainsi, sans aucun respect des formes (auxquelles il se pliait auparavant) ; mais j'attribuai cela à l'émotion des funérailles, et, plus généralement, au choc de la guerre – qui, d'après ce que Setsuko avait laissé entendre, avait été pour lui une expérience terrible.

Or il s'est avéré, ces derniers temps, qu'il reste fondamentalement de la même humeur que je lui trouvai ce soir-là ; cette métamorphose du jeune homme poli, effacé, qui devint le mari de Setsuko deux ans avant la guerre, est tout à fait remarquable. Assurément il est tragique que tant de garçons de sa génération soient morts ainsi, mais pourquoi entretenir une telle hargne à l'égard de ses aînés ? Il y a dans les idées actuelles de Suichi une dureté, un acharnement pernicieux, que je trouve d'autant plus inquiétants qu'ils semblent gagner maintenant Setsuko elle-même.

Le cas de mon gendre n'a rien d'unique cependant. Je le constate partout autour de moi ; le changement qui s'est produit dans la jeune génération est tel que je n'en comprends pas tous les aspects ; mais certains sont indéniablement troublants.

Ainsi, juste l'autre soir chez Mme Kawakami, un client, assis également au comptoir, a dit :

« Il paraît que l'idiot a été emmené à l'hôpital, avec quelques côtes cassées et une commotion.

— Le petit Hirayama ? a demandé Mme Kawakami, l'air préoccupé.

— Ah, c'est son nom ? Le braillard qui traîne tout le temps dans les rues ? Il fallait vraiment que quelqu'un le fasse taire. Mais il paraît qu'on l'a encore roué de coups hier soir. Il a beau brailler n'importe quoi, c'est une honte de s'en prendre à un simple d'esprit.

— Excusez-moi, dis-je, me tournant vers l'homme, vous dites que le petit Hirayama s'est fait attaquer ? Pour quelle raison ?

— À ce qu'on dit, il n'arrêtait pas de chanter un ancien chant militaire et de crier des slogans rétrogrades.

— Mais le petit Hirayama a toujours fait ça, ai-je fait remarquer. Il ne sait chanter que deux ou trois chants. C'est ce qu'on lui a appris. »

L'homme a haussé les épaules. « Effectivement, à quoi ça rime de rosser un idiot pareil ? C'est de la pure cruauté. Mais il était là-bas au pont de Kabayashi et, comme vous savez, c'est un coin mal fréquenté à la nuit tombée. Il s'était assis sur le parapet et restait là à chanter et à scander ses slogans. On l'entendait dans le bar d'en face. Ça durait depuis une heure, et certains ont fini par en avoir assez.

— Mais à quoi cela rime ? a dit Mme Kawakami. Le petit Hirayama n'est pas méchant.

— Sûrement, mais quelqu'un devrait lui apprendre de nouvelles chansons, a répliqué l'homme, en buvant. Il n'a pas fini de prendre des coups s'il continue avec son vieux répertoire. »

Bien qu'il ait au moins cinquante ans désormais, tout le monde continue de l'appeler « le petit Hirayama ». Mais c'est un nom qui lui convient, car il a l'âge mental d'un enfant. Aussi loin que je me souvienne, ce sont toujours les religieuses de la mission catholique qui ont pris soin de lui ; Hirayama doit être le nom de la famille où il est né. Autrefois, quand notre quartier de plaisir florissait, on pouvait le voir tous les jours, assis par terre à l'entrée du Migi-Hidari ou d'un établissement voisin. Effectivement, comme l'a dit Mme Kawakami, c'était un garçon tout à fait inoffensif ; avant et pendant la guerre, il fut même un personnage très populaire dans le quartier, avec ses chants militaires et ses imitations de discours patriotiques.

Je ne sais de qui il tenait son répertoire, qui comptait tout au plus trois chants, peut-être même deux seulement ; et il ne connaissait qu'une strophe de chaque ; mais il les interprétait d'une voix puissante, qui portait. Et entre les passages chantés, se dressant, les mains sur les hanches et souriant au ciel, il s'écriait, au grand amusement du public : « Ce village doit offrir sa part de sacrifices à l'Empereur ! Parmi vous, les uns donneront leur vie ! Les autres reviendront couverts de gloire dans une aube nouvelle ! » – et autres phrases de ce genre. Et les gens disaient : « Il lui manque peut-être une case, au petit Hirayama, mais il est du bon côté. C'est un Japonais. » Et souvent on voyait les gens s'arrêter pour lui donner de l'argent, ou pour lui acheter quelque chose à manger ; et alors, le visage de l'innocent s'illuminait d'un grand sourire. S'il s'est attaché à ces chants patriotiques, c'est certainement à cause des attentions et de la popularité qu'ils lui attiraient.

Les innocents ne gênaient personne à cette époque-là. Qu'est-ce qui a pris aux gens, pour qu'ils en arrivent à battre cet homme ? Que ses chants et ses discours ne leur plaisent pas, soit ; mais selon toute vraisemblance, il s'agit des mêmes personnes qui jadis l'encouragèrent, le caressèrent, jusqu'à ce que ces quelques bribes se gravent dans sa cervelle.

Mais, comme je l'ai dit, il y a un état d'esprit différent dans le pays en ce moment, et les opinions et l'attitude de Suichi n'ont probablement rien d'exceptionnel. Peut-être est-il injuste de ma part d'imputer aussi au jeune Miyake des idées aussi virulentes ; mais les choses étant aujourd'hui ce qu'elles sont, il semble bien, si l'on examine tout ce que vous disent les uns et les autres, que l'on retrouve partout la trace de ce même ressentiment hargneux. Autant que je sache, Miyake a réellement prononcé ces paroles ; tous les hommes de la génération de Miyake et Suichi en sont sans doute arrivés à penser et parler de la sorte.

J'ai déjà dit, je crois, qu'hier je suis allé à l'autre bout de la ville, dans le quartier d'Arakawa. Arakawa est le terminus des tramways qui descendent vers le sud, et beaucoup de gens s'étonnent que cette ligne s'enfonce si loin dans la « cambrousse ». Il est vrai que lorsqu'on pense à Arakawa, à ses belles avenues toujours bien balayées, à ses trottoirs plantés d'érables, à ses demeures séparées les unes des autres, à cette impression qu'on y a partout d'être presque à la campagne, on a tendance à oublier que c'est une partie de la ville. Mais à mon avis, les autorités ont eu raison de prolonger la ligne du tram jusque-là ; nos concitoyens ne peuvent qu'avoir intérêt à disposer de liaisons commodes avec des quartiers plus calmes, où l'on ne se bouscule pas. Nous n'avons pas toujours été aussi bien desservis ; je me rappelle encore que le sentiment d'oppression que l'on peut avoir dans une ville, surtout durant les semaines de la canicule, était nettement plus fort à l'époque où le réseau actuel n'existait pas.

C'est en 1931, je crois, que les nouvelles lignes commencèrent à fonctionner, à la place du vieux réseau inadapté qui, depuis trente ans, ne cessait de provoquer l'irritation des usagers. Cette innovation eut sur toute la vie de la ville un effet extraordinaire ; il faut peut-être l'avoir vu et vécu pour le croire, ou ne fût-ce que l'imaginer. Des quartiers entiers changèrent complètement d'aspect du jour au lendemain ; des parcs qui étaient toujours grouillants de monde devinrent déserts ; de vieux commerces solides furent soudain au bord de la faillite. Inversement, bien sûr, ce fut une aubaine pour d'autres quartiers, entre autres pour ce secteur, de l'autre côté du Pont de l'Hésitation, qui allait devenir notre quartier de plaisir. Avant les nouvelles lignes de tramways, on ne trouvait rien d'autre, en allant par là-bas, que quelques rues écartées, tristes, bordées de maisons aux toits de bardeaux. Ce n'était pas un quartier vraiment ; pour l'indiquer, tout le monde disait « à l'est de Furukawa ». Or, avec le nouveau réseau, les passagers qui descendaient au terminus de Furukawa et voulaient se rendre au centre, eurent plus vite fait d'y aller à pied que de prendre la correspondance – le deuxième tram effectuant un très long détour ; ainsi cette partie de la ville se remplit tout à coup de piétons. Les quelques bars qui y vivotaient depuis des années connurent une soudaine prospérité, et d'autres ouvrirent par dizaines.

Celui qui devait devenir le Migi-Hidari s'appelait alors simplement « Chez Yamagata » – du nom du vieux soldat à la retraite qui en était le patron – mais c'était l'établissement le plus ancien du quartier. C'était un endroit assez terne, où j'allais régulièrement cependant, depuis mon arrivée dans cette ville des années auparavant. Autant que je me souvienne, ce n'est que quelques mois après l'inauguration des nouvelles lignes de tram que Yamagata vit ce qui se passait autour de lui, et se mit à formuler ses nouvelles idées. Avec toute cette vie qui naissait, tous ces bars qui se multipliaient, lui, qui en était le « patriarche » comme il disait (étant le plus ancien et le mieux situé, à cette intersection de trois rues), n'avait-il pas le « devoir » de s'agrandir pour rouvrir dans un style digne de la prochaine splendeur du quartier ? Le commerçant installé à l'étage était prêt à vendre, et il serait facile de se procurer le capital nécessaire. En fait, le seul obstacle à redouter, aussi bien pour lui-même, Yamagata, que pour le quartier dans son ensemble, était l'attitude des autorités municipales.

En cela il ne se trompait pas. On était en 1933 ou 1934, en effet ; ce n'était vraiment pas le moment, on s'en souviendra, d'envisager la création d'un nouveau quartier de plaisir. Les autorités menaient contre les aspects les plus frivoles de la vie citadine une offensive difficile, qui avait déjà abouti, cependant, dans le centre, à la fermeture ou à la condamnation à court terme de nombreux établissements décadents. Aussi, au début, les grandes idées de Yamagata me laissaient plutôt froid. Mais quand il m'expliqua enfin ce qu'il avait en vue exactement, je fus très favorablement impressionné et je promis de faire tout ce qui était en mon pouvoir pour l'aider.

J'ai déjà fait allusion, je crois, au petit rôle que j'ai joué dans la genèse du Migi-Hidari. Financièrement parlant, je ne pouvais rien faire, bien sûr, n'ayant moi-même aucune fortune. Mais je jouissais déjà d'un certain renom dans cette ville ; je n'étais pas encore – autant que je me souvienne – à la commission des arts du ministère d'État, mais j'y avais de nombreuses relations, et l'on me consultait fréquemment sur des questions de politique générale. Il n'était donc pas vain, de ma part, d'adresser une requête aux autorités, au nom de Yamagata.

« En proposant la création de cet établissement, écrivais-je, le propriétaire entend mettre en honneur le nouvel esprit patriotique qui surgit dans le Japon d'aujourd'hui. Le décor lui-même annoncera cette intention, et tout client incompatible avec ce nouvel esprit sera fermement invité à sortir et à ne plus se présenter. Le propriétaire entend également faire de cet établissement un lieu où les artistes et les peintres qui dans notre ville illustrent le mieux, par leurs œuvres, l'esprit nouveau, puissent se retrouver pour boire ensemble. Eu égard à ce dernier point, je me suis assuré le concours de divers collègues ; permettez-moi de citer, entre autres, le peintre Masayuki Harada ; le dramaturge Misumi ; les journalistes Shigeo Otsuji et Eiji Nastuki – qui tous, comme vous le savez, se distinguent par leurs travaux d'une fidélité inébranlable à Sa Majesté l'Empereur. »

Je faisais valoir ensuite que la fondation d'un tel éta- •

blissement, qui donnerait le ton à tous les autres, serait le moyen idéal de faire régner la décence dans ce quartier.

« Sinon, ajoutais-je, nous risquons de voir se développer ici aussi cette espèce même de décadence que nous combattons de notre mieux, sachant à quel point elle énerve notre culture. »

Les autorités non seulement donnèrent leur accord : elles manifestèrent pour ce projet un enthousiasme dont je fus moi-même surpris. Ce fut encore un de ces cas, je crois, où l'on découvre tout d'un coup, à son propre étonnement, que l'estime dont on jouit est nettement plus grande qu'on ne le supposait. Il faut dire que je n'ai jamais été homme à me soucier de ce genre de choses, et ce n'est certes pas à cause de cette preuve d'estime que la naissance du Migi-Hidari me procura une si profonde satisfaction personnelle ; j'étais fier en revanche de voir se réaliser une idée que je soutenais depuis quelque temps : à savoir que le nouvel esprit du Japon n'était pas incompatible avec les joies de l'existence, autrement dit qu'il n'y avait aucune raison pour que la recherche du plaisir allât de pair avec la décadence.

Le Migi-Hidari ouvrit donc, deux ans et demi environ après l'avènement des nouvelles lignes de tramways. Tout avait été adroitement rénové ; il était impossible de ne pas remarquer, en passant par là à la nuit tombée, cette façade vivement éclairée avec ses innombrables lanternes accrochées le long des pignons et sous les avant-toits, aux rebords et aux linteaux des fenêtres, et au-dessus de l'entrée principale ; et puis il y avait cette immense bannière illuminée pendant à la poutre de faîte, qui portait le nouveau nom de l'établissement sur un fond de bottes de soldats marchant en formation.

Un soir, peu après l'inauguration, Yamagata m'accueillit et me conduisit à l'intérieur, m'invita à choisir la table que je préférais et déclara que dorénavant elle me serait toujours réservée. Je pense que ce fut avant tout, de sa part, une façon de reconnaître le petit service que je lui avais rendu. Mais il ne faut pas oublier non plus que j'avais toujours été un de ses meilleurs clients.

Cela faisait plus de vingt ans, en effet, que j'allais chez lui. Ce n'avait pas été vraiment un choix délibéré de ma part : comme je l'ai dit, c'était un endroit sans caractère ; mais il se trouvait à deux pas de Furukawa, où le jeune homme que j'étais alors, frais arrivé dans cette ville, avait trouvé à se loger.

Furukawa était à l'époque d'une laideur que vous aurez de la peine à vous représenter si vous ne connaissez de la ville que son aspect actuel – auquel cas ce mot, « Furukawa », n'évoquera probablement dans votre esprit que le parc, célèbre pour ses pêchers, qui s'y trouve aujourd'hui. Mais quand je suis venu pour la première fois dans cette ville – en 1913 – c'était une zone pleine de fabriques et d'entrepôts appartenant à de petites entreprises, et dont beaucoup étaient abandonnés ou très mal entretenus. Quant aux habitations, elles étaient vieilles et miteuses ; la population de Furukawa était uniquement composée de gens qui ne pouvaient se permettre que les loyers les plus modestes.

J'avais, au-dessus d'un appartement qu'habitaient une vieille femme et son fils célibataire, une petite mansarde tout à fait inadaptée à mes besoins. Comme il n'y avait pas d'électricité dans la maison, j'étais obligé de peindre à la lumière d'une lampe à huile ; il y avait à peine la place de mettre le chevalet, et il était impossible de ne pas éclabousser de peinture les parois et les tatamis ; la nuit, je réveillais souvent la vieille et son fils en travaillant ; enfin et surtout, le plafond de cette mansarde était si bas que je ne pouvais me redresser complètement, ce qui me forçait souvent à travailler des heures de suite à demi accroupi, en me cognant continuellement la tête contre les poutres. Mais alors, j'étais tellement heureux d'avoir été engagé par Takeda et de gagner ma vie comme artiste, que je ne pensais guère à ces tristes conditions.

Je ne travaillais pas dans cette pièce pendant la journée, bien sûr, mais à l'« atelier » de maître Takeda, qui se trouvait aussi à Furukawa. C'était un grand local au-dessus d'un restaurant – tout en longueur, où nous tenions tous les quinze avec nos chevalets rangés en une seule file. Le plafond était plus haut que chez moi, bien sûr, mais il s'affaissait très nettement en son milieu ; tous les matins, c'était la même plaisanterie quand nous entrions : il a encore baissé de quelques centimètres depuis hier ! Il y avait des fenêtres tout le long de la pièce, et pourtant ce n'était pas vraiment idéal pour travailler, car la lumière qui entrait était toujours trop intense – on se serait cru sur le pont couvert d'un bateau. Autre inconvénient : le patron du restaurant nous chassait dès six heures, quand ses clients commençaient à arriver. « Vous êtes aussi discrets qu'un troupeau de bestiaux, là-haut », disait-il. Force était donc de continuer le travail chacun chez soi.

Il était absolument impossible, en effet, d'exécuter nos programmes sans travailler le soir, la maison Takeda s'étant fait un point d'honneur, en quelque sorte, de pouvoir exécuter n'importe quelle commande dans les plus brefs délais ; et maître Takeda ne se lassait pas de nous expliquer que si nous ne terminions pas avant la date fixée – c'est-à-dire le départ de tel ou tel navire –, des sociétés rivales auraient tôt fait de nous éliminer. Résultat, nous trimions sur nos toiles jusque tard dans la nuit, et néanmoins, le lendemain, nous nous sentions toujours en retard et coupables. Souvent, à l'approche de l'échéance, nous nous mettions à peindre sans discontinuer, nous accordant tout au plus deux ou trois heures de sommeil par nuit. Parfois, quand les commandes pleuvaient, nous finissions par éprouver constamment des vertiges. Malgré tout, je n'ai pas le souvenir d'une seule occasion où nous aurions manqué à nos engagements ; cela donne une idée, je crois, de l'empire que maître Takeda avait sur nous.

J'étais depuis un an, peut-être, chez maître Takeda quand il engagea Yasunari Nakahara. Je doute que ce nom vous dise grand-chose, car celui qui le porte n'est jamais parvenu à aucune sorte de célébrité. Le sommet de sa carrière fut sa nomination comme professeur de beaux-arts dans un lycée du quartier de Yuyuma, quelques années avant la guerre – poste qu'il occupe toujours, m'a-t-on dit, les autorités ne voyant aucune raison de le remplacer, comme on a fait de tant de ses collègues. Dans mon souvenir, il est et reste « la Tortue », surnom que nous lui donnâmes chez Takeda ; en ce qui me concerne, je finis par l'appeler ainsi par affection, et j'ai continué de le faire tant que dura notre amitié.

Je possède toujours une toile de « la Tortue » : un autoportrait qu'il fit peu après notre départ de chez Takeda. On y voit un jeune homme maigre, portant lunettes, assis en manches de chemise dans une pièce sombre encombrée de chevalets et de meubles bancals, le visage éclairé de côté par la lumière de la fenêtre. La gravité et la timidité qui se lisent sur ce visage sont bien de l'homme que je me rappelle, et à cet égard, « la Tortue » a été remarquablement honnête ; à le voir, sur ce tableau, on dirait tout à fait ce genre de personnes qu'on n'hésite pas à pousser du coude, dans un tram, pour se faire soi-même une place assise. Cela dit, aucun d'entre nous, semble-t-il, ne peut échapper à une forme ou une autre de vanité : si la modestie de « la Tortue » lui interdisait de dissimuler sa nature timide, elle ne l'a pas empêché de s'attribuer une expression hautement intellectuelle – dont, pour ma part, je n'ai aucun souvenir. Mais soyons juste : je n'ai jamais connu aucun peintre capable de faire un autoportrait absolument véridique ; quelle que soit l'exactitude avec laquelle on reproduit les détails que vous renvoie le miroir, la personnalité représentée approche rarement de la vérité que d'autres, en revanche, verraient.

« La Tortue » dut son surnom, évidemment, à sa lenteur ; arrivé chez Takeda au milieu d'une période particulièrement chargée, il se fit remarquer en produisant deux ou trois toiles dans le même temps que nous autres réussissions à en achever six ou sept. Au début, nous accusions son manque d'expérience et n'utilisions ce surnom que dans son dos. Mais les semaines passant sans apporter aucune amélioration, l'animosité à son égard grandit, et l'on ne se retint plus de le traiter ouvertement de « Tortue ». Il savait très bien que ce sobriquet n'avait rien d'affectueux mais il faisait de son mieux, je me rappelle, pour prendre la chose du bon côté. « Hé, la Tortue, criait quelqu'un de l'autre côté de la longue pièce, il est fini, ce pétale que tu as commencé la semaine dernière ? » Et lui se forçait à rire comme pour montrer qu'il appréciait aussi la plaisanterie. Mes collègues attribuaient souvent cette apparente incapacité de défendre sa dignité au fait que « la Tortue » était de Negishi ; les gens de ce quartier, en effet, avaient la réputation – et l'ont toujours d'ailleurs, aussi injuste que ce soit – d'être des femmelettes et des invertébrés.

Un matin, maître Takeda étant sorti pour quelques instants, deux collègues s'approchèrent de « la Tortue » pour lui reprocher son manque de célérité. Mon chevalet étant placé non loin du sien, je vis son trouble quand il répondit :

« J'implore votre patience, estimés collègues. Je ne désire rien tant que d'apprendre de vous, qui m'êtes tellement supérieurs, à produire avec une telle rapidité des œuvres d'une telle qualité. J'ai fait tout mon possible ces dernières semaines pour travailler plus vite, mais hélas ! j'ai été contraint d'abandonner plusieurs toiles ; le manque de qualité était tel qu'il aurait fait honte à notre maison. Mais je ferai de mon mieux pour améliorer la piètre opinion que vous avez de moi. Je vous supplie de me pardonner et de garder encore un peu votre patience. »

« La Tortue » répéta deux ou trois fois cet appel à la clémence, tandis que les deux autres continuaient de le tourmenter, l'accusant de paresse et de se décharger sur les autres de sa part de travail. Presque tout le monde, à ce point, avait cessé de peindre et faisait cercle autour d'eux. Les accusateurs haussèrent le ton, passèrent aux injures ; les autres regardaient, l'air fasciné. C'est alors, je crois, que j'intervins, voyant que personne d'autre ne le ferait :

« Assez, dis-je. Vous ne voyez pas que c'est à son honnêteté d'artiste que vous vous en prenez ? Y a-t-il rien de plus respectable qu'un peintre qui refuse de sacrifier la qualité à la vitesse ? Il faut être stupide pour ne pas comprendre ça. »

Assurément, je ne garantirai pas que telles furent exactement mes paroles : tout cela est si loin. Mais c'est bien dans cet esprit que je parlai en faveur de « la Tortue », cela j'en suis certain ; je me souviens parfaitement de la gratitude et du soulagement qui se peignirent sur le visage de « la Tortue » quand il se tourna vers moi, et des regards éberlués de tous les autres. J'inspirais moi-même beaucoup de respect à mes collègues – étant imbattable aussi bien sur le plan de la qualité que de la quantité – et je crois que mon intervention mit un terme au calvaire de « la Tortue », au moins ce matin-là.

Vous pensez peut-être que je m'attribue bien du mérite en relatant ce petit épisode ; toute personne pour qui l'art est une chose sérieuse n'aurait-elle pas réagi comme moi, en invoquant le même principe, tant celui-ci semble une évidence ? Or, le fait est que chez maître Takeda, à cette époque-là, nous nous sentions tous engagés dans une bataille contre le temps pour préserver la réputation âprement acquise de la maison. Nous savions très bien, également, que les geishas, cerisiers, carpes dans l'eau, temples et autres sujets des œuvres qu'on nous commandait devaient avant tout « avoir l'air japonais », aux yeux des étrangers à qui elles étaient destinées, et qui, très certainement, étaient incapables d'apprécier les nuances et la qualité du style. Aussi je ne crois pas exagérer les mérites du jeune homme que j'étais en laissant entendre que mon comportement, ce jour-là, était la manifestation d'un trait de caractère qui finit par faire de moi un homme très respecté : la capacité de penser et de juger par moi-même, au risque de heurter mon entourage. Il est certain que ce matin-là, je fus le seul à prendre la défense de « la Tortue ».

Je l'aidai encore à plusieurs reprises, et chaque fois il trouva l'occasion de me remercier ; mais jamais je ne trouvais le temps de m'entretenir vraiment avec lui seul à seul, tant nous étions occupés durant cette période. Presque deux mois, je crois, de travail frénétique passèrent, avant que nous jouissions enfin d'un moment d'accalmie. Renouant avec une vieille habitude, j'en profitai pour aller faire un tour dans le parc du temple de Tamagawa ; « la Tortue » y était aussi : il était assis sur un banc au soleil et semblait dormir.

Je reste un fervent adepte du parc de Tamagawa. Je veux bien reconnaître que les haies et les rangs d'arbres qui s'y trouvent aujourd'hui contribuent à créer une atmosphère plus conforme à un lieu de culte ; mais chaque fois que j'y vais maintenant, je ne peux m'empêcher de regretter ce qu'il était autrefois. Avant qu'on y ait planté ces haies et ces arbres, le parc semblait bien plus vaste et bien plus animé ; des éventaires de bonbons et de ballons, des stands d'attractions avec des jongleurs ou des illusionnistes étaient toujours installés çà et là sur les grandes prairies dégagées ; le parc de Tamagawa était aussi l'endroit où aller, je me souviens, si l'on voulait se faire photographier : on ne pouvait s'y promener sans apercevoir ces photographes d'autrefois dans leur petite cabine, avec leur trépied et leur cape noire.

C'était donc un dimanche après-midi au début du printemps ; je m'approchai de « la Tortue », qui s'éveilla en sursaut quand je m'assis à côté de lui.

« Oh, Ono-san ! s'exclama-t-il, l'air réjoui. Quelle chance de vous voir aujourd'hui ! Pensez donc qu'il y a juste un instant, je me disais : si seulement j'avais un peu d'argent de côté, je ferais un cadeau à Ono-san, en reconnaissance de ses bontés à mon égard. Mais pour le moment je ne peux me permettre que quelque chose de bon marché, ce serait une insulte. Aussi, entre-temps, permettez-moi de vous remercier du fond du cœur, Ono-san, de tout ce que vous avez fait pour moi.

— Ce n'est rien. J'ai simplement dit deux ou trois fois ce que je pensais, c'est tout.

— Mais il y a si peu de gens capables de faire ça. Sincèrement, c'est un honneur d'être le collègue d'un homme comme vous. Même si la vie nous éloigne complètement l'un de l'autre, je n'oublierai jamais votre bienveillance. »

Je me souviens l'avoir écouté encore quelques instants louer mon courage et mon intégrité. Puis je lui dis : « Cela fait un certain temps que je voulais vous parler. Voyez-vous, après avoir bien pesé le pour et le contre, j'envisage de quitter maître Takeda dans un proche avenir. »

Il ouvrit de grands yeux, puis, manquant de me faire éclater de rire, regarda de tous côtés, comme s'il craignait qu'on eût surpris mes paroles.

« En effet, continuai-je, mon travail a attiré l'attention du peintre et graveur Seiji Moriyama. C'est une chance extraordinaire pour moi. Vous avez entendu parler de lui certainement ? »

« La Tortue », les yeux toujours rivés sur moi, secoua la tête.

« M. Moriyama, repris-je, est un *véritable* artiste. Un grand artiste même, très probablement. Non, je n'ai jamais eu une telle chance : il s'est intéressé à moi, m'a donné des conseils. Il m'a dit que j'avais des dons certains, et que je les gâcherais irrémédiablement en restant chez maître Takeda ; et il m'a proposé de devenir son élève. »

— Ah bon ? observa prudemment mon compagnon.

— Et savez-vous à quoi j'étais justement en train de penser, en me promenant dans le parc ? Je me disais : C'est évident, M. Moriyama a parfaitement raison. C'est bon pour les autres, ces bêtes de somme, de besogner sous la houlette de maître Takeda, il faut bien gagner sa vie ! Mais ceux d'entre nous qui ont des ambitions sérieuses doivent trouver une autre voie. »

À ce point, je regardai un instant « la Tortue » droit dans les yeux – ces yeux qui restaient fixés sur moi et exprimaient maintenant la perplexité.

« Je me suis permis, dis-je, de parler de vous à M. Moriyama. Vous m'en excuserez, j'espère. Je lui ai dit qu'à mon avis, parmi mes collègues actuels, vous étiez une exception – le seul à avoir un réel talent et des aspirations sérieuses.

— Mais voyons, Ono-san (il éclata de rire), comment pouvez-vous dire une chose pareille ? Je sais que vous dites cela par bonté envers moi, mais c'est trop, c'est trop !

— En vérité, j'ai décidé d'accepter l'aimable proposition de M. Moriyama, continuai-je. Et je vous conseille vivement de me permettre de lui montrer vos œuvres. La chance aidant, vous aurez peut-être vous aussi la possibilité de devenir son élève. »

Il me jeta un regard angoissé.

« Que dites-vous, Ono-san ? s'exclama-t-il, tout en baissant la voix. Maître Takeda m'a engagé sur la recommandation d'une personne très respectable que mon père connaît. Et maître Takeda s'est montré d'une grande tolérance à mon égard, malgré tous les ennuis que je lui procure. Et je le quitterais au bout de quelques mois ? Quelle déloyauté ce serait de ma part ! Oh, bien sûr, Ono-san, s'empressa-t-il d'ajouter, l'air très gêné, je ne veux pas dire que vous, vous soyez déloyal en aucune façon. Votre situation est tout à fait différente. Je n'oserais pas... » Les paroles firent place à un petit rire nerveux. Puis, faisant un effort, il se reprit et me demanda : « Avez-vous sérieusement l'intention de quitter maître Takeda, Ono-san ?

— À mon avis, dis-je, maître Takeda ne mérite pas la loyauté de gens comme vous et moi. La loyauté est une chose qui se mérite. Tout le monde a ce mot à la bouche. Et bien trop souvent, les hommes parlent de loyauté, quand ils ne font que suivre aveuglément. Quant à moi, je n'ai aucune envie de mener ce genre de vie. »

Évidemment, ce ne sont peut-être pas les paroles précises que je prononçai, cet après-midi-là, au temple de Tamagawa ; en effet, c'est une scène que j'ai été amené à relater souvent, et l'on sait qu'un récit maintes et maintes fois répété finit inévitablement par acquérir une vie autonome, en quelque sorte. Mais quand bien même je ne me serais pas exprimé en termes aussi succincts ce jour-là devant « la Tortue », ces paroles, que je viens de m'attribuer, ne reflètent pas moins fidèlement, je pense, la détermination et, en général, l'attitude qui était la mienne à ce moment de ma vie.

Longtemps, en effet, je me suis trouvé régulièrement dans l'obligation de raconter de nouveau non seulement cette scène mais d'autres épisodes de cette période chez Takeda ; c'était le cas en particulier au Migi-Hidari. Rien ne captivait tant mes élèves, apparemment, que ce que je pouvais leur dire sur cette première partie de ma carrière – sans doute parce qu'ils étaient naturellement curieux de savoir ce qu'avait fait leur maître à leur âge. Quoi qu'il en soit, c'était un sujet qui revenait constamment sur le tapis.

« Ce ne fut pas une si mauvaise expérience, leur dis-je une fois, je me souviens. Elle m'a appris des choses importantes.

— Excusez-moi, Sensei, (je crois que c'est Kuroda qui se pencha au-dessus de la table pour dire cela) mais j'ai de la peine à croire que dans un endroit comme celui que vous décrivez, un peintre puisse apprendre quoi que ce soit d'utile à son métier.

— Oui, Sensei, dit un autre ; expliquez-nous ce que vous avez pu apprendre dans un endroit pareil. À vous entendre, on dirait que c'était une fabrique de boîtes de cartons. »

Ce genre de situation se reproduisait sans cesse à notre table, au Migi-Hidari : je m'entretenais avec quelqu'un, tandis que les autres parlaient entre eux, mais à

79

peine mon interlocuteur me posait-il une question d'intérêt général que tous interrompaient leurs conversations et se tournaient vers moi, attendant ma réponse – à croire qu'ils étaient constamment à l'affût de ce que je pouvais leur apprendre. Non qu'ils fussent dépourvus d'esprit critique ; bien au contraire, c'étaient des jeunes gens très brillants, devant lesquels on ne se serait pas risqué à avancer quelque chose à la légère.

« Mon passage chez Takeda, leur dis-je, m'a enseigné ceci, dès le début de ma carrière : que s'il est juste de respecter les maîtres, il importe aussi, toujours, de remettre leur autorité en question. Cette expérience m'a appris à ne jamais, comme on dit, suivre le mouvement en aveugle ; elle m'a appris, au contraire, à considérer attentivement la direction dans laquelle on me poussait. Et s'il est une chose à laquelle je vous ai toujours tous encouragés, c'est bien à essayer de vous élever au-dessus de la force des choses. Au-dessus des influences indésirables et décadentes qui nous submergent depuis ces dix, quinze dernières années, avec les effets débilitants que l'on sait, pour notre nation. » Sans doute étais-je légèrement ivre, et on devait me trouver quelque peu grandiloquent ; mais c'était ainsi que se déroulaient nos réunions dans ce coin du Migi-Hidari.

« En effet, Sensei, dit l'un d'eux, c'est une chose que nous devons tous avoir présente à l'esprit. Nous devons tous tendre à nous élever au-dessus de la force des choses.

— Et je pense que nous tous, autour de cette table, continuai-je, nous avons le droit d'être fiers. Car si le grotesque, le frivole se sont partout répandus autour de nous, un esprit nouveau, plus mâle, supérieur, apparaît enfin au Japon – entre autres grâce à vous. Et mon désir est de vous voir aller de l'avant jusqu'à ce qu'on vous reconnaisse comme le fer de lance de cet esprit nouveau. D'ailleurs (à ce point, je ne m'adressais plus seulement à mes compagnons de table, mais à tous ceux qui écoutaient autour de nous), cet établissement où nous nous retrouvons témoigne lui-même de l'apparition de l'esprit nouveau, et nous tous, ici, avons le droit d'en être fiers. »

Bien souvent, nos libations déchaînant notre gaieté, des gens s'attroupaient autour de notre table pour se joindre à nos controverses et nos discours, ou simplement pour écouter, pour se plonger dans cette atmosphère. Dans l'ensemble mes élèves étaient bien disposés à leur égard et les laissaient parler, mais les raseurs, ou les personnes franchement désobligeantes, étaient promptement éjectés. Cela dit, on avait beau pérorer et tonitruer jusqu'en pleine nuit, les querelles proprement dites étaient rares au Migi-Hidari, puisque entre nous tous, qui le fréquentions, régnait une profonde communion spirituelle. Ainsi cet établissement avait-il réalisé tous les vœux de Yamagata ; c'était une belle chose qu'un endroit où l'on pouvait s'enivrer sans rien perdre de sa fierté et de sa dignité.

J'ai quelque part chez moi un tableau de Kuroda – cet élève doué entre tous – qui représente une de ces soirées au Migi-Hidari. Il s'intitule *L'esprit patriotique*, titre qui évoque peut-être pour vous de tout autres images, des soldats en marche par exemple. Or ce que Kuroda a voulu montrer, justement, c'est qu'un esprit patriotique se faisait jour bien en deçà du front, dans de simples aspects de nos vies quotidiennes, comme d'aller boire à tel endroit, de fréquenter telles personnes, etc. Ce fut son hommage – car il croyait en ce genre de choses alors – à l'esprit du Migi-Hidari. Il l'a peint à l'huile, et le caractère de l'endroit est bien rendu par la reproduction de nombreux éléments du décor – en particulier, les bannières couvertes de slogans patriotiques, suspendues à la balustrade de la galerie. Au-dessous, plusieurs tablées de clients en grande conversation, tandis qu'au premier plan, une serveuse en kimono se hâte, un plateau de boissons dans les mains. C'est une œuvre excellente qui restitue très fidèlement l'atmosphère tapageuse, et pourtant digne et respectable, du Migi-Hidari. Et chaque fois qu'il m'arrive de la regarder aujourd'hui, j'éprouve une certaine satis-

81

faction à la pensée que ce lieu exista entre autres grâce à moi – ou plus exactement, à ce que mon nom signifiait alors dans cette ville.

Quand je descends passer la soirée chez Mme Kawakami, je finis presque toujours par me remettre à évoquer le Migi-Hidari et toute cette époque. Il faut dire que bien souvent, Shintaro et moi sommes les seuls clients ; assis tous deux à ce bar, sous ces lampes basses, des heures durant, comment pourrions-nous échapper à la nostalgie ? Au plaisir d'évoquer quelqu'un du passé par exemple, ses capacités de buveur, ses tics, ses manies ? « ... Vous vous souvenez de lui, n'est-ce pas, madame Kawakami ? » Et tous deux de creuser dans nos mémoires – pour rafraîchir celle de notre hôtesse – à la recherche d'anecdotes amusantes sur la personne en question. L'autre soir, nous avons ainsi vidé en riant tout un sac de souvenirs communs ; à la fin, Mme Kawakami a dit (c'est ce qu'elle dit en général d'ailleurs, dans ce cas-là) : « Bah, je ne me rappelle pas son nom, mais je suis certaine que je le reconnaîtrais si je le voyais.

— À vrai dire, Obasan, ai-je dit, maintenant que je me souviens, ce n'était pas un habitué de votre maison. Il allait toujours boire en face.

— Ah oui, au grand bar. Mais je le reconnaîtrais sans doute. Enfin, qui sait ? Les gens changent tellement. De temps en temps je vois quelqu'un dans la rue, je me dis que je le connais, que je devrais le saluer, puis je le regarde de nouveau et je ne sais plus très bien.

— Moi aussi, Obasan, a dit Shintaro, il y a juste un jour ou deux, j'ai salué quelqu'un dans la rue, j'aurais juré que c'était une personne que je connaissais. Mais l'homme a eu l'air de me prendre pour un fou et il a filé sans un mot ! »

Et Shintaro de s'esclaffer. Mme Kawakami se contenta de sourire. Puis, se tournant vers moi, elle a dit :

« Sensei, il faut que vous essayiez de persuader vos amis de revenir par ici. Chaque fois que nous revoyons un ancien du quartier, nous devrions l'arrêter pour lui dire de venir ici, à ce petit bar. Ce serait un début, et peut-être qu'après, tout redeviendrait comme avant.

— Mais c'est une idée excellente, Obasan ! J'essaierai de me souvenir de le faire. J'arrête les gens dans la rue et je leur dis : Mais je me souviens de vous ; vous étiez un habitué de notre quartier autrefois. Eh bien, si vous pensez que tout est fini, vous vous trompez. Mme Kawakami y tient toujours son petit bar, le même, et tout est en train de redevenir peu à peu comme avant !

— C'est ça, Sensei, approuva Mme Kawakami. Dites-leur que sinon ils ratent une occasion. Les affaires reprendront alors. Après tout, c'est à Sensei de rameuter tout le peuple qui venait ici avant. C'est son devoir. Lui qui était tellement respecté qu'on le considérait comme le chef naturel de tout le quartier.

— Très pertinent, Obasan, renchérit Shintaro. Au temps jadis, si les hommes d'armes du seigneur s'étaient dispersés après la bataille, le seigneur se mettait tout de suite en chasse pour les rallier. Sensei est dans la même situation.

— Quelle absurdité, dis-je en riant.

— C'est la vérité, Sensei, poursuivit Mme Kawakami. Retrouvez tous les anciens et dites-leur de revenir. Ensuite, au bout d'un moment, j'achèterai la maison d'à côté et on rouvrira en grand. Vous verrez, ce sera exactement comme l'ancien bar d'en face.

— Oui, Sensei, insistait Shintaro. Un seigneur doit rallier ses hommes.

— C'est une idée intéressante, Obasan, dis-je en hochant la tête. Vous savez, le Migi-Hidari n'était qu'un petit cabaret jadis. Ce n'était pas plus grand qu'ici. Mais avec le temps nous avions réussi à en faire ce que l'on sait. Qui sait ? Peut-être qu'il n'y a qu'à recommencer la même chose avec votre bar. Maintenant que la situation s'arrange un peu, il devrait y avoir de nouveau de la clientèle.

— Vous pourriez faire revenir tous vos amis artistes,

Sensei, dit Mme Kawakami. Les reporters finiraient vite par suivre, je vous le dis.

— Intéressant, intéressant. Ça pourrait réussir. Mais il y a une chose que je me demande, Obasan : et si vous n'arrivez pas à tenir un établissement aussi grand ? Il ne faudrait pas que vous soyez emportée par votre propre réussite.

— Sornettes que tout cela, protesta Mme Kawakami, en prenant un air offensé. Que Sensei s'active de son côté, et tout marchera comme sur des roulettes. »

Nous revenons sans cesse sur ce sujet ces derniers temps, toujours plus ou moins dans les mêmes termes. Mais pourquoi, après tout, le vieux quartier ne renaîtrait-il pas ? Nous avons tendance, bien sûr, à en parler sur le ton de la plaisanterie, Mme Kawakami et moi, mais il y a un fond d'optimisme derrière ce badinage. « Un seigneur doit rallier ses hommes. » Peut-être est-ce vraiment un devoir. Peut-être que lorsque la question de l'avenir de Noriko sera réglée, j'envisagerai plus sérieusement les plans de Mme Kawakami.

Soit dit en passant, je n'ai revu mon ancien protégé, Kuroda, qu'une seule fois depuis la fin de la guerre. Tout à fait par hasard, un matin qu'il pleuvait. C'était la première année de l'occupation – le Migi-Hidari et les autres immeubles des alentours n'avaient pas encore été rasés. Allant en ville, je traversais ce qui subsistait de notre ancien quartier de plaisir en regardant de sous mon parapluie ces ruines squelettiques. Ce jour-là, je me rappelle, on voyait par-ci, par-là des ouvriers ; aussi apercevant un homme arrêté en face d'une maison qui avait brûlé de fond en comble, ne lui accordai-je, sur le moment, aucune attention particulière. En parvenant à sa hauteur, cependant, j'eus soudain conscience qu'il s'était retourné et m'observait. Je m'arrêtai moi aussi, et, à travers l'écran liquide qui tombait de mon pépin, je vis

– cela me fit un drôle de choc – Kuroda regardant, l'air inexpressif, de mon côté.

Sous son parapluie, sans chapeau, en manteau de pluie sombre. Les immeubles calcinés, derrière lui, ruisselaient, et une vraie cascade s'abattait d'un vestige de gouttière. Je me souviens qu'un camion passa entre nous, transportant des ouvriers coiffés de casques. Et je remarquai qu'un autre mince filet d'eau tombait juste à côté de ses pieds, d'une baleine cassée de son parapluie.

Son visage, qu'il avait tout à fait plein avant la guerre, s'était creusé autour des pommettes, et de profondes rides, visiblement, étaient apparues du côté du menton et du cou. Et je me souviens que je me suis dit alors : « Il n'est plus jeune. »

Il a bougé la tête, juste un peu. Je me suis demandé s'il allait s'incliner ou s'il cherchait à éviter d'être mouillé par l'eau que laissait passer son parapluie. Puis il s'est retourné et s'est éloigné dans l'autre sens.

Mais il n'était pas dans mon intention de m'étendre ici sur Kuroda. D'ailleurs, sa pensée ne me préoccuperait guère si le Dr Saito ne m'avait parlé de lui, quand je l'ai rencontré dans le tram, le mois dernier.

C'était un après-midi et j'étais avec Ichiro, que j'emmenais enfin au cinéma voir son monstre – petite sortie dont l'entêtement de Noriko l'avait privé la veille. Celle-ci avait refusé de venir avec nous et Setsuko s'était encore une fois offerte de rester à la maison. Ce n'était qu'un simple enfantillage, bien sûr, de la part de Noriko ; mais Ichiro avait sa propre interprétation de l'attitude des femmes. Au moment où nous nous étions assis pour déjeuner, il avait recommencé à dire :

« Tante Noriko et maman ne viennent pas. C'est bien trop affreux pour les femmes. Elles auraient bien trop peur, hein, Oji ?

— Oui, ça doit être ça.

— Elles auraient bien trop peur. Hein, tante Noriko, vous auriez bien trop peur en voyant ce film, non ?

— Oh, si ! dit Noriko, en faisant une grimace hor- rifiée.

— Même Oji a peur. Regardez, on voit bien qu'Oji aussi, il a peur. Et c'est un homme, lui ! »

Au moment de partir, alors que j'étais déjà prêt et que j'attendais à la porte, il y eut une scène curieuse entre Ichiro et sa mère. Celle-ci lui mettait ses sandales, et Ichiro essayait continuellement de lui dire quelque chose. Mais chaque fois que Setsuko disait : « Qu'est-ce qu'il y a, Ichiro, je n'entends pas », il prenait un air furieux et jetait un coup d'œil furtif dans ma direction, pour voir si je n'avais pas entendu. Enfin, une fois les sandales bou- clées, Setsuko se pencha pour qu'il puisse lui parler à l'oreille. Aussitôt, elle fit oui de la tête, disparut à l'inté- rieur et revint avec un imperméable, qu'elle plia et lui tendit.

« Cela m'étonnerait bien qu'il pleuve », dis-je, regar- dant au-dehors. C'était une journée magnifique.

« Oui, mais Ichiro avait envie de le prendre. »

Je ne comprenais vraiment rien à cette histoire d'im- perméable. Puis, comme nous descendions de la colline sous le soleil, je remarquai sa démarche fanfaronne – comme si ce vêtement jeté sur son bras l'avait trans- formé en un acteur à la Humphrey Bogart – et j'en conclus qu'il l'avait pris pour imiter je ne sais quel héros de ses bandes dessinées.

Nous devions être presque au pied de la colline quand Ichiro déclara d'une voix forte : « Oji, vous étiez un peintre connu avant.

— Ma foi, tu as raison, Ichiro.

— J'ai dit à tante Noriko de me faire voir les pein- tures de Oji, mais elle n'a pas voulu.

— Hem. Elles sont toutes rangées en ce moment.

— Elle est désobéissante, tante Noriko, hein, Oji ? Je lui ai dit de me faire voir les peintures de Oji. Pourquoi elle ne veut pas me les montrer ? »

J'ai ri. « Je ne sais pas, Ichiro. Elle était peut-être occupée.

— Elle est désobéissante. »

J'ai ri encore. « Sans doute, Ichiro. »

L'arrêt du tram est à dix minutes de chez nous ; on descend jusqu'à la rivière, puis on longe un moment la nouvelle digue de béton ; et la ligne nord rejoint la route juste après l'emplacement prévu pour un nouvel ensemble d'habitations. C'est donc là que par cet après-midi ensoleillé du mois dernier, mon petit-fils et moi prîmes le tram dans lequel nous fîmes la rencontre du Dr Saito.

Je me rends compte que j'ai été plutôt avare de détails jusqu'ici sur la famille Saito. C'est leur fils aîné qui, si les négociations aboutissent, devrait épouser Noriko. C'est un tout autre parti – comparé au fils Miyake. Les Miyake étaient évidemment des gens très bien, mais en toute honnêteté, on ne saurait en parler comme d'une illustre famille – ce qu'est au contraire, sans exagération, la famille Saito. De fait, bien que n'entretenant aucune relation personnelle avec le Dr Saito (jusqu'à cette année), j'eus toujours des échos de ses activités dans le monde de l'art ; et nous ne manquions jamais, quand il nous arrivait de nous croiser dans la rue, d'échanger des salutations polies, pour marquer que chacun connaissait parfaitement la réputation de l'autre. Cette situation s'était modifiée du tout au tout, assurément, lorsque nous nous sommes rencontrés le mois dernier.

Le tram ne se remplit qu'à partir de la gare de Tani-bashi, une fois dépassé le pont métallique au-dessus du fleuve ; aussi le Dr Saito, étant monté bien avant, un arrêt après nous, trouva-t-il à s'asseoir juste à côté de moi. Inévitablement, la conversation s'engagea avec une certaine gêne : les négociations de mariage étant alors dans une phase initiale, délicate, ni l'un ni l'autre ne se serait permis d'en parler ouvertement ; mais inverse-ment, il eût été absurde de faire comme si de rien n'était. Finalement, nous nous accordâmes pour louer les mérites de « notre ami commun, M. Kyo » – notre inter-médiaire en cette affaire – et le Dr Saito conclut en souriant : « Espérons que grâce à ses efforts nous aurons bientôt l'occasion de nous revoir. » Ce fut l'allusion la plus précise à la question. Je ne pus m'empêcher de remarquer à quel point l'aisance du Dr Saito, dans cette situation légèrement embarrassante, contrastait avec la conduite maladroite et anxieuse des Miyake, l'an dernier. Quelle que soit l'issue finale de la présente négociation, il est en tout cas rassurant de traiter avec des familles comme les Saito.

Pour le reste, nous avons surtout parlé de choses sans importance. Le Dr Saito est un homme chaleureux, aux manières cordiales ; quand il s'est penché vers Ichiro pour lui demander s'il était content de son séjour et s'enquérir du film que nous allions voir, mon petit-fils s'est mis à lui parler sans aucune timidité.

« C'est un petit garçon parfait », m'a dit le Dr Saito avec un mouvement de tête approbateur.

C'est peu avant de descendre – il avait déjà remis son chapeau – que le Dr Saito a mentionné Kuroda. « Nous avons une autre connaissance commune. Un certain M. Kuroda. »

Je l'ai regardé, assez surpris. « M. Kuroda... Ah, oui, sans doute – un de mes anciens élèves ?

— C'est cela. Je l'ai rencontré dernièrement, et il a cité votre nom à un moment.

— Tiens. Cela fait un certain temps que je ne l'ai pas vu. Depuis avant la guerre, certainement. Comment va M. Kuroda maintenant ? Que fait-il ?

— Je crois qu'il va être nommé au nouveau collège supérieur d'Uemachi, où il enseignera les beaux-arts. C'est pour cette raison d'ailleurs que je l'ai rencontré, la direction de ce collège ayant eu l'obligeance de me demander de conseiller la commission des nominations.

— Ainsi, vous ne connaissez pas vraiment M. Kuroda.

— Non, en effet. Mais j'espère bien le revoir.

— Ça, par exemple ! dis-je. Ainsi M. Kuroda se souvient toujours de moi. Que c'est gentil de sa part.

— Oui, en effet. Il a mentionné votre nom alors que nous parlions de je ne sais plus quoi. Je n'ai pas eu la possibilité de converser longuement avec lui. Mais je lui dirai que je vous ai vu si l'occasion se présente.

— Ah, bien sûr. »

Le tram traversait le pont de fer et le vacarme des roues était assourdissant. Ichiro, qui s'était agenouillé sur son siège pour regarder par la fenêtre, indiqua du doigt quelque chose en dessous, dans l'eau. Le Dr Saito tourna la tête pour voir aussi, échangea encore quelques paroles avec Ichiro, puis se leva, fit une dernière allusion aux « efforts de M. Kyo », s'inclina et gagna la sortie.

Comme d'habitude, une foule de gens monta à cet arrêt, juste après le pont, et la fin du trajet fut assez pénible. Quand nous descendîmes, juste en face du cinéma, j'aperçus l'affiche fixée, bien en vue, à côté de l'entrée. Le dessin qu'en avait fait mon petit-fils, deux jours auparavant, était très ressemblant, sauf qu'il n'y avait pas de flammes dans l'original – simplement de rapides traits rouges, semblables à des éclairs, que le dessinateur avait tracés autour du lézard géant pour renforcer l'impression de férocité.

Ichiro s'approcha de l'affiche et éclata de rire bruyamment.

« C'est facile de voir que c'est un faux monstre, dit-il, le montrant du doigt. N'importe qui peut voir ça. Il est inventé. » Et Ichiro de nouveau s'esclaffa.

« Ichiro, cesse de rire si fort s'il te plaît. Tout le monde te regarde.

— Mais je ne peux pas m'en empêcher. Il a l'air tellement faux, ce monstre. Qui peut avoir peur d'une chose pareille ? »

Nous allâmes nous asseoir, le film commença, et c'est alors que je découvris pourquoi il avait tant tenu à prendre son imperméable. Au bout de dix minutes, une musique sinistre retentit tandis qu'apparaissait sur l'écran une sombre grotte, à moitié noyée dans des volutes de brume. « C'est trop ennuyeux, chuchota

Ichiro. Vous me direz, quand il commence à se passer quelque chose d'intéressant ? » Sur ces paroles, il tira l'imperméable au-dessus de sa tête. Quelques secondes après, un rugissement s'éleva et le lézard géant sortit de la caverne. Ichiro s'agrippait à mon bras et je vis, en me tournant un instant vers lui, que de son autre main, il serrait l'imperméable contre lui.

Il resta ainsi sous son imperméable durant tout le film, ou presque. De temps en temps, il me secouait le bras et demandait sans se découvrir : « Est-ce que ça devient intéressant maintenant ? » J'étais alors obligé de décrire en chuchotant ce qui se passait à l'écran jusqu'à ce que l'imperméable s'écartât imperceptiblement. Mais au bout de quelques minutes – au moindre présage d'une nouvelle apparition du monstre – la timide ouverture se refermait et la petite voix disait : « C'est ennuyeux ! N'oubliez pas de me dire quand ça devient intéressant. »

Quand nous fûmes rentrés à la maison, cependant, Ichiro ne tarit pas d'éloges sur ce film. Il ne cessait de s'exclamer qu'il n'avait jamais vu un film « aussi formidable » ; et il nous en donnait encore sa version lorsque nous nous assîmes pour dîner.

« Tante Noriko, vous voulez que je vous dise ce qui est arrivé après ? C'est terrible ! Je vous le dis ?

— Je suis déjà si terrorisée, Ichiro, que j'arrive tout juste à manger, dit Noriko.

— Je vous préviens, ça devient encore plus affreux. Je continue ?

— Oh, peut-être pas, Ichiro. Ça me fait déjà tellement peur. »

Je n'avais aucune intention de provoquer une discussion sérieuse pendant le dîner en mentionnant le Dr Saito ; mais, d'autre part, il me semblait peu naturel de supprimer notre rencontre de la relation des événements de la journée. Aussi, profitant d'un silence d'Ichiro, je dis : « À propos, nous avons rencontré le Dr Saito dans le tram. Il se rendait chez quelqu'un. »

90

Noriko et Setsuko s'arrêtèrent toutes deux de manger et me regardèrent, l'air étonné.

« Oh, rien d'important n'a été dit, poursuivis-je avec un petit rire. Ça n'a été qu'un simple échange de politesses – rien d'autre. »

Elles ne semblèrent pas convaincues, mais elles se remirent à manger. Noriko lança un coup d'œil à sa sœur aînée, qui dit alors : « Le Dr Saito va bien ?

— Oui, apparemment. »

Nous continuâmes à manger en silence. Peut-être Ichiro recommença-t-il à parler du film. Quoi qu'il en soit, ce fut un peu plus tard au cours du repas que je dis :

« Il y a de drôles de coïncidences parfois. Le Dr Saito m'a dit qu'il avait fait la connaissance d'un de mes anciens élèves. De Kuroda. Et il paraît que Kuroda va obtenir un poste au nouveau collège d'enseignement supérieur. »

Levant les yeux, je vis que mes filles avaient cessé de nouveau de manger. De toute évidence elles venaient d'échanger un regard ; et j'eus la nette impression (comme en plusieurs autres occasions, le mois dernier) qu'elles avaient parlé entre elles de certaines choses à mon sujet.

Mes filles et moi étions de nouveau assis autour de la table, ce soir-là, moi plongé dans mon journal, elles dans leurs magazines, quand un bruit sourd, de coups frappés à intervalles réguliers quelque part à l'intérieur de la maison, nous tira de notre lecture. Noriko leva les yeux, l'air inquiet, mais Setsuko dit :

« C'est Ichiro. Il fait comme cela quand il n'arrive pas à dormir.

— Pauvre Ichiro, dit Noriko. Ce monstre doit lui donner des cauchemars. C'est malin de l'avoir emmené voir un film pareil !

— Ne dis pas de sottises, répliquai-je. Ce film lui a plu.

— Moi, je crois que c'est père qui avait envie de le

voir, dit Noriko à sa sœur, avec un sourire ironique. Pauvre Ichiro. Être obligé de voir une telle horreur. »

Setsuko se tourna vers moi, embarrassée. « C'est si gentil de la part de père d'avoir emmené Ichiro, murmura-t-elle.

— Mais maintenant il n'arrive pas à dormir, riposta Noriko. C'est ridicule de lui faire voir un film comme ça. Non, reste ici, Setsuko. J'y vais. »

Setsuko regarda sa sœur sortir de la pièce, puis elle dit :

« Noriko est si bonne avec les enfants. Elle va beaucoup manquer à Ichiro quand nous serons repartis.

— Oh oui, certainement.

— Elle a toujours été bonne avec les enfants. Vous vous souvenez quand elle faisait tout le temps jouer les petits Kinoshita ?

— Oui, bien sûr », dis-je en riant. Puis j'ajoutai : « Ce sont de grands garçons maintenant ; ils n'ont plus besoin de venir par ici.

— Elle a toujours été tellement bonne avec les enfants, répéta Setsuko. Et dire qu'elle n'est toujours pas mariée, à son âge... C'est triste.

— En effet. La guerre est arrivée au mauvais moment pour elle. »

Nous continuâmes notre lecture. Mais bientôt Setsuko dit :

« Ainsi vous avez rencontré le Dr Saito dans le tram cet après-midi. C'est un homme admirable, à ce qu'on dit.

— C'est la vérité. Et j'entends dire de tous côtés que le fils est bien digne de son père.

— Vraiment ? » dit Setsuko, pensive.

Nous lûmes encore quelques instants. Puis ma fille rompit de nouveau le silence.

« Et le Dr Saito connaît M. Kuroda ?

— À peine, dis-je, sans me détourner de mon journal. Ils se sont rencontrés une fois, semble-t-il.

— Je me demande comment va M. Kuroda en ce

moment. Je me rappelle le temps où il venait ici – vous restiez des heures dans la salle tous les deux à parler.

— Je n'ai aucune idée de ce qu'il est devenu.

— Excusez-moi, mais je me demande si père ne ferait pas bien de rendre visite à M. Kuroda un de ces jours.

— Lui rendre visite ?

— Oui, à M. Kuroda. Ainsi peut-être qu'à certaines autres anciennes connaissances.

— Je ne sais si je suivrai ton conseil, Setsuko.

— Excusez-moi, je disais cela au cas où père aurait envie de parler à certaines connaissances d'autrefois – avant que l'informateur des Saito le fasse. Nous ne tenons pas à ce que surgissent des malentendus inutiles, n'est-ce pas ?

— Non, bien sûr », dis-je, en retournant à mon journal.

Je ne crois pas que nous en ayons dit davantage sur cette question ce soir-là. Et Setsuko ne revint plus dessus pendant le reste de son séjour.

Hier, donc, je suis allé à Arakawa. La vive lumière du soleil d'automne entrait à flots dans le tramway. Je n'avais plus fait ce trajet depuis un petit moment – depuis la fin de la guerre en fait – et, en regardant par la vitre, j'ai remarqué que beaucoup de choses avaient changé dans le paysage. Les petites maisons de bois devant lesquelles on passait, en traversant les quartiers de Tozaka-cho et Sakacmachi, étaient bien toujours là, mais maintenant elles étaient dominées par de sinistres immeubles de brique. Et à Minamimachi, j'ai constaté que beaucoup d'usines étaient abandonnées ; dans leurs cours (la ligne longe l'arrière de ces usines) ce n'étaient qu'amoncellements désordonnés de poutres brisées, de tôles ondulées rouillées, ou même, apparemment, de gravats.

Mais ensuite, quand le tram débouche du pont de la THK, de l'autre côté du fleuve, on pénètre dans un tout autre univers. On passe entre des champs et des arbres, et bientôt Arakawa apparaît, au bas de la longue descente raide qui aboutit au terminus. Le tram descend très lentement dans le crissement des freins et enfin s'arrête, et quand on met le pied sur ces trottoirs bien balayés, on a vraiment l'impression d'avoir quitté la ville, d'être ailleurs.

Arakawa, à ce qu'on m'a dit, a été entièrement épargné par les bombardements ; de fait, j'ai été frappé de découvrir hier que ce quartier a toujours le même air. Une petite côte, ombragée de cerisiers, m'a amené devant la demeure de Chishu Matsuda qui, elle non plus, n'a pas du tout changé.

La maison de Matsuda – moins grande et moins originale que la mienne – est une de ces maisons respectables, solides, typiques d'Arakawa. Avec son parc ceint d'une palissade, elle tient à distance les autres propriétés ; l'entrée est ornée d'un buisson d'azalées, avec, à côté, un gros pieu planté en terre où est inscrit le nom de la famille. J'ai tiré la sonnette ; une femme d'environ quarante ans, que je ne reconnaissais pas, est apparue. Elle m'a introduit dans la salle de réception, où elle a ouvert le panneau coulissant donnant sur la véranda pour faire entrer le soleil, et me permettre de voir un bout du jardin. Puis elle s'est retirée en disant : « M. Matsuda sera ici dans un instant. »

J'ai fait la connaissance de Matsuda alors que j'habitais dans la villa de Seiji Moriyama, où « la Tortue » et moi nous étions installés en quittant la maison Takeda. Cela faisait peut-être six ans que je vivais dans cette villa, la première fois que Matsuda y est venu. Ce jour-là, il avait plu toute la matinée ; nous l'avions passée, plusieurs collègues et moi-même, à boire et à jouer aux cartes dans une des pièces. Peu après le déjeuner, alors que nous venions d'ouvrir une autre grande bouteille, une voix inconnue retentit soudain dans la cour.

C'était une voix forte, assurée ; nous nous tûmes et nous nous regardâmes, pris de panique. Car tous, nous avions aussitôt pensé la même chose : que la police était venue nous réprimander. Idée tout à fait irrationnelle, bien sûr, puisque nous n'avions commis aucun délit. Et d'ailleurs, n'importe lequel d'entre nous aurait défendu avec ardeur notre style de vie, s'il s'était trouvé attaqué sur ce sujet – au cours d'une conversation de bar par exemple. Mais cette voix ferme qui criait : « Il y a quelqu'un ? » nous avait pris au dépourvu, révélant le sentiment de culpabilité que nous procuraient nos beuveries nocturnes, nos grasses matinées, notre existence sans règles dans cette villa qui se délabrait.

Ce fut donc au bout d'un certain temps qu'un de mes compagnons – celui qui se trouvait le plus près du panneau mobile – l'ouvrit, échangea quelques paroles avec l'inconnu, puis se retourna et dit : « Ono, un monsieur désire te parler. »

Je sortis dans la véranda ; un jeune homme au visage maigre, ayant à peu près mon âge, se tenait au milieu de la grande cour carrée. J'ai gardé une image très nette de cette première fois où j'ai vu Matsuda. La pluie avait cessé, et le soleil était apparu. Tout autour du visiteur brillaient des flaques d'eau, et le sol était jonché de feuilles mouillées, tombées des cèdres qui s'élevaient devant la villa. Il avait une mise trop recherchée pour un policier ; son pardessus, au col haut relevé, était d'une coupe très chic, et la position du chapeau, incliné au-dessus des yeux, suggérait une intention moqueuse. Il regardait autour de lui avec intérêt, et aussi avec un je ne sais quoi dans son attitude qui me révéla dès le premier coup d'œil le côté arrogant de sa nature. M'ayant vu, il s'approcha sans se presser de la véranda.

« Monsieur Ono ? »

Je lui demandai ce que je pouvais faire pour lui. Il jeta un nouveau coup d'œil au parc, puis me regarda en souriant :

« Intéressant comme endroit. Ce devait être une demeure splendide autrefois – appartenant à quelque seigneur.

— En effet.

— Monsieur, je m'appelle Chishu Matsuda. Nous avons échangé quelques lettres, vous souvenez-vous ? Je travaille chez Okada-Shingen. »

La société Okada-Shingen n'existe plus aujourd'hui – victime, parmi tant d'autres, des forces d'occupation – ; mais vous avez sûrement entendu parler d'elle, ou du moins de l'exposition annuelle qu'elle organisait jusqu'à la veille de la guerre. Pendant un certain temps, cette exposition représenta le principal moyen, pour les jeunes talents en peinture et en gravure, de se faire connaître du public ; et elle acquit une telle renommée que les peintres les plus en vue de la ville se mirent eux aussi à y participer. C'était à propos de cette exposition que Matsuda m'avait écrit, quelques semaines avant sa visite.

« Votre réponse a piqué ma curiosité, monsieur, dit Matsuda, et j'ai cru bon de passer ici voir ce qu'il en était exactement. »

Je lui adressai un regard distant. « Il me semble, dis-je, que j'ai tout précisé dans ma lettre de réponse. J'ai été très touché, bien sûr, par vos aimables propositions. »

Il sourit des yeux. « Je crains, monsieur, dit-il, que vous ne renonciez à une occasion très sérieuse d'accroître votre réputation. Aussi dites-moi, je vous prie : quand vous déclarez que vous ne voulez rien avoir à faire avec nous, exprimez-vous votre opinion personnelle, ou ce que votre maître a décrété ?

— Sur un tel sujet, j'ai évidemment consulté mon maître. Et je suis persuadé que la décision dont je vous ai fait part dans ma dernière lettre est la bonne. C'est très aimable à vous d'être venu jusqu'ici ; malheureusement, je suis occupé en ce moment, et ne puis vous prier d'entrer. Permettez-moi donc de vous souhaiter une bonne journée.

— Un instant, s'il vous plaît, monsieur. » Le sourire de Matsuda devenait de plus en plus moqueur. Il fit encore quelques pas, s'arrêtant juste devant la véranda, et leva les yeux vers moi. « Ce qui me préoccupe, pour être sincère, ce n'est pas l'exposition – il y a tant d'autres artistes qui méritent d'y participer. Non, si je suis venu ici, monsieur, c'est parce que je désirais vous connaître.

— Vraiment ? Vous êtes trop aimable.

— Je suis sérieux. Je voulais vous dire que ce que j'ai vu de vos œuvres m'a fait une excellente impression. Je pense que vous avez beaucoup de talent.

— Vous êtes bien bon. Le fait est que je dois énormément à mon maître qui me conseille à la perfection.

— C'est certain. Mais laissons de côté cette exposition. Vous comprendrez que je ne suis pas qu'un simple employé aux écritures, chez Okada-Shingen. Je suis un vrai amateur d'art. J'ai mes opinions et mes passions. Et quand, de loin en loin, je découvre un talent qui m'émeut vraiment, alors je ressens la nécessité de faire quelque chose. J'aimerais beaucoup parler de certaines choses avec vous, monsieur. D'idées que vous n'avez peut-être pas eues encore et dont, à mon humble avis, vous tirerez un grand parti dans votre carrière. Mais je ne veux pas vous retenir plus longtemps. Permettez-moi de vous laisser au moins ma carte de visite. »

Il tira une carte de son portefeuille, la posa sur le rebord de la véranda, puis, après une rapide inclination, prit congé. Mais avant d'arriver au milieu de la cour, il se retourna et me dit d'une voix qui portait : « Je vous prie de bien penser à la demande que je vous fais, monsieur. Je désire simplement parler de certaines choses avec vous, c'est tout. »

C'était il y a presque trente ans, quand nous étions tous deux jeunes et ambitieux. C'est un homme malade, cassé, presque impotent que j'ai vu hier, et dont le visage, complètement déformé par une forte distorsion de la mâchoire, n'a rien gardé de l'arrogante beauté d'autrefois. Il est entré dans la pièce soutenu par la femme qui m'avait ouvert ; elle l'a aidé à s'asseoir, puis elle est sortie. Matsuda m'a regardé :

« Toi, au moins, tu es toujours en bonne santé, semble-t-il. De mon côté, comme tu peux voir, ça a encore empiré depuis la dernière fois qu'on s'est vus. »

J'ai compati, tout en déclarant qu'il n'avait pas l'air si mal que ça.

« Ne me prends pas pour un idiot, Ono, a-t-il répliqué en souriant. Je suis parfaitement au courant de mon état. Il n'y a pas grand-chose à faire, apparemment. Il n'y a qu'à attendre, on verra : soit mon organisme se remet, soit ça continuera d'aller de mal en pis. Mais, suffit sur ce triste sujet. Ta visite me surprend un peu, je dois dire. Nous ne nous étions pas quittés dans les meilleurs termes, je crois.

— Comment ça ? Nous ne nous sommes pas fâchés, que je sache.

— Non, bien sûr. Pourquoi nous chamaillerions-nous ? Je suis content que tu sois venu me revoir. Cela doit faire trois ans que nous ne nous sommes plus vus.

— Je crois, oui. Mais ce n'est pas que je cherchais à te fuir. Cela faisait pas mal de temps que je pensais venir jusqu'ici pour te rendre visite. Mais tu sais, entre une chose et l'autre...

— Naturellement, dit-il. Avec tout ce que tu avais à faire... Pardonne-moi de ne pas être venu à l'enterrement de Michiko-san. Je voulais t'écrire pour m'excuser. Le fait est que je n'ai su que plusieurs jours plus tard ce qui s'était passé. Et bien sûr, avec ma santé...

— Naturellement, naturellement. D'ailleurs, je suis sûr qu'elle aurait été très gênée par une grande cérémonie prétentieuse ; et elle aura su, en tout cas, que tu étais avec elle par la pensée.

— Je me rappelle quand on vous a fait rencontrer, Michiko-san et toi. » Il rit tout en hochant la tête. « J'étais très heureux pour toi ce jour-là, Ono.

— Certainement, dis-je en riant aussi. C'est toi qui fus pratiquement notre intermédiaire. Ton oncle ne serait jamais venu à bout de ce travail.

— C'est vrai, dit-il en souriant. Tu es en train de me

rappeler toute cette histoire. Il était tellement dans ses petits souliers qu'il ne pouvait rien dire, rien faire sans devenir écarlate. Tu te souviens de la réunion de mariage à l'hôtel Yanagimachi ? »

Nous nous sommes mis tous deux à rire. Puis j'ai continué :

« Tu as fait énormément pour nous. Je me demande si ça aurait abouti sans toi. Michiko pensait toujours à toi avec gratitude.

— Le sort est cruel parfois, dit Matsuda en soupirant. Alors que la guerre était finie, pour ainsi dire. Et on m'a dit que c'était un raid complètement gratuit.

— Effectivement. Et personne d'autre, semble-t-il, n'a été touché. Comme tu le dis, le sort est cruel parfois.

— Mais je suis en train de te faire repenser à des choses très pénibles, excuse-moi.

— Mais non, au contraire. C'est réconfortant de se souvenir d'elle avec toi, ça me fait repenser au bon vieux temps.

— Oui, bien sûr. »

La femme a apporté le thé. Comme elle posait le plateau, Matsuda lui a dit : « Mademoiselle Suzuki, monsieur que voici est un ancien collègue. Nous étions intimes autrefois. »

Elle s'est tournée vers moi et s'est inclinée.

« Mlle Suzuki est à la fois ma gouvernante et mon infirmière. Si je respire encore, c'est bien grâce à elle. »

Mlle Suzuki s'est mise à rire, s'est encore inclinée et est sortie.

Matsuda et moi nous sommes tus durant quelques instants, regardant tous deux au-dehors entre les panneaux que Mlle Suzuki avait écartés. Mes yeux tombèrent sur une paire de sandales de paille, abandonnées au soleil dans la véranda. Mais je ne voyais pas grand-chose du jardin lui-même de mon siège. Je fus tenté de me lever pour aller le regarder de la véranda, mais je me ravisai, à la pensée que Matsuda allait vouloir m'accompagner et que, pour lui, ce serait un effort. Je me demandais si ce jardin était comme avant ; tel que je me le rappelais, il était petit, mais arrangé avec beaucoup de goût : un tapis de mousse, quelques arbres bien proportionnés et un étang miniature, mais profond. Ayant entendu dans le silence de brefs clapotements provenant de l'extérieur, j'étais sur le point de demander à Matsuda s'il avait toujours ses carpes quand il dit :

« Je n'exagère pas en disant que je lui dois d'être encore en vie. Elle m'a vraiment sauvé à plusieurs reprises. Ainsi tu vois que malgré tout, j'ai réussi à garder un petit capital – ce qui me permet d'avoir Mlle Suzuki à mon service. Tout le monde n'a pas eu cette chance. Je ne suis pas riche à proprement parler, mais si j'apprenais qu'un ancien collègue est en difficulté, je ferais ce que je peux pour l'aider. Après tout, moi, je n'ai pas d'enfants à qui laisser de l'argent.

— Toujours aussi direct, ce vieux Matsuda ! m'exclamai-je en riant. C'est très gentil de ta part, mais ce n'est pas ce qui m'amène ici. Moi aussi, j'ai réussi à sauvegarder mes économies.

— Cela fait plaisir à entendre. Tu te rappelles Nakane, le directeur du collège impérial de Minami ? Je le revois de temps à autre. Maintenant il en est réduit à la mendicité, pour tout dire. Bien sûr, il essaie de sauver les apparences, mais il est endetté jusqu'au cou ; il ne pourrait vivre sinon.

— C'est terrible.

— Oui, il s'est passé des choses tout à fait injustes, poursuivit Matsuda. Enfin, nous avons tous deux réussi à garder ce que nous avions. Et toi, Ono, tu as une raison de plus de remercier le Ciel, car apparemment, tu as gardé aussi la santé.

— Oui, je peux vraiment remercier le Ciel. »

De nouveau un bref clapotis parvint de l'étang – ce pouvait être aussi des oiseaux se baignant au bord de l'eau.

« Ton jardin ne fait pas du tout les mêmes bruits que

le mien, observai-je. Rien qu'en l'écoutant, on sait qu'on est en dehors de la ville.

— Vraiment ? C'est tout juste si je me rappelle le bruit de la ville. Depuis ces dernières années, mon monde se réduit à ce jardin et à cette maison.

— En fait, dis-je, je suis bien venu te demander de m'aider – mais pas dans le sens que tu sous-entendais tout à l'heure.

— Voilà, tu t'es encore vexé, dit-il en hochant la tête. Toujours le même ! »

Tous deux nous sommes mis à rire. Puis il a continué : « Donc, que puis-je faire pour toi ?

— Voilà : il s'agit de Noriko, ma cadette, qu'il faudrait marier ; des négociations ont commencé.

— Ah bon ?

— Pour être sincère, je me fais quelques soucis pour elle. Elle a déjà vingt-six ans. La guerre l'a mise dans une situation difficile. Sinon elle serait sûrement déjà mariée à l'heure qu'il est.

— Je crois que je me souviens encore d'elle. Mais ce n'était qu'une petite fille alors. Vingt-six ans, déjà ! Comme tu le dis, la guerre n'a pas facilité les choses, même pour les meilleurs partis.

— Elle était tout près de se marier, l'an dernier, quand au dernier moment, les négociations ont échoué. Je me demande, maintenant que nous parlons de cela, si personne n'a cherché à te parler l'an dernier au sujet de Noriko. Je ne veux pas être indiscret, mais...

— Pas du tout, au contraire, je comprends très bien. Mais non, je n'ai pas eu une seule fois à parler d'elle. Il faut dire que j'étais très malade à cette même époque. Si par hasard un informateur est venu ici, Mlle Suzuki l'aura renvoyé. »

Je hochai la tête, puis j'ai dit : « Il se peut que quelqu'un vienne te parler cette fois.

— Ah ? Et alors, je ne dirai que le plus grand bien de toi. N'étions-nous pas d'excellents collègues autrefois ?

— Je te suis très reconnaissant.

101

— C'est gentil de ta part d'être venu me voir. Mais pour ce qui est du mariage de ta fille Noriko, ce n'était pas du tout nécessaire. Nous ne nous sommes peut-être pas quittés dans les meilleurs termes, mais ce genre de question ne se pose pas entre nous. Il est évident que si l'occasion se présente, je ne dirai de toi que du bien.

— Je n'en doute pas. Tu as toujours été quelqu'un de généreux.

— Cela dit, je suis très heureux que cette histoire nous ait réunis. »

Non sans mal, Matsuda se pencha pour remplir de nouveau nos tasses. « Excuse-moi, Ono, dit-il quand ce fut fini, mais j'ai l'impression que quelque chose continue de te tracasser.

— Moi, je donne cette impression ?

— Excuse-moi si je ne m'embarrasse pas de circonlocutions, mais le fait est que dans quelques instants, Mlle Suzuki va entrer pour m'avertir que je dois me retirer. Je ne suis pas en état, malheureusement, de recevoir longtemps – même les anciens collègues.

— Bien sûr, je suis absolument désolé. Quel manque d'égards de ma part !

— Ne sois pas ridicule, Ono. Reste encore, tant que c'est possible. Je te disais cela parce que, si tu es venu ici avec un problème particulier en tête, tu ferais bien de m'en parler tout de suite. » Soudain il éclata de rire. « Vraiment, dit-il, tu as l'air horrifié par mes mauvaises manières !

— Pas du tout. Je suis seulement confus de mon manque d'égards... Mais je t'assure que je suis venu ici uniquement pour te parler de ce mariage.

— Je vois.

— Et effectivement, j'avais plus ou moins l'intention d'évoquer certaines éventualités. Ces négociations, vois-tu, pourraient bien devenir très délicates. Aussi te serais-je infiniment reconnaissant de répondre avec tact à toute question qui pourrait t'être posée.

102

— Mais certainement. » Il me regardait, d'un air légèrement amusé. « Avec un tact extrême.

— En particulier, pour tout ce qui a trait au passé.

— Mais je t'ai déjà dit, répliqua Matsuda, avec un rien de froideur dans la voix, que je n'ai que les choses les plus avantageuses à rapporter sur ton compte, relativement au passé.

— Oui, bien sûr. »

Matsuda continua de me regarder un instant, puis il soupira :

« Je ne suis pour ainsi dire jamais sorti de chez moi pendant ces trois dernières années. Mais cela ne m'empêche pas de me tenir au courant de ce qui se passe dans ce pays. Et je sais très bien qu'il y a des gens aujourd'hui qui nous blâmeront, toi, moi et d'autres, d'avoir réalisé les choses mêmes dont nous, nous étions si fiers autrefois. Et je suppose que c'est ce qui te préoccupe, Ono. Tu penses peut-être que pour faire ton éloge, je vais parler de choses qu'il vaut mieux oublier, sans doute.

— Pas du tout, m'empressai-je de dire. Nous avons toutes les raisons d'être fiers, toi et moi. Mais quand il s'agit de pourparlers en vue d'un mariage, on est bien forcé de tenir compte de toute la délicatesse de la situation. Mais tu m'as rassuré, je vois que tu agiras avec discernement, comme toujours.

— Je ferai de mon mieux. Mais, Ono, il y a des choses dont nous devons être fiers tous les deux quoi que tout le monde puisse dire aujourd'hui. Dans quelques années, nous et nos pareils, nous pourrons parler la tête haute de ce que jadis nous avons voulu faire. J'espère simplement que je vivrai jusque-là, pour voir l'œuvre de ma vie réhabilitée.

— Assurément, c'est tout à fait ce que je pense. Mais quand il s'agit de négocier un mariage...

— Évidemment, interrompit Matsuda. Sois sans crainte, je ferai preuve de tact. »

Je m'inclinai et nous nous tûmes pendant un moment. Puis il dit :

« Mais dis-moi, Ono, si vraiment tu te fais des soucis à propos du passé, je ne dois pas être le seul, de cette époque-là, à qui tu auras décidé de rendre visite ?

— En fait, tu es le premier que je vois. J'ignore complètement ce que sont devenus la plupart de nos anciens amis.

— Et Kuroda ? On m'a dit qu'il habite en ville.

— Tiens ? Nous n'avons plus aucune relation depuis... depuis la guerre.

— S'il y a du souci à se faire pour l'avenir de ta fille, tu ferais peut-être bien d'aller le voir, aussi pénible que ce soit.

— En effet. Sauf que je ne sais absolument pas où le trouver.

— Je vois. Espérons que leur informateur est dans la même situation. Mais ces gens-là ne manquent pas de ressources parfois.

— Effectivement.

— Ono, tu es pâle comme la mort. Toi qui avais l'air de te porter si bien quand tu es arrivé ! Cela t'apprendra à respirer le même air qu'un malade ! »

J'ai ri. « Mais non, ai-je dit. C'est ces enfants : que de soucis ils peuvent nous donner ! »

Matsuda a poussé un soupir, encore une fois. « Les gens me disent parfois que je n'ai pas su profiter de la vie, parce que je ne me suis pas marié et que je n'ai pas eu d'enfants. Mais quand je regarde ce qui se passe autour de moi, j'ai l'impression que les enfants n'apportent que des soucis.

— Tu n'es pas loin de la vérité.

— Et pourtant, reprit-il, ce doit être réconfortant de penser qu'on a des enfants à qui laisser ce qu'on a.

— Certes. »

Quelques minutes plus tard, comme Matsuda l'avait prédit, Mlle Suzuki est entrée et lui a chuchoté quelque chose. Il a souri et a dit, avec résignation :

« Mon infirmière me remmène. Reste encore ici

autant que tu veux, je t'en prie. Mais tu dois m'excuser, Ono. »

Tandis que j'attendais au terminus le tram qui allait remonter cette grande côte raide et me ramener moi-même en ville, j'ai senti un certain réconfort à la pensée que Matsuda n'aurait, ainsi qu'il me l'avait assuré, « que les choses les plus avantageuses à rapporter sur moi, relativement au passé ». Il est vrai que j'aurais pu lui faire confiance, que cette visite n'était pas forcément nécessaire. Mais il est toujours agréable de renouer avec d'anciens collègues. Tout compte fait, cela valait la peine de faire cette virée hier à Arakawa.

Avril 1949

Je continue trois ou quatre soirs par semaine de prendre le sentier qui descend à la rivière et à ce petit pont de bois qui pour ceux qui habitaient ici avant la guerre – du moins une partie d'entre eux – est toujours « le Pont de l'Hésitation ». Il n'y a pas si longtemps encore, le franchir c'était décider d'aller dans notre quartier de plaisir ; et l'on racontait que souvent, on y voyait des hommes s'arrêter, hésitants, visiblement partagés entre l'envie de passer la soirée à s'amuser et la pensée de leur femme les attendant chez eux. Quant à moi, si l'on me voit parfois m'attarder sur ce pont, appuyé pensivement au garde-fou, ce n'est pas que j'hésite ; c'est simplement que j'ai plaisir à rester là quand le soleil se couche, à regarder les lieux qui m'entourent et suivre les changements qui s'y produisent.

De nouveaux groupes de maisons sont apparus au pied de la colline. Et plus loin, le long de la rivière, là où l'an dernier il n'y avait encore que de l'herbe et de la boue, une société de la ville est en train de construire de grands immeubles pour de futurs employés. Mais ils sont loin d'être terminés, et, quand le soleil est bas au-dessus de la rivière, on pourrait les prendre pour des immeubles bombardés, comme il en reste dans certaines parties de cette ville.

Cela dit, les ruines laissées par la guerre se font chaque semaine plus rares ; aujourd'hui, il faudrait probablement pousser vers le nord, jusqu'au quartier de Wakamiya, ou sinon vers la zone cruellement touchée qui s'étend entre Honcho et Kasumagachi, pour trouver de véritables champs de ruines. Mais je suis certain qu'il y a un an à peine, on en voyait encore partout dans cette ville. Ainsi la zone qui commence au Pont de l'Hésitation – où se trouvait autrefois notre quartier de plaisir – n'était que décombres l'an dernier à cette même époque. Mais maintenant, c'est un endroit où les travaux progressent de jour en jour. Devant chez Mme Kawakami, là où jadis se pressaient des foules de gens en quête de distractions, on est en train de construire une large rue bétonnée ; et des deux côtés apparaissent déjà les fondations bien alignées de nombreux immeubles de bureaux.

Quand l'autre soir Mme Kawakami m'a appris qu'on lui offrait une forte somme pour sa maison, il y avait déjà longtemps, je crois, que je m'étais fait à l'idée qu'elle devrait tôt ou tard fermer et déménager.

« Je ne sais pas quoi faire, m'a-t-elle dit. Ce serait terrible de partir, après tout ce temps. Je n'en ai pas dormi de la nuit. Mais à force d'y penser, Sensei, j'ai fini par me dire : maintenant que Shintaro-san ne vient plus, Sensei est le seul client fidèle qui me reste. Je ne sais vraiment pas ce que je dois faire. »

Je suis effectivement, désormais, son seul vrai client. Shintaro ne s'est plus montré chez Mme Kawakami depuis cet hiver, n'ayant pas le courage, sans doute, de se retrouver nez à nez avec moi après un petit incident – dont les conséquences sont bien fâcheuses pour Mme Kawakami, alors qu'elle n'y est pour rien.

C'est un soir de l'hiver dernier, alors que nous buvions ensemble comme à l'accoutumée, que Shintaro m'a parlé pour la première fois de son ambition d'obtenir un poste de professeur dans un des nouveaux lycées.

Au cours de la conversation il me révéla qu'en fait, il avait déjà déposé plusieurs candidatures à de tels postes. Shintaro n'étant plus mon élève depuis de nombreuses années, il n'y avait aucune raison, bien sûr, pour qu'il ne pût entreprendre ce genre de démarches sans me consulter ; et j'étais pleinement conscient du fait que désormais, d'autres personnes – son employeur par exemple – étaient bien mieux placées pour lui servir de garant. Néanmoins, j'avoue que je fus assez surpris de voir qu'il m'avait tenu dans l'ignorance la plus complète de ce sujet. Aussi quand par une vraie journée d'hiver, peu après le Nouvel An, Shintaro se présenta chez moi et que je le trouvai dans l'entrée, se répandant en risettes nerveuses et disant : « Sensei, c'est une grande impertinence de ma part de venir ici comme cela », je ressentis une sorte de soulagement – cette visite semblant annoncer un retour à des rapports plus familiers.

J'allumai un brasero dans la salle de réception, auprès duquel nous nous assîmes, nous réchauffant les mains. Je remarquai des flocons de neige qui fondaient sur le pardessus dont Shintaro ne s'était pas débarrassé :

« Il a recommencé à neiger ? lui demandai-je.

— Un petit peu, Sensei. Rien de commun avec ce qui tombait ce matin.

— Je regrette qu'il fasse si froid ici. C'est la pièce la plus froide de la maison, malheureusement.

— Mais pas du tout, Sensei. Mon appartement est encore plus froid. » Il sourit gaiement et se frotta les mains au-dessus des braises. « Que vous êtes aimable de me recevoir ainsi. Les années ont beau passer, Sensei est toujours aussi bon à mon égard. Ce que vous avez fait pour moi est inestimable.

— Mais non, Shintaro, au contraire. Il m'arrive même de penser que j'aurais dû avoir plus d'attentions pour vous autrefois. Mais s'il n'est pas trop tard pour réparer ma faute, croyez que je serais très heureux de vous être utile. »

Shintaro se mit à rire en continuant de se frotter les

mains. « Voyons, Sensei, comment pouvez-vous dire des choses pareilles ? Quand je pense à tout ce que je vous dois... »

Je l'observai un instant, puis je dis : « Alors, que puis-je pour vous, Shintaro ? »

Il me regarda, surpris, et de nouveau se mit à rire.

« Excusez-moi, Sensei. Je commençais à me sentir si bien ici, que la raison qui me pousse à vous importuner de la sorte m'était tout à fait sortie de l'esprit. »

Il se dit très optimiste au sujet de ce poste qu'il briguait au lycée de Higashimachi ; des personnes bien informées lui avaient assuré qu'il était le candidat favori.

« Cependant, Sensei, il paraît que la commission a relevé juste un ou deux points de détail qui ne lui semblent pas réglés de manière complètement satisfaisante.

— Ah ?

— Oui, Sensei. Peut-être devrais-je vous parler franchement : ces points de détail concernent le passé.

— Le passé ?

— Oui, le passé, Sensei », dit-il, en partant d'un rire nerveux. Puis, faisant visiblement un effort, il continua : « Vous n'ignorez pas, Sensei, que j'ai pour vous le plus profond respect. J'ai tout appris de Sensei, et je m'honorerai toujours d'avoir été son élève. »

Je hochai la tête et attendis la suite.

« Le fait est, Sensei, que je vous serais infiniment reconnaissant si vous acceptiez d'écrire vous-même à cette commission, simplement pour confirmer certaines de mes déclarations.

— De quelles déclarations s'agit-il, Shintaro ? »

Shintaro se remit à ricaner nerveusement et tendit de nouveau les mains au-dessus du brasero.

« C'est simplement pour satisfaire la commission, Sensei. Rien de plus. Vous vous souviendrez sans doute, Sensei, qu'une fois, nous nous sommes trouvés en désaccord – à propos de mon travail, au moment de la crise chinoise.

110

— La crise chinoise ? Je regrette, mais je ne me souviens d'aucune dispute entre nous à ce propos, Shintaro.

— Pardonnez-moi, Sensei, j'exagère peut-être. Une dispute entre nous ? Non, jamais. Mais j'eus effectivement l'impertinence d'exprimer mon désaccord. Je veux dire, de m'opposer à vos suggestions concernant mon travail.

— Pardonnez-moi, Shintaro, mais je ne vois pas à quoi vous faites allusion.

— C'est une chose si dérisoire que Sensei ne s'en souvient plus, bien sûr. Mais il se trouve qu'elle n'est pas sans importance pour moi, en ce moment. Vous vous rappelez certainement cette réception donnée pour les fiançailles de M. Ogawa, où nous étions vous et moi ? Eh bien, c'est au cours de cette soirée – à l'hôtel Hamabara, je crois – qu'ayant un peu trop bu peut-être, j'eus l'insolence de vous faire part de mes opinions.

— Je me souviens de cette soirée, en effet, mais vaguement ; je serais incapable de me la remémorer dans le détail. Cela dit, Shintaro, quelle conséquence un petit désaccord comme celui dont vous parlez peut-il avoir aujourd'hui ?

— Pardonnez-moi, Sensei, mais il se trouve que cette affaire a acquis une certaine importance. La commission est obligée de s'assurer de certaines choses. Il faut tenir compte des autorités américaines... » Sa voix s'était mise à trembler et il s'interrompit. Puis il dit : « Je vous supplie, Sensei, d'essayer de vous rappeler ce petit différend. Je vous étais bien sûr infiniment reconnaissant – et je le suis toujours – de tout ce que j'apprenais sous votre direction, mais en fait, je ne partageais pas toujours vos idées. Et je ne crois pas exagérer en disant que je nourrissais de graves doutes sur l'orientation que prenait notre école à l'époque. Vous vous souviendrez, par exemple, que si je finis par me conformer à vos instructions, relativement à ces affiches sur la crise chinoise, je n'en avais pas moins des appréhensions – au point que je suis allé jusqu'à vous dire ce que je pensais.

111

— Les affiches de la crise chinoise, répétai-je, pensif. Ah oui, je me rappelle ces affiches maintenant. C'était un moment déterminant pour la nation. Les atermoiements n'étaient plus de mise ; il fallait savoir ce que nous voulions et nous décider. Autant que je me souvienne, vous avez fait ce qu'il fallait, et nous avons tous été fiers de votre travail.

— Mais vous vous souviendrez, Sensei, que j'avais de graves appréhensions au sujet de ce travail que vous avez voulu que je fasse. Si vous vous rappelez bien, j'ai exprimé ouvertement mon désaccord ce soir-là au Hamabara. Excusez-moi, Sensei, de vous importuner avec une chose aussi dérisoire. »

Je crois que j'ai gardé le silence pendant un certain temps. C'est vers ce moment-là que j'ai dû me lever, car je me souviens que lorsque j'ai parlé, j'étais debout, de l'autre côté de la pièce, à côté des panneaux donnant sur la véranda.

« Il faudrait que j'écrive à votre commission, dis-je enfin, pour vous désavouer. C'est ce que vous me demandez en somme.

— Je ne demande rien de tel, Sensei. Vous vous méprenez. Je suis toujours aussi fier d'être connu comme un disciple de Sensei. Il ne s'agit que de cette campagne d'affiches pour la Chine... il faudrait simplement rassurer la commission... »

De nouveau il s'interrompit. J'écartai juste un peu un panneau coulissant. Aussitôt un souffle d'air froid pénétra dans la pièce, mais pour je ne sais quelle raison, cela me laissait indifférent. Je regardai dans le jardin, au-delà de la véranda. La neige tombait lentement, de biais.

« Shintaro, dis-je, pourquoi chercher à modifier le passé ? Votre campagne d'affiches vous valut beaucoup d'honneurs à l'époque. Beaucoup d'honneurs et d'éloges. Si l'opinion des gens a changé, ce n'est pas une raison pour mentir.

— Assurément, Sensei. Je vois ce que vous voulez dire. Mais pour revenir à l'affaire en question, je vous serais infiniment reconnaissant d'écrire à la commission à propos des affiches de la crise chinoise. J'ai ici sur moi le nom et l'adresse du président de cette commission.

— Shintaro, je vous prie de m'écouter.

— Sensei, sauf votre respect, je vous suis toujours reconnaissant de vos conseils et de votre enseignement, mais en ce moment, je suis un homme en plein milieu de sa carrière. Penser, méditer, c'est très bien quand on est à la retraite. Mais il se trouve que je vis dans un monde agité, et il y a une ou deux choses dont je dois m'occuper si je veux obtenir ce poste, qui pour le reste, avec le dossier que j'ai, m'est acquis. »

Je ne répondis pas. Je continuais de regarder la neige tombant sur mon jardin. Derrière moi, j'entendis Shintaro se lever.

« Voici le nom et l'adresse, Sensei. Si vous permettez, je les laisserai ici. Je vous serais très reconnaissant de réfléchir à cette question quand vous aurez un peu de temps. »

Puis ce fut le silence ; il devait se demander si j'allais me retourner, pour lui permettre de prendre congé avec une certaine dignité. Je gardai les yeux fixés sur mon jardin. Bien qu'il neigeât sans arrêt, la couche blanche sur les arbustes et les branches des arbres était presque inexistante ; une branche de l'érable remua dans la brise, perdant presque toute sa neige. Seule la lanterne au fond du jardin avait un petit chapeau blanc.

J'entendis Shintaro s'excuser et quitter la pièce.

On trouvera peut-être que j'ai été bien dur avec Shintaro ce jour-là. Mais il faut dire qu'avec ce qui s'était passé au cours des semaines qui précédèrent sa visite, je n'étais vraiment pas prêt à considérer avec sympathie ce besoin de se dérober à ses responsabilités. De fait, Shintaro était venu me demander cela quelques jours à peine après le *miai* de Noriko.

Les négociations en vue du mariage avaient bien progressé durant l'automne ; un échange de photographies avait eu lieu en octobre, et peu après nous avions appris par M. Kyo, notre intermédiaire, que le jeune homme était très désireux de faire la connaissance de Noriko. Celle-ci, bien sûr, feignit de s'accorder un temps de réflexion, mais au point où nous en étions, il était clair que ma fille – ayant déjà vingt-six ans – pouvait difficilement se permettre de négliger un parti aussi intéressant que Taro Saito.

J'avisai donc M. Kyo que nous consentions volontiers à un miai, et l'on convint de la date (en novembre) et, non sans résistance de ma part, du lieu : l'hôtel du parc de Kasuga. Vous avouerez que de nos jours, l'hôtel du parc de Kasuga est un endroit assez vulgaire, aussi ne fus-je guère heureux de ce choix. Cependant, M. Kyo m'ayant assuré qu'on y mettrait à notre disposition un salon privé – et m'ayant laissé entendre aussi que les Saito appréciaient beaucoup la nourriture qu'on y servait –, je donnai finalement mon accord, quoique sans enthousiasme.

M. Kyo me fit remarquer d'autre part qu'à ce miai, tel qu'il s'annonçait, la famille du prétendant allait se retrouver nettement favorisée – puisque celui-ci aurait avec lui non seulement ses deux parents, mais son frère cadet. Rien ne nous interdisait, certes, comme M. Kyo le suggéra lui-même, d'amener avec nous quelqu'un de la famille ou une personne amie, pour que Noriko se sentît mieux soutenue. Mais Setsuko étant si loin, il n'y avait personne à qui demander, décemment, d'assister à cet événement. Cette impression, que nous risquions d'être dans une position désavantageuse lors de cette rencontre prévue, qui plus est, dans un endroit qui ne nous plaisait pas, explique peut-être que Noriko ait été si tendue – plus qu'elle ne l'eût été sinon, je pense – durant cette période qui précéda le miai. En tout cas, ce furent des semaines difficiles.

Bien souvent, quand elle rentrait du bureau, j'avais aussitôt droit à une réflexion du genre : « Qu'avez-vous fait de toute la journée, père ? On a encore passé son temps à se morfondre, je parie. » Or, bien loin de m'être « morfondu », il pouvait se faire, justement, que j'eusse accompli quelque démarche pénible pour garantir le succès des négociations. Mais comme la façon dont celles-ci se déroulaient n'était pas toujours rassurante, et que je tenais à ne pas inquiéter ma fille, je ne parlais que vaguement de ma journée – ce dont elle s'autorisait pour continuer ses insinuations. Je reconnais maintenant que Noriko était peut-être d'autant plus tendue que nous n'abordions pas ouvertement certains sujets ; et qu'une attitude plus franche de ma part nous aurait sans doute épargné maint échange de propos aigres-doux.

Je me souviens d'un après-midi, par exemple, où Noriko rentra alors que j'étais dans le jardin, en train de tailler des arbustes. Elle m'avait salué fort aimablement de la véranda, avant de redisparaître à l'intérieur de la maison. Peu après, pour juger de l'effet produit par mon travail, j'allai m'asseoir dans la véranda où Noriko bientôt me rejoignit. Elle s'était mise en kimono et avait préparé le thé ; elle posa le plateau entre nous, et s'assit. Une lumière tendre filtrait à travers les feuillages ; autant que je me souvienne, c'était l'un des derniers de ces splendides après-midi d'automne que nous avons eus ici l'an dernier. Tournant les yeux du même côté que moi, elle dit :

« Père, pourquoi avez-vous taillé le bambou comme ça ? Il est tout de guingois maintenant.

— Vraiment ? Tu trouves ? À mon avis, il ne manque pas d'équilibre, au contraire. Tu vois toutes ces jeunes pousses ? Il faut en tenir compte.

— Père ne peut pas s'empêcher de toucher à tout. Et voilà le bouquet de bambou massacré, lui aussi.

— Lui aussi ? » Je me tournai vers ma fille. « Tu veux dire que j'en ai maltraité d'autres ?

— Les azalées ne sont jamais redevenues aussi belles qu'avant. Père ne sait pas quoi faire de tout son temps, et le résultat, c'est qu'il touche à tout, même là où ce n'est pas nécessaire.

— Excuse-moi, Noriko, je ne vois pas du tout ce que tu veux dire. Les azalées manqueraient-elles d'équilibre, elles aussi ? »

Noriko regarda de nouveau le jardin et poussa un soupir. « Vous auriez dû laisser les choses comme elles étaient.

— Je regrette, Noriko, mais je trouve le bambou et les azalées beaucoup mieux maintenant. Je ne vois pas du tout en quoi ils seraient de guingois, comme tu dis.

— Alors, c'est que père doit devenir aveugle. À moins qu'il ne manque de goût, tout simplement.

— Moi, manquer de goût ? Là, tu m'étonnes, Noriko. S'il y a une chose dont je suis certain, c'est que jamais personne jusqu'ici ne m'avait accusé de manquer de goût.

— Eh bien, moi, père, dit-elle d'une voix lasse, je trouve que le bambou est de travers. Et maintenant ça ne fait plus du tout le même effet avec l'arbre qui est au-dessus ; vous avez détruit ça aussi. »

Je ne répondis pas tout de suite ; je regardais le jardin. « Oui, c'est cela, dis-je finalement, en hochant la tête. Il est fort possible que tu voies les choses ainsi, car au fond, tu n'as jamais eu de sens artistique. Pas plus que Setsuko. Kenji, c'était une autre affaire, mais vous, les filles, vous avez pris de votre mère. Ta mère faisait souvent le même genre de commentaires, je me souviens, tout aussi peu judicieux.

— Ainsi père est une autorité en matière de taille des arbustes de jardin... Je ne le savais pas, je suis désolée.

— Je ne prétends pas être une autorité. Simplement, je suis surpris d'être accusé de mauvais goût. Ce n'est pas courant dans mon cas, c'est tout.

— Très bien, père, je suis certaine que ce n'est qu'une affaire d'opinion.

— Ta mère était comme toi, Noriko. Elle n'hésitait

pas une seconde à dire ce qui lui passait par la tête. C'est un signe de grande honnêteté, j'imagine.

— Je suis certaine que père est le mieux placé pour juger de ce genre de choses. Il sait ce qu'il dit.

— Je me souviens, Noriko, que même quand je peignais, ta mère, parfois, ne pouvait garder ses commentaires pour elle. Elle essayait de formuler une remarque ou une autre, et cela me faisait rire. Elle se mettait à rire aussi alors, et concédait que dans ce domaine elle ne connaissait pas grand-chose.

— Ainsi père a toujours eu raison aussi en ce qui concerne ses œuvres, je suppose.

— Noriko, cette discussion ne rime à rien. D'ailleurs, si ce que j'ai fait dans le jardin ne te plaît pas, personne ne t'interdit d'aller y remédier comme bon te semble.

— Père est très gentil. Mais quand pourrais-je profiter de sa permission ? Je n'ai pas que cela à faire de la journée, je ne suis pas dans sa situation.

— Pourquoi dis-tu cela, Noriko ? J'ai eu une journée chargée, crois-moi. » Je lui jetai un regard furieux ; mais elle continuait de regarder le jardin ; elle avait une mine fatiguée. Je me détournai et poussai un soupir. « Mais à quoi bon continuer ce genre de discussion ? Au moins, quand c'était avec ta mère, nous finissions par en rire. »

Il était vraiment tentant, dans de telles occasions, de lui révéler tout le mal que je me donnais alors pour elle. Ma fille en aurait été certainement très surprise – et elle aurait eu honte sans doute de son attitude à mon égard. Le jour même où nous avons eu cette discussion sur les bambous, par exemple, je m'étais rendu dans le quartier de Yanagawa, où habite maintenant Kuroda.

Je n'avais eu aucune difficulté, en fin de compte, à découvrir ce qu'était devenu Kuroda. Le professeur de beaux-arts du collège supérieur d'Uemachi, une fois assuré de mes bonnes intentions, m'avait fourni non seulement l'adresse de mon ancien élève, mais il m'avait fait un compte rendu de ce qu'il lui était arrivé au cours des dernières années. Apparemment, Kuroda ne s'était pas mal débrouillé du tout depuis sa libération à la fin de la guerre. Ses années de prison lui avaient valu – ainsi va ce monde – un grand crédit, et certains groupes avaient mis leur point d'honneur à le recueillir et à pourvoir à ses besoins ; et bientôt, il avait trouvé du travail – des leçons particulières surtout – et avait pu se remettre à peindre. Enfin, vers le début de l'été dernier, il avait obtenu ce poste d'enseignement au collège d'Uemachi.

J'avoue, aussi pervers que cet aveu puisse sembler de ma part, que je fus heureux – et même assez fier – d'apprendre ces bonnes nouvelles concernant la carrière de Kuroda. Mais n'est-il pas naturel, au fond, que l'ancien maître s'enorgueillisse des succès de l'ancien élève, même si les circonstances les ont désunis ?

Ce n'était pas un beau quartier que celui où habitait Kuroda. Pour arriver jusque chez lui, je m'engageai dans une enfilade de petites ruelles, avec partout des pensions délabrées, qui débouchait sur un grand espace bétonné, ressemblant à une cour d'usine. Des camions étaient garés de l'autre côté de cet espace, et plus loin, au-delà d'une clôture métallique, un bulldozer remuait des masses de terre. Je restai un certain temps à observer ce bulldozer, je me souviens, avant qu'il me vînt à l'esprit que le grand immeuble neuf qui se dressait au-dessus de moi était l'immeuble de Kuroda.

Je grimpai au deuxième étage. Dans le couloir, deux petits garçons s'amusaient avec un tricycle. Ayant trouvé la porte de Kuroda, je sonnai. Pas de réponse. Sans hésiter, car désormais je voulais cette rencontre, j'appuyai de nouveau sur le bouton.

Un jeune homme à la mine éveillée, d'une vingtaine d'années, ouvrit.

« Je suis vraiment désolé, dit-il gravement, mais M. Kuroda n'est pas là en ce moment. Permettez-moi, monsieur, êtes-vous un de ses associés ?

— Dans un sens, en effet... Je voulais m'entretenir de quelques affaires avec M. Kuroda.

— Dans ce cas, peut-être auriez-vous l'obligeance d'entrer pour l'attendre. Je suis sûr que M. Kuroda ne tardera pas ; il regretterait énormément de vous avoir manqué.

— Mais je ne voudrais surtout pas vous importuner.

— Pas du tout, monsieur. Veuillez entrer, je vous en prie. »

L'appartement était petit et, comme beaucoup de ces habitations modernes, n'avait pas de vestibule proprement dit ; à peine entré, on montait sur le tatami, très peu surélevé du reste. Tout semblait propre, bien rangé ; de nombreux tableaux et tentures ornaient les murs. La lumière pénétrait à flots par les grandes fenêtres ; celles-ci donnaient sur un balcon étroit. On entendait le bruit du bulldozer.

« J'espère que vous n'étiez pas pressé, monsieur, dit le jeune homme, en plaçant un coussin à mon intention. Mais si M. Kuroda apprenait à son retour que je vous ai laissé partir, il ne me le pardonnerait jamais. Me permettrez-vous de vous faire un peu de thé ?

— Que vous êtes aimable, dis-je en m'asseyant. Vous êtes élève de M. Kuroda, n'est-ce pas ? »

Le jeune homme eut un petit rire. « M. Kuroda a la bonté de m'appeler son protégé, bien que je doute moi-même de mériter un tel titre. Je m'appelle Enchi. M. Kuroda me donnait des leçons particulières auparavant, et même maintenant, bien qu'il ait un horaire chargé au collège, il continue de s'intéresser à ce que je fais.

— Vraiment ? »

De nouveau j'entendis le bruit du bulldozer travaillant non loin de là. Le jeune homme hésitait, embarrassé ; finalement il dit : « Excusez-moi, je vais préparer un peu de thé. »

Il revint quelques minutes après. « Le style de

119

M. Kuroda, observai-je, indiquant un tableau sur le mur, est vraiment inimitable. »

Le jeune homme rit, et, tenant son plateau dans les mains, l'air gêné, se tourna vers le tableau.

« Excusez-moi, dit-il, mais je crains que ce tableau ne soit loin de valoir ce que fait M. Kuroda, monsieur.

— Ce n'est pas une œuvre de M. Kuroda ?

— Je regrette, monsieur, ce n'est qu'un de mes modestes essais. Mais mon maître a eu la bonté de le juger digne d'être vu de ses visiteurs.

— Vraiment ? Bien. Bien. »

Mes yeux restaient fixés sur ce tableau. Le jeune homme posa le plateau sur une table basse à côté de moi et s'assit.

« Ainsi c'est de vous ? Eh bien ! Je dois dire que vous avez beaucoup de talent. Beaucoup de talent en vérité. »

De nouveau il rit, l'air gêné. « J'ai de la chance d'avoir un maître comme M. Kuroda. Mais je crains d'avoir encore beaucoup à apprendre.

— Et moi qui étais tellement certain que ce fût un échantillon du travail de M. Kuroda. Le pinceau, la touche... c'est à s'y méprendre. »

Le jeune homme ne cessait d'esquisser des mouvements maladroits autour de la théière, comme s'il ne savait pas comment procéder. À un moment, il souleva le couvercle et regarda à l'intérieur.

« M. Kuroda me répète tout le temps, dit-il, que je devrais essayer de peindre de façon plus personnelle. Mais je trouve tant à admirer dans le style de M. Kuroda que j'ai de la peine à m'empêcher de l'imiter.

— Il n'est pas mauvais d'imiter son maître pendant un certain temps. Cela permet d'apprendre plein de choses. Mais le moment venu, vous verrez, vous aurez vos propres idées, et vous développerez des techniques à vous, car vous êtes indéniablement un jeune homme très doué. Oui, je suis sûr que vous êtes promis à un brillant avenir. Rien d'étonnant à ce que M. Kuroda s'intéresse à vous.

— Je ne saurais vous dire, monsieur, tout ce que je dois à M. Kuroda. Comme vous le voyez, c'est même chez lui que j'habite en ce moment. Cela fait presque quinze jours que je suis ici. J'ai été mis à la porte de la chambre que je louais, et M. Kuroda est venu à mon aide. Il serait impossible de vous dire, monsieur, tout ce qu'il a fait pour moi.

— Ainsi vous avez été mis à la porte de votre logement ?

— Je vous jure, monsieur, dit-il avec un rire léger, que je payais le loyer. Mais voyez-vous, malgré tous mes efforts, il y avait toujours des taches de peinture sur le tatami ; et le propriétaire a fini par me mettre à la porte. »

Nous rîmes tous les deux.

« Excusez-moi, dis-je, mais ne croyez pas que je ne compatisse pas. Simplement, cela m'a rappelé que j'ai eu moi-même exactement les mêmes problèmes à mes débuts. Mais vous trouverez bientôt le moyen de travailler dans de bonnes conditions si vous persévérez, je vous l'assure. »

De nouveau nous nous mîmes à rire.

« Vous êtes très encourageant, monsieur. » Il commença à servir le thé. « Je crois que M. Kuroda ne tardera plus désormais. Je vous prie de ne pas vous impatienter ; M. Kuroda sera très heureux de pouvoir vous remercier de tout ce que vous avez fait. »

Je le regardai, très surpris. « Vous pensez que M. Kuroda désire me remercier ?

— Excusez-moi, monsieur, mais je supposais que vous étiez de la Cordon Society.

— La Cordon Society ? Je regrette, mais qu'est-ce que c'est ? »

Le jeune homme jeta un coup d'œil vers moi ; il semblait reprendre l'attitude gauche qu'il avait eue au début. « Je suis désolé, c'est moi qui ai fait erreur, monsieur. Je pensais que vous étiez de la Cordon Society.

— Je regrette, je suis simplement une ancienne connaissance de M. Kuroda.

— Je vois. Un ancien collègue ?

— Effectivement, on pourrait dire cela. » Je regardai de nouveau le tableau du jeune homme sur le mur. « Oui, en effet, dis-je. C'est plein de talent. Plein de talent, vraiment. » Je sentais que le jeune homme s'était mis à m'examiner. Finalement, il dit :

« Excusez-moi, monsieur, puis-je vous demander votre nom ?

— Excusez-moi, je dois vous paraître bien impoli. Je suis Ono.

— Je vois. »

Il se leva et alla à la fenêtre. Pendant quelques instants, je regardai la vapeur qui s'élevait des deux tasses de thé sur la table.

« M. Kuroda sera-t-il bientôt de retour, maintenant ? » finis-je par demander.

J'eus un moment l'impression qu'il ne répondrait pas. Puis il dit, sans se retourner : « Peut-être que s'il n'est pas revenu bientôt, vous feriez bien de ne plus perdre votre temps à l'attendre.

— Si vous n'y voyez pas d'inconvénient, j'attendrai quand même encore un peu – puisque je suis venu jusqu'ici.

— J'informerai M. Kuroda de votre visite. Peut-être vous écrira-t-il. »

Les deux petits garçons devaient s'amuser à rentrer dans le mur du couloir avec leur tricycle, car on entendait des coups sourds et des cris aigus non loin de nous. Je fus frappé alors de constater à quel point le jeune homme, toujours à la fenêtre, ressemblait à un enfant qui boude.

« Excusez-moi de vous dire ceci, monsieur Enchi : vous êtes très jeune, vous ne pouviez être qu'un enfant lorsque M. Kuroda et moi nous sommes connus. Je vous prierais de ne pas tirer de conclusions hâtives sur des sujets dont vous ne connaissez pas tous les détails.

— Tous les détails ? s'exclama-t-il, se retournant vers moi. Excusez-moi, monsieur, mais connaissez-vous vous-même tous ces détails ? Savez-vous ce qu'il a enduré ?

— La plupart du temps, les choses sont plus compliquées qu'il n'y paraît, monsieur Enchi. Les jeunes hommes de votre génération ont tendance à envisager les choses bien trop simplement. D'ailleurs, à quoi bon débattre tous les deux de ce genre de questions maintenant ? Si cela ne vous dérange pas, je vais continuer d'attendre M. Kuroda.

— Et moi je vous conseillerais, monsieur, de ne plus perdre votre temps à attendre. J'aviserai M. Kuroda à son retour. » Jusqu'alors, le jeune homme avait réussi à garder un ton de voix poli, mais maintenant, il semblait perdre son sang-froid. « Franchement, monsieur, vous me stupéfiez : avoir le front de se présenter ici, comme quelqu'un qui ferait simplement une visite amicale !

— Il s'agit bien d'une visite amicale, en ce qui me concerne. Et si vous me permettez, je pense que c'est à M. Kuroda de décider s'il désire ou pas me recevoir.

— Monsieur, j'ai appris à bien connaître M. Kuroda, et, à mon avis, le mieux est que vous partiez. Il n'aura aucun désir de vous voir. »

Je poussai un soupir et me levai. Le jeune homme regardait de nouveau par la fenêtre. Mais comme je prenais mon chapeau, il se retourna encore une fois. « Tous les détails, monsieur Ono... » Sa voix était redevenue calme, mais on y percevait une nuance étrange. « À l'évidence, c'est vous qui ignorez tous ces détails. Sinon, comment pourriez-vous oser venir ici ? J'imagine que vous n'avez jamais rien su par exemple, monsieur, de l'épaule de M. Kuroda : il en a beaucoup souffert, mais bien sûr, ses gardiens ont toujours oublié de le signaler à leurs supérieurs, et on ne l'a soigné qu'à la fin de la guerre. Mais ils s'en souvenaient parfaitement chaque fois qu'ils décidaient de le battre. Ce traître ! C'est ainsi qu'ils l'appelaient. Traître ! À chaque instant, chaque jour. Mais maintenant, nous savons tous qui étaient les vrais traîtres. »

J'avais fini de lacer mes souliers, et je me dirigeai vers la porte.

« Vous êtes trop jeune, monsieur Enchi, pour connaître ce monde et ses complications.

— Nous savons tous maintenant qui étaient les vrais traîtres. Et beaucoup d'entre eux sont toujours en liberté.

— Vous direz à M. Kuroda que je suis venu ici. Peut-être aura-t-il la bonté de m'écrire. Bien le bonjour, monsieur Enchi. »

Il n'était pas question, naturellement, de se laisser affecter outre mesure par les propos de ce jeune homme ; cependant la possibilité que Kuroda fût aussi hostile à ma mémoire qu'Enchi l'avait suggéré était tout à fait inquiétante du point de vue des négociations de mariage. Il était de mon devoir de père, en tout cas, de ne pas reculer devant cette difficulté, aussi déplaisant que ce fût ; et dès mon retour à la maison, cet après-midi-là, je rédigeai une lettre à Kuroda, lui exprimant mon désir de le revoir, d'autant plus que j'avais à lui parler d'une affaire aussi importante que délicate. J'avais adopté un ton amical et conciliant dans cette lettre ; aussi fus-je fort déçu par la froideur et la brièveté blessante de la réponse que je reçus quelques jours plus tard.

« J'ai toutes les raisons de douter de l'opportunité d'une telle entrevue, écrivait mon ancien élève. Je vous remercie d'avoir eu l'amabilité de passer l'autre jour, mais je ne me permettrais pas de vous imposer de nouveau l'accomplissement de telles obligations. »

Mon humeur, je le reconnais, se ressentit de cet épisode, qui, certes, n'incitait guère à l'optimisme sur le sujet des négociations. Et bien que j'en eusse caché tous les détails à ma fille – comme je l'ai déjà dit –, elle devait se rendre compte, forcément, que cette question n'était pas réglée, et cela contribua sans aucun doute à son anxiété.

Le jour même du miai, Noriko semblait si tendue que

je commençai à m'inquiéter de l'impression qu'elle allait faire le soir sur les Saito – qui, eux, n'avaient aucun motif de ne pas prendre les choses avec calme et assurance. Vers la fin de l'après-midi, je me dis qu'il fallait essayer de l'égayer un peu, et c'est ce qui me poussa à lui faire cette réflexion, alors qu'elle traversait la salle à manger où j'étais en train de lire :

« Vraiment, tu es un phénomène, Noriko : passer toute la journée à ne rien faire d'autre que de te préparer... On dirait que c'est le jour du mariage qui est arrivé.

— C'est bien de père de se moquer, et ensuite de ne pas être prêt lui-même, rétorqua-t-elle.

— Il ne me faudra pas longtemps pour être prêt, dis-je en riant. Quel phénomène vraiment, employer toute sa journée ainsi...

— Père est comme il est. Il est trop fier pour se préparer comme il faut à ce genre de choses. »

Je levai les yeux, très surpris. « Trop fier ! Qu'est-ce que tu insinues ? Que veux-tu dire, Noriko ? »

Ma fille se détourna et ajusta sa barrette.

« Noriko, pourquoi dis-tu que je suis trop fier ?

— Que père ne se dérange pas, surtout, pour une chose aussi futile que mon avenir ! D'ailleurs, père n'a même pas encore fini son journal.

— Tu cherches à détourner la conversation maintenant. Mais j'ai bien entendu : à ton avis, je suis trop fier, n'est-ce pas ? Pourquoi n'en dis-tu pas davantage à ce propos ?

— J'espère simplement que père sera présentable tout à l'heure. » Et elle sortit de la pièce d'un air décidé.

Vraiment, l'attitude de Noriko était à l'opposé de celle qu'elle avait eue l'année précédente, durant les négociations avec la famille Miyake. Elle avait été très détendue alors, et presque trop sûre d'elle ; il est vrai qu'elle connaissait bien Jiro Miyake ; persuadée comme elle l'était probablement que ce mariage se ferait, elle n'avait vu dans les discussions entre les deux familles que d'importunes formalités. Aussi la rupture qui suivit fut un choc pour elle ; mais cela ne l'autorisait pas, à mon avis, à faire ce genre d'insinuations. En tout cas, cette petite prise de bec n'était pas faite pour nous mettre dans le meilleur état d'esprit, à quelques heures à peine du miai, et contribua, selon toute vraisemblance, à ce qui s'est passé ce soir-là à l'hôtel du parc de Kasuga.

L'hôtel du parc de Kasuga compta longtemps parmi les plus agréables hôtels à l'occidentale de la ville ; mais actuellement la direction a cru bon de décorer l'intérieur de manière plutôt vulgaire – dans l'intention, bien sûr, d'éblouir la clientèle américaine qui raffole de cet endroit à la fois si « japonais » et si « charmant ». Cela dit, le salon retenu par M. Kyo n'était pas mal du tout, avec ses grandes baies vitrées donnant sur le versant ouest de la colline de Kasuga, au-dessus de la ville dont on apercevait les lumières tout en bas ; avec sa grande table ronde et ses chaises à haut dossier ; et, sur un mur, un tableau où je reconnus une œuvre de Matsumoto, peintre que j'ai vaguement connu avant la guerre.

Il est fort possible que, tendu comme je l'étais, j'aie bu un peu plus vite qu'il n'eût été souhaitable, car mes souvenirs de cette soirée ne sont pas toujours très nets. Je me souviens parfaitement, cependant, de la très bonne impression que me fit tout de suite Taro Saito, le jeune homme que la situation m'ordonnait de traiter en futur gendre. Non seulement il semblait un garçon intelligent et digne de confiance, mais il ne lui manquait rien de la grâce et des manières assurées que j'admirais tant chez son père. La façon dont il nous accueillit, Noriko et moi, avec bonne humeur quoique fort poliment, me rappela irrésistiblement un autre jeune homme, connu dans des circonstances semblables quelques années auparavant : Suichi, lors du miai de Setsuko, à ce qui était alors l'Auberge Impériale. Et l'espace d'un instant il m'est venu à l'esprit que cette courtoisie et cette bonhomie seraient peut-être emportées par le temps, comme ç'avait été le

126

cas de Suichi. Mais évidemment, il faut espérer que Taro Saito n'aura pas à connaître les terribles expériences vécues, dit-on, par Suichi.

Le Dr Saito en imposait à tous, comme toujours, par sa prestance. Bien qu'on ne nous eût jamais formellement présentés l'un à l'autre jusqu'à cette soirée, chacun connaissait depuis des années la réputation de l'autre, et nous avions pris l'habitude de nous témoigner notre estime réciproque en nous saluant dans la rue. Avec son épouse également – belle femme d'une cinquantaine d'années – j'avais à l'occasion échangé des politesses, mais guère plus ; je pus constater que c'était, à l'instar de son mari, une personne pleine d'assurance et de grâce, habile à résoudre, s'il le fallait, les situations les plus gênantes. Le seul membre de la famille Saito qui ne me séduisait guère était le cadet – Mitsuo – qui doit avoir un peu plus de vingt ans.

Maintenant que je repense à cette soirée, je suis certain que Mitsuo me sembla suspect dès l'abord. Je ne saurais dire, cependant, quel fut le premier signe à me mettre en garde – peut-être le fait qu'il me rappelait le jeune Enchi rencontré chez Kuroda. Quoi qu'il en soit, d'autres signes vinrent confirmer mes soupçons quand le repas commença. Bien qu'à ce moment-là, rien, dans son comportement, ne heurtât les règles de la bienséance, néanmoins ses regards que je surprenais fixés sur moi, ou même la façon dont il me passait les bols par-dessus la table, trahissaient une attitude hostile et accusatrice.

Nous mangions depuis un certain temps quand une pensée soudaine surgit dans mon esprit : que les sentiments du jeune Mitsuo ne différaient pas, au fond, de ceux du reste de sa famille – que simplement, il était moins adroit dans l'art de les déguiser. Dès lors je jetai régulièrement des coups d'œil dans sa direction, puisque c'était lui qui pouvait m'indiquer le plus clairement ce que pensaient en réalité les Saito. Cependant, comme il était assis assez loin de moi de l'autre côté de la table, et

127

que M. Kyo, son voisin, avait engagé avec lui une conversation apparemment interminable, il n'y eut, entre Mitsuo et moi, aucun échange de propos significatifs durant cette première phase de la cérémonie.

« Nous avons su que vous aimez beaucoup jouer du piano, mademoiselle », dit à un moment, je me souviens, Mme Saito.

Noriko étouffa un petit rire et répondit : « Mais je ne m'exerce vraiment pas assez, madame.

— J'en jouais dans ma jeunesse, continua Mme Saito. Mais maintenant, moi aussi je suis rouillée. Nous avons si peu de temps, nous autres femmes, à consacrer à ce genre d'occupations, vous ne trouvez pas ?

— En effet, dit ma fille avec nervosité.

— Je suis moi-même un piètre mélomane, intervint Taro Saito, en regardant résolument Noriko. De fait, ma mère m'accuse toujours de ne pas avoir d'oreille. Aussi, je n'ai aucune confiance dans mon propre goût, et je suis obligé de la consulter pour savoir quel compositeur admirer.

— Quelles sottises ! dit Mme Saito.

— Savez-vous, mademoiselle, poursuivit Taro, qu'une fois j'ai acheté les disques d'un concerto pour piano de Bach ? J'aimais beaucoup ça, mais ma mère ne cessait de critiquer cette musique et de me houspiller pour mon manque de goût. Naturellement, mes opinions n'avaient guère de poids, contre quelqu'un comme mère. Ce qui fait que Bach, terminé ! Mais peut-être pouvez-vous venir à mon secours, mademoiselle. Aimez-vous Bach ?

— Bach ? » L'espace d'une seconde, ma fille eut l'air perplexe. Puis elle sourit et dit : « Oui, bien sûr. Beaucoup.

— Ah ! » s'exclama, triomphant, Taro Saito. « Maintenant mère devra reconsidérer la question !

— Mon fils vous conte des sornettes, mademoiselle. Je n'ai jamais critiqué Bach en général. Mais, convenez,

128

n'est-ce pas, que Chopin est bien plus expressif, pour ce qui est du piano.

— En effet », dit Noriko.

La raideur de ces réponses caractérise bien le rôle dans lequel ma fille se cantonna pendant presque toute la première partie de la soirée. Or, je dirais que cette attitude ne me surprit pas entièrement. En famille ou avec les amis, Noriko a son franc-parler, un peu irrévérencieux à l'occasion, et elle ne manque ni d'esprit ni, si l'on peut dire, d'éloquence ; mais souvent j'ai constaté qu'elle a du mal à trouver le ton juste en société, ce qui la fait apparaître comme une jeune femme timide. Que ce fût le cas précisément ce soir-là ne laissait pas d'être préoccupant ; il s'avérait en effet – comme le confirmait d'ailleurs l'attitude de Mme Saito – que les Saito n'étaient pas de ces familles vieux jeu qui préfèrent que leurs femmes se taisent et s'effacent. Je m'y attendais, en fait ; et j'avais vivement recommandé à Noriko de mettre en valeur, autant qu'il le faudrait, pendant ce miai, son intelligence et sa vivacité. Ma fille avait approuvé sans réserve cette stratégie – voire, affirmé avec une telle fougue son intention de se conduire de manière sincère et naturelle que je redoutais même qu'elle ne commît quelque inconvenance. Aussi, voyant les efforts que lui coûtaient ces réponses simples, accommodantes, que lui soufflaient presque les Saito, voyant ses yeux constamment baissés sur son bol, je pouvais imaginer sa frustration.

Cependant, la conversation allait bon train autour de la table. Le Dr Saito, en particulier, révélait une telle habileté à entretenir une atmosphère détendue que, sans ce regard du jeune Mitsuo toujours posé sur moi, j'en aurais oublié l'enjeu de cette soirée et eusse relâché ma vigilance. À un certain moment du repas, je me souviens, le Dr Saito, se laissant aller contre le dossier de sa chaise, dit :

« Il semble qu'il y a eu encore des manifestations dans le centre aujourd'hui. J'étais moi-même dans le tram quand un homme est monté ; il avait un énorme bleu sur le front. Il s'est assis à côté de moi, et, naturellement, je lui ai demandé si ça allait et je lui ai conseillé d'aller se faire examiner à l'hôpital. Eh bien, il m'a répondu qu'il sortait juste de chez le médecin, et qu'il avait l'intention de rejoindre ses camarades dans les manifestations. Et vous, monsieur, que pensez-vous de tout ça ? »

Bien que le Dr Saito eût abordé ce sujet sur le simple ton de la conversation, j'eus un instant l'impression que toute la table – Noriko comprise – s'arrêtait de manger pour entendre ma réponse. J'ai très bien pu me tromper, bien sûr ; et pourtant je me souviens parfaitement qu'à ce moment-là je jetai un coup d'œil vers le jeune Mitsuo : jamais encore il ne m'avait observé avec une telle intensité.

« On ne peut que regretter tant de violences, dis-je. Les passions se déchaînent, c'est certain.

— Vous avez parfaitement raison, monsieur, intervint Mme Saito. Que les passions se déchaînent, soit, mais les gens exagèrent maintenant. Tous ces blessés... Mais mon mari prétend que tout cela est bien. Je ne comprends vraiment pas comment il peut dire une chose pareille. »

Au lieu de réagir, comme je m'y attendais, le Dr Saito se tut, et il y eut une pause, au cours de laquelle je me sentis encore une fois au centre de l'attention générale.

« Comme vous le dites, madame, observai-je, il est bien malheureux que tant de personnes aient été blessées.

— Ma femme déforme ma pensée, comme d'habitude, dit le Dr Saito. Je n'ai jamais prétendu que ces échauffourées étaient une bonne chose. J'ai simplement essayé de lui faire comprendre que ces événements ont un sens, qui ne se limite pas au simple fait qu'il y a des blessés. Personne ne désire, bien sûr, que les gens finissent à l'hôpital. Mais l'esprit sous-jacent – le fait que les gens éprouvent la nécessité d'exprimer ouvertement et énergiquement leurs opinions –, cela, c'est une chose salutaire – vous ne trouvez pas, monsieur ? »

J'eus peut-être un moment d'hésitation ; en tout cas Taro Saito parla avant que je pusse répondre :

« Mais le fait est, père, qu'il y a de l'abus maintenant. La démocratie est une très belle chose, mais elle ne signifie pas que les citoyens ont le droit de tout casser chaque fois qu'ils ne sont pas d'accord. Tout cela nous montre que sur ce plan, nous ne sommes que des enfants, nous autres Japonais. Nous devons encore acquérir le sens des responsabilités qu'implique la démocratie.

— Voilà un cas bien inhabituel, dit en riant le Dr Saito ; c'est le père qui est le libéral de la famille ! Taro a peut-être raison : en ce moment, notre pays est comme un petit garçon qui apprend à marcher et à courir. Mais ce que je dis, personnellement, c'est que l'esprit sous-jacent est sain. C'est comme de regarder un petit enfant qui court : il tombe, s'écorche les genoux ; on le laisse faire, on ne l'enferme pas. N'est-ce pas votre avis, monsieur ? Ou bien suis-je trop libéral, comme l'affirment ma femme et mon fils ? »

J'ai pu me tromper encore une fois – comme je l'ai dit, je buvais un peu plus vite que je n'en avais eu l'intention – mais je fus frappé par le manque d'animosité avec lequel les Saito exprimaient – affichaient peut-être – leurs désaccords. Je remarquai d'autre part que le jeune Mitsuo était de nouveau en train de m'observer.

« En effet, dis-je. J'espère qu'il n'y aura pas d'autres blessés. »

Sur quoi – si mes souvenirs sont bons – Taro Saito demanda à Noriko ce qu'elle pensait d'un nouveau grand magasin qui venait d'ouvrir en ville, et l'on se remit à parler de choses sans importance.

Assurément, la jeune fille n'a pas un rôle facile dans ce genre de situation ; il semble injuste de lui demander de porter des jugements qui engagent son bonheur futur alors qu'elle subit un tel examen ; mais je ne m'attendais pas, je l'admets, à ce que Noriko fût à ce point affectée par cette épreuve. Elle avait l'air de moins en moins assurée ; à part « oui » ou « non », elle semblait incapable d'articuler la moindre phrase. Taro Saito, je le voyais, faisait de son mieux pour inciter Noriko à se détendre ; mais vu la circonstance, il ne devait pas non plus donner l'impression de trop insister, et les ouvertures qu'il tentait, sur un ton badin, n'aboutissaient qu'à des silences embarrassés. Quel contraste, pensai-je encore une fois en voyant la détresse de ma fille, quel contraste avec le miai de l'année précédente ! Setsuko, qui était alors chez nous, y avait assisté pour soutenir sa sœur, mais ce soir-là celle-ci n'avait guère eu besoin de soutien. Au contraire, je me rappelais encore combien j'avais été irrité de voir Noriko et Jiro Miyake échanger continuellement des regards malicieux, comme pour se moquer du cérémonial.

« Vous vous souvenez, monsieur, dit le Dr Saito, que lors de notre dernière rencontre, nous nous sommes découvert une connaissance commune. Un certain M. Kuroda. »

On approchait alors de la fin du repas.

« Ah oui, en effet, dis-je.

— Mon fils que voici (le Dr Saito indiquait le jeune Mitsuo, avec lequel je n'avais pour ainsi dire pas parlé jusque-là) étudie au collège d'Uemachi, où M. Kuroda enseigne, comme vous savez.

— Ah bon ? » Je me tournai vers le jeune homme. « Ainsi vous connaissez bien M. Kuroda ?

— Pas vraiment, répondit-il. Les matières artistiques ne sont pas mon fort, malheureusement, et je n'ai pas beaucoup de rapports avec les professeurs qui les enseignent.

— Mais on dit beaucoup de bien de M. Kuroda, n'est-ce pas, Mitsuo ? fit observer le Dr Saito.

— Effectivement.

— Et tu savais que M. Ono était très lié à M. Kuroda, autrefois ?

— Oui, je l'ai entendu dire. »

132

Ici, Taro Saito changea encore une fois le sujet de la conversation :

« Voyez-vous, mademoiselle, dit-il à Noriko, je crois savoir pourquoi je n'ai pas l'oreille musicale. Quand j'étais enfant, mes parents ne faisaient jamais accorder le piano ; si bien que chaque jour – durant ces années décisives pour ma formation, mademoiselle – j'entendais mère s'exercer sur un instrument désaccordé ! Voilà certainement l'origine de mes problèmes, vous ne croyez pas ?

— Si, dit Noriko, baissant aussitôt les yeux.

— Très bien. Pour moi, j'ai toujours soutenu que c'était la faute de mère. Et dire que pendant des années, elle n'a cessé de me reprocher de n'avoir aucune oreille ! Quel traitement inique ! Vous ne trouvez pas ? »

Noriko se contenta de sourire.

Vers ce moment-là, paraît-il, M. Kyo, qui jusque-là était resté très discret, s'est mis à raconter une de ces historiettes amusantes dont il ne semble jamais à court. Or, si j'en crois du moins Noriko, j'ai interrompu M. Kyo au beau milieu de son histoire, en disant au jeune Mitsuo Saito :

« M. Kuroda vous aura certainement parlé de moi. »

Mitsuo me regarda d'un air infiniment perplexe.

« De vous, monsieur ? dit-il, hésitant. Oh, je suis sûr qu'il parle souvent de vous, mais je regrette, je ne connais pas vraiment M. Kuroda, et par conséquent... » Il laissa sa phrase en suspens, et du regard appela ses parents à l'aide.

« Je suis certain, dit le Dr Saito – et il me sembla qu'il pesait ses mots –, que M. Kuroda se souvient très bien de M. Ono.

— Je ne crois pas, dis-je, regardant de nouveau Mitsuo, que M. Kuroda ait une très bonne opinion de moi. »

Le jeune homme, de plus en plus désemparé, se tourna encore une fois vers ses parents. Cette fois, ce fut Mme Saito qui parla :

« Au contraire, monsieur. Je suis sûre qu'il doit avoir une très haute opinion de vous.

— Il y a des gens, madame, dis-je, un peu trop haut peut-être, qui pensent que j'ai eu au cours de ma carrière une influence néfaste. Une influence qu'il vaut mieux aujourd'hui effacer et oublier. C'est un point de vue que je n'ignore pas, et que partage certainement M. Kuroda.

— Vraiment ? » Le Dr Saito, si je ne m'abusais pas, me regardait de l'air du maître qui attend que son élève continue de réciter sa leçon.

« En effet. Quant à moi, je suis tout à fait disposé, maintenant, à reconnaître le bien-fondé de cette opinion.

— Vous êtes injuste envers vous-même, j'en suis certain, monsieur », commença Taro Saito. Je m'empressai de poursuivre :

« Certains diront que ce sont des gens comme moi qui portent la responsabilité des événements terribles qui ont frappé notre nation. En ce qui me concerne, je reconnais franchement que j'ai fait beaucoup d'erreurs. J'admets qu'une bonne part de ce que j'ai fait a fini par nuire à notre nation, que mon influence s'inscrivait dans un mouvement qui a abouti à des souffrances sans nom pour notre peuple. Je le reconnais, monsieur. Voyez-vous, je reconnais tout cela sans réserve. »

Le Dr Saito se pencha en avant ; il avait l'air de ne pas comprendre.

« Excusez-moi, monsieur, dit-il. Mais vous voulez dire que vous n'êtes pas content de votre œuvre ? De vos tableaux ?

— De mes tableaux. De mon enseignement. Comme vous voyez, monsieur, je le reconnais sans réserve. Tout ce que je puis dire, c'est qu'à l'époque j'étais sincère. Je croyais en toute bonne foi agir pour le bien de mes compatriotes. Mais comme vous voyez, je ne crains pas aujourd'hui de reconnaître que je me trompais.

— Je suis certain que vous êtes trop dur envers vous-même », dit Taro Saito, d'un ton enjoué. Puis se tournant

134

vers Noriko : « Dites-moi, mademoiselle, votre père est-il toujours aussi strict ? »

Pendant toute cette tirade, je m'en rendais compte maintenant, ma fille m'avait regardé avec stupéfaction. Et pour cette raison, peut-être, sa vigilance fut surprise par la question de Taro, car pour la première fois de la soirée, elle retrouva son habituelle liberté de langage.

« Père n'est pas strict du tout. C'est moi qui dois être stricte avec lui. Sinon il ne serait jamais levé pour le petit déjeuner.

— Pas possible ? » s'exclama Taro Saito, ravi d'avoir obtenu une réponse moins guindée de Noriko. « Mon père non plus n'est pas du genre matinal. On dit que plus on vieillit, moins on dort, mais ça n'a pas l'air le cas, d'après notre expérience. »

Noriko répliqua, en riant : « Pour ce qui est des pères seulement ! Je suis sûre que Mme Saito n'a aucune difficulté à se lever.

— Eh bien ! C'est du joli, me dit le Dr Saito. Les voilà qui se moquent de nous sous notre nez ! »

Je ne voudrais pas affirmer que tout n'avait tenu qu'à un fil jusqu'alors ; mais c'est à ce moment-là – cela, je le pense effectivement – que ce miai laborieux, et qui s'annonçait désastreux, se transforma en une soirée réussie. Nous continuâmes de converser en buvant du saké pendant un bon moment après le dîner, et quand vint le moment d'appeler les taxis, tous les doutes s'étaient dissipés : la bonne entente était générale, et surtout, quoique tous deux se fussent fort bien tenus, il était clair que Taro Saito et Noriko s'étaient plu.

En ce qui me concerne, certes, il y avait eu des moments pénibles, je ne peux le nier ; et je ne prétendrais pas non plus qu'il m'eût été aussi facile de faire ce genre de déclaration relativement au passé, si les circonstances ne m'avaient convaincu qu'il était prudent d'agir ainsi. Cependant je dois dire, maintenant que j'ai franchi ce pas, que je ne vois pas comment, si l'on tient au respect de soi, on peut fuir longtemps la responsabilité de ses actions passées ; encore que ce ne soit pas toujours chose aisée, cela procure une satisfaction d'amour-propre certaine que de se résoudre à voir en face les fautes qu'on a commises au cours de son existence. Il est certain en tout cas que peu de honte s'attache aux erreurs commises en toute bonne foi – mais beaucoup, au contraire, à l'incapacité ou au refus de les reconnaître.

Shintaro par exemple – lequel, d'ailleurs, a obtenu paraît-il le poste d'enseignement qu'il convoitait – Shintaro serait, à mon avis, un homme plus heureux aujourd'hui s'il avait le courage et l'honnêteté de reconnaître ce qu'il a fait autrefois. On ne peut exclure, bien sûr, que la froideur avec laquelle je l'ai traité cet après-midi-là, juste après le Nouvel An, ne l'ait incité à changer de tactique vis-à-vis de sa commission, à propos de ses affiches sur la crise chinoise. Mais je croirais plutôt que Shintaro a persisté dans son attitude hypocrite mesquine pour atteindre son but. En fait, il y a toujours eu chez Shintaro un côté fourbe, sournois – bien que je ne m'en sois aperçu que récemment.

« Vous savez, Obasan, disais-je à Mme Kawakami il y a quelques jours, je soupçonne fortement Shintaro de n'avoir jamais été le brave garçon naïf pour lequel il se faisait passer. C'est tout simplement sa façon d'exploiter les gens et de parvenir à ses fins. Shintaro fait partie de ces gens qui, lorsqu'ils ne veulent pas faire une chose, feignent l'idiotie la plus complète – et on leur pardonne tout.

— Allons, allons, Sensei. » Mme Kawakami me jeta un regard désapprobateur ; il lui répugnait, évidemment, de penser du mal de cet homme qui pendant si longtemps avait été son meilleur client.

« Pensez simplement, Obasan, à l'habileté avec laquelle il a échappé à la guerre. Tandis que d'autres perdaient tout, Shintaro, lui, continuait de travailloter dans son petit atelier, comme si de rien n'était.

— Mais, Sensei, Shintaro-san a une jambe malade...

— Jambe malade ou pas, tout le monde était appelé.

136

Certes, ils ont fini par le trouver, mais alors, la guerre était pour ainsi dire terminée. Savez-vous, Obasan, que Shintaro m'a avoué une fois qu'il a perdu en tout et pour tout quinze jours de travail à cause de la guerre ? Voilà ce que la guerre lui a coûté. Croyez-moi, Obasan, notre cher ami est un vieux roublard, sous ses allures d'enfant attardé.

— Bah, en tout cas, dit Mme Kawakami d'une voix fatiguée, j'ai bien l'impression qu'il ne reviendra plus jamais ici.

— En effet, Obasan, il semble bien que vous l'ayez perdu pour de bon. »

Mme Kawakami, sa cigarette entre les doigts, s'accouda sur son côté du comptoir et regarda son petit bistrot. Nous étions seuls, comme d'habitude. Le soleil du soir filtrait à travers les moustiquaires métalliques des fenêtres, donnant à la pièce un aspect plus poussiéreux, plus vétuste qu'une fois la nuit tombée, quand Mme Kawakami allume ses lampes. Dehors, les ouvriers travaillaient encore. Depuis une heure que j'étais là, on ne cessait d'entendre des coups frappés quelque part à côté, et régulièrement un camion démarrait, ou un marteau-piqueur se mettait en action, ébranlant toute la maison. Et tandis que moi aussi, je laissais mes regards errer dans la petite salle, par cette belle soirée d'été, je compris soudain que son établissement était condamné : je le voyais tout petit, lamentable, absurde en quelque sorte, au milieu de ces grands immeubles de béton que la régie municipale était en train d'édifier tout autour de nous. Et je dis à Mme Kawakami :

« Vous savez, Obasan, je crois qu'il faut penser sérieusement à accepter cette offre qu'on vous a faite, et à vous installer ailleurs. C'est vraiment une occasion à saisir.

— Mais je suis ici depuis si longtemps, dit-elle, chassant de la main la fumée de sa cigarette.

— Vous pourriez ouvrir un café tout neuf, Obasan. Dans un quartier comme Kitabashi, ou même comme

Honcho. Chaque fois que je passerai par là, vous pouvez être sûre que vous aurez droit à ma visite. »

Mme Kawakami se taisait ; on eût dit qu'elle cherchait à distinguer quelque chose parmi tous les bruits que faisaient les ouvriers. Puis elle sourit, de tout son visage, et dit : « Ah, quel quartier c'était, autrefois ! Vous vous souvenez, Sensei ? »

Je lui rendis son sourire, mais je ne dis rien. L'ancien quartier avait été une belle chose, bien sûr. Nous nous étions tous donné du bon temps, et l'esprit qui animait notre badinage ou nos grandes controverses n'avait jamais été rien de moins que sincère. Mais ce même esprit n'avait peut-être pas que de bons aspects. Comme beaucoup d'autres choses maintenant, il vaut mieux peut-être que ce petit monde ait disparu et ne revienne plus. Voilà ce que je fus tenté de dire à Mme Kawakami ce soir-là, mais je me ravisai, ç'aurait été manquer de tact ; car il est clair que l'ancien quartier était cher à son cœur – il avait été, en fait, toute sa vie – et l'on ne peut que comprendre qu'elle ait du mal à accepter qu'il ne soit plus.

Novembre 1949

J'ai gardé un souvenir très net de la première fois que j'ai vu le Dr Saito ; aussi suis-je tout à fait certain de son exactitude. C'était, il y a au moins seize ans maintenant, le lendemain de mon installation dans cette maison. Je me rappelle que c'était une radieuse journée d'été ; j'étais sorti pour ajuster la clôture, ou, peut-être, remettre en place un élément du portail, et j'échangeais des saluts avec les gens qui passaient – mes nouveaux voisins. À un certain moment, alors que je tournais le dos au chemin, je sentis que quelqu'un était arrêté derrière moi et sans doute observait ce que je faisais. Je me retournai : un homme du même âge que moi, apparemment, examinait mon nom nouvellement inscrit sur le montant de la porte.

« Ainsi vous êtes maître Ono, dit-il. Eh bien, quel honneur ! Quel honneur de compter parmi nos voisins un homme de votre valeur ! Je suis moi-même lié au monde des arts : je m'appelle Saito, j'enseigne à l'université impériale.

— Le Dr Saito ? Mais c'est une faveur insigne. J'ai beaucoup entendu parler de vous, monsieur. »

Nous continuâmes de parler ainsi devant mon portail,

assez longtemps je crois ; je me souviens parfaitement en tout cas qu'à plusieurs reprises, lors de cette première conversation, le Dr Saito fit allusion à mes œuvres et à ma carrière ; et qu'au moment de prendre congé (il descendait en ville), il répéta : « Quel honneur, vraiment, de compter un artiste de votre valeur parmi nos voisins, monsieur ! » – ou une formule analogue.

Dès lors nous prîmes l'habitude, le Dr Saito et moi, de nous saluer bien bas chaque fois que le hasard nous mettait en présence l'un de l'autre. Nous nous arrêtions rarement pour prolonger la conversation, il est vrai – jusqu'à ce que les événements récents nous rapprochent. Mais je revois si bien notre première rencontre, je revois si bien le Dr Saito reconnaissant mon nom sur le montant de la porte, que je n'hésite pas à affirmer, en repensant à ce que Setsuko, ma fille aînée, m'a dit le mois dernier, que certaines de ses insinuations, au moins, sont absolument fausses. Il est impensable, par exemple, que le Dr Saito ait ignoré jusqu'à l'an passé qui j'étais, et l'ait découvert seulement lors des négociations de mariage.

Comme elle n'a fait qu'un bref séjour ici, cette année, et qu'elle est tout le temps restée chez Noriko et Taro, qui ont pris un appartement dans le quartier d'Izumimachi, cette promenade matinale avec Setsuko dans le parc de Kawabe fut en fait la seule occasion que j'eus de parler vraiment avec elle. Il n'est donc pas étonnant que j'aie si souvent repensé depuis à cette conversation – dont certains aspects, je dois dire, m'irritent de plus en plus.

Sur le moment, cependant, les paroles de Setsuko ne m'ont guère affecté sans doute, car je me souviens que j'étais de fort bonne humeur, heureux de me retrouver en compagnie de ma fille et de me promener dans ce parc de Kawabe – ce que je n'avais plus fait depuis un certain temps. C'était il y a juste un peu plus d'un mois, quand, vous vous souviendrez, les journées étaient encore ensoleillées, bien que la chute des feuilles eût déjà commencé. Setsuko et moi descendions la grande allée qui passe par le centre du parc, et, comme nous étions largement en avance sur l'heure de notre rendez-vous avec Noriko et Ichiro, sous la statue de l'empereur Taisho, nous marchions tranquillement, en nous arrêtant à chaque instant pour admirer le paysage d'automne.

Vous conviendrez peut-être avec moi que le parc de Kawabe est le plus agréable de la ville ; il est certain qu'après avoir marché dans les petites rues grouillantes de monde de Kawabe, on se sent comme récompensé de se retrouver sous les arbres, dans une de ces longues et larges allées. Mais il n'est pas inutile d'expliquer, je crois, au cas où vous seriez nouvellement installé dans cette ville et ne connaîtriez pas l'histoire de ce parc, les raisons de l'intérêt tout particulier que je lui porte.

Çà et là, dans ce parc, vous vous souviendrez certaine-ment d'être passé devant de curieuses parcelles isolées, couvertes d'herbe et dont aucune n'est plus grande qu'une cour d'école ; on les voit à travers les arbres, quelle que soit l'allée dans laquelle on se promène. C'est comme si les gens qui conçurent ce parc avaient à un certain moment perdu le fil de leurs projets et tout laissé en suspens. En fait, c'est plus ou moins ce qui s'est passé. Il y a quelques années, Akira Sugimura – dont j'ai acheté la maison, peu après sa mort – eut des idées très ambitieuses, concernant le parc de Kawabe. On entend rarement prononcer le nom d'Akira Sugimura de nos jours, je le sais ; mais je sais aussi qu'il n'y a pas si long-temps, il était sans conteste l'un des plus influents de nos concitoyens. À un moment, à ce qu'on m'a dit, il possé-dait quatre maisons, et à tous les coins de rue, on tombait sur des entreprises lui appartenant ou existant plus ou moins grâce à lui. Puis, vers 1920 ou 1921, Sugimura, au faîte de sa prospérité, décida de miser presque tout son capital sur un projet qui lui permît de laisser à jamais son empreinte sur cette ville et ses habitants. Il décida de faire du parc de Kawabe – qui, alors, ressem-blait plutôt à un terrain vague – le centre de la vie culturelle locale. Son projet consistait non seulement à agrandir le domaine du parc pour mettre davantage de sites naturels à la disposition des gens en quête de détente, mais aussi à y installer plusieurs centres culturels prestigieux : un musée des sciences naturelles, un nouveau théâtre kabuki pour l'école de Tagahashi, qui venait de perdre ses locaux de la rue Shirahama, ravagés par un incendie ; une salle de concert à l'européenne ; et aussi, idée assez originale, un cimetière pour les chats et les chiens de la ville. Je ne peux me rappeler tout ce qu'il projetait encore, mais il ne fait pas de doute que c'était une entreprise de grande envergure, puisqu'elle aurait – telle était l'ambition ultime de Sugimura – transformé le quartier de Kawabe, et même modifié radicalement la vie culturelle de la ville, en déplaçant son centre de gravité vers la rive nord du fleuve. Il ne s'était agi de rien de moins, comme je l'ai dit, que d'un homme tentant de marquer à jamais de son empreinte la physionomie même de la ville.

L'exécution des travaux avait commencé et progressait, paraît-il, quand surgirent de terribles difficultés financières. Je n'ai pas bien saisi tous les détails de cette affaire ; le fait est que les « centres culturels » de Sugimura ne virent jamais le jour. Sugimara lui-même perdit énormément d'argent et ne recouvra jamais son ancienne influence. Depuis la guerre, le parc de Kawabe est administré directement par la ville ; c'est elle qui a tracé les allées actuelles. De Sugimura, il ne reste que ces étranges espaces vides couverts d'herbe, où auraient dû s'élever ses musées et ses théâtres.

J'ai dû dire déjà que les rapports que j'ai eus avec la famille de Sugimura après sa mort – quand j'ai acheté la dernière des maisons où il vécut – ne m'avaient fourni aucun motif de vénérer particulièrement la mémoire de cet homme. Et pourtant, depuis un certain temps, chaque fois que je me promène dans le parc de Kawabe, je me mets à penser à Sugimura et à ses projets ; et j'avoue que je commence à éprouver une certaine admiration pour lui. En effet, tout homme qui aspire à s'élever au-dessus du médiocre et du commun mérite assurément l'admiration, même si, à la fin, il échoue et se ruine à cause de ses ambitions. De plus, je crois personnellement que Sugimura n'est pas mort malheureux ; car son échec n'est en rien comparable aux échecs minables d'une existence ratée – et un homme comme Sugimura devait savoir cela. N'est-il pas consolant – voire, profondément satisfaisant – de pouvoir se dire, en repensant à sa propre vie, que si l'on a échoué, c'est uniquement là où les autres n'ont pas eu le courage ou la volonté de tenter ?

Mais laissons Sugimura. Comme je le disais, c'est avec grand plaisir que j'ai fait cette promenade avec Setsuko dans le parc de Kawabe, en dépit de certaines de ses réflexions dont les implications irritantes me sont apparues par la suite. Quoi qu'il en soit, notre conversation s'interrompit quand nous arrivâmes en vue de la statue de l'empereur Taisho où nous étions convenus de nous retrouver avec Noriko et Ichiro. J'avais les yeux fixés vers les bancs qui entourent le monument quand une voix enfantine cria : « Voilà Oji ! »

Ichiro accourut, les bras grands ouverts. Mais quand il fut devant moi, il rectifia son attitude, prit un air solennel, et me tendit la main.

« Ça va ? dit-il avec un profond sérieux.

— Je vois que tu deviens vraiment un homme, Ichiro. Quel âge as-tu ?

— Huit ans, au moins. S'il vous plaît, venez par ici, Oji. J'ai des choses à vous dire. »

Sa mère et moi le suivîmes vers le banc où attendait Noriko. Elle portait une robe de couleurs vives que je ne lui avais jamais vue.

« Tu respires la gaieté, Noriko, lui dis-je. Vraiment, dès qu'une fille quitte sa famille, c'est une vraie métamorphose !

— Je ne vois pas pourquoi une femme s'habillerait comme une souillon sous prétexte qu'elle se marie », riposta Noriko ; néanmoins elle semblait avoir apprécié mon compliment.

Autant que je me souvienne, nous nous assîmes tous sous l'empereur Taisho et parlâmes un moment. Mes deux filles – telle était la raison de cette rencontre dans le parc – voulaient aller acheter des tissus, et j'avais accepté par conséquent de m'occuper pendant ce temps-là d'Ichiro : de l'emmener déjeuner dans un grand magasin, puis de consacrer l'après-midi à lui montrer le centre de la ville. Ichiro était très impatient de partir, et ne cessait de me tirer par la manche tandis que nous parlions, en disant :

« Oji, laissons les femmes bavarder. Nous avons des choses à faire. »

Nous arrivâmes tous deux au grand magasin peu après l'heure habituelle du déjeuner ; il n'y avait pas trop de monde à l'étage réservé au restaurant. Ichiro prit son temps pour choisir entre les divers plats exposés dans les présentoirs.

« Oji, devinez ce que je préfère manger maintenant ! me dit-il, se tournant vers moi.

— Hem. Je ne sais pas, Ichiro. Les crêpes ? Les glaces ?

— Les épinards ! Les épinards donnent des forces ! » Il bomba le torse et me montra un de ses biceps.

« Je vois. Eh bien, regarde, là, "Pour les plus jeunes" : il y a des épinards dedans.

— Mais c'est pour les petits enfants !

— Peut-être, mais ça m'a l'air très bien. D'ailleurs, Oji va en commander un pour lui.

— Alors moi aussi, pour tenir compagnie à Oji. Mais dites qu'ils me donnent plein d'épinards.

— D'accord, Ichiro.

— Oji, il faut que vous mangiez le plus souvent possible des épinards. Ça donne des forces ! »

Mon petit-fils choisit une table du côté des grandes fenêtres, et aussitôt assis, tandis que nous attendions d'être servis, se colla le nez à la vitre pour observer l'animation de la rue quatre étages en dessous. Cela faisait plus d'un an que je ne l'avais vu ; je ne sais quel virus, en effet, l'avait empêché d'assister aux noces de Noriko. Il avait vraiment beaucoup grandi, et pas seulement au physique ; il était plus calme, avait des comportements moins puérils ; son regard, en particulier, semblait exprimer une étonnante maturité.

En l'observant, ce jour-là, tandis qu'il regardait la rue en dessous, le visage pressé contre la vitre, je vis à quel point, en définitive, il ressemblait à son père. De Setsuko il ne tenait pas grand-chose : certaines attitudes, certains jeux de physionomie. Mais ce qui me frappait surtout, bien sûr, c'était d'avoir encore une fois l'impression de retrouver en Ichiro mon propre fils, Kenji, au même âge. J'avoue que c'est pour moi un réconfort, aussi curieux que cela paraisse, de constater que les enfants héritent les traits d'autres membres de la famille ; et j'espère bien que mon petit-fils ne perdra pas ces traits de ressemblance en devenant adulte.

Assurément, l'enfance n'est pas le seul moment où nous soyons susceptibles de cette forme d'héritage ; un maître ou un mentor vénéré au début de l'âge adulte, laisse lui aussi son empreinte ; et quand bien même on a été amené à ne plus accorder la même valeur à son enseignement, voire à le rejeter, certains traits tendront encore longtemps après à survivre, telle une ombre de cette influence vous accompagnant tout le long de la vie. Je me rends très bien compte, en ce qui me concerne, que certains tics – ma façon de garder la main en l'air, à demi inclinée, quand j'explique quelque chose, certaines inflexions de ma voix quand je veux communiquer l'ironie ou l'impatience, et même des locutions que j'affectionne, au point que les gens les croient de mon cru – je me rends compte, dis-je, que tout cela, je le tiens en fait de mon ancien maître, Mori-san. Et ce ne serait pas me flatter moi-même, je crois, que de supposer qu'il en aura été de même entre moi et beaucoup de mes élèves. Je voudrais espérer, en tout cas, que quel que soit le jugement qu'ils ont fini par porter sur ces années passées sous ma direction, la plupart me savent toujours gré de ce qu'ils ont appris. Quant à moi, malgré les défauts évidents de mon ancien maître, Seiji Moriyama – « Mori-san » ainsi que nous le surnommions toujours – et malgré ce qui s'est passé entre nous à la fin, je n'ai jamais cessé de reconnaître que ces sept années que j'ai vécues dans la villa de sa famille, dans les campagnes montueuses de la préfecture de Wakaba, furent parmi les plus décisives de ma carrière.

Quand j'essaie aujourd'hui d'évoquer une image de la villa de Mori-san, presque toujours surgit devant mes yeux la vue particulièrement agréable qu'on en avait du haut du sentier de montagne qui menait au village le plus proche. À partir d'un certain point, en montant, on la voyait se dessiner tout en bas, au fond du vallon, rectangle de bois sombre enchâssé dans un bosquet de grands cèdres : le corps de logis, les deux ailes et la haute palissade de cèdre avec le portail. La vaste cour était ainsi fermée de tous côtés ; et l'on pouvait imaginer qu'au temps jadis, il ne devait pas être facile à des visiteurs hostiles d'en forcer l'entrée, une fois barrée la lourde porte.

À l'époque où je vivais là, cependant, n'importe qui aurait pu sans problème s'y introduire. En effet, bien qu'on n'eût pu s'en apercevoir en la regardant du sentier, la villa de Mori-san était dans un terrible état de délabrement. Du haut de ce sentier, on n'aurait jamais deviné qu'à l'intérieur, ce n'était qu'une succession de pièces aux papiers déchirés et aux tatamis tellement usés qu'il fallait souvent faire bien attention où l'on posait le pied, pour ne pas passer carrément au travers. De fait, l'image que je garde de la maison vue de près, est une impression où se mêlent tuiles brisées, treillages disloqués, enduits écaillés et bois pourris des vérandas. Et ces toits où apparaissaient sans cesse de nouvelles fuites ; cette odeur de bois humide et de feuilles moisies qui imprégnait les pièces dès qu'il pleuvait ne fût-ce qu'une nuit ; et, durant certaines périodes de l'année, ces invasions d'insectes et de papillons de nuit, se collant partout aux boiseries, s'insinuant dans les moindres fentes, en tel nombre qu'on se disait chaque fois que la vieille baraque ne leur résisterait pas.

De toutes ces pièces, seules deux ou trois témoignaient encore de l'ancienne splendeur de la villa. L'une d'elles, très claire, était réservée aux grandes occasions ; c'était là, en particulier, que Mori-san convoquait tous ses élèves – nous étions dix – quand il avait achevé un nouveau tableau. Au moment d'entrer, je me souviens, chacun de nous s'arrêtait sur le seuil, béant d'admiration à la vue de l'œuvre exposée sur un chevalet au centre de la pièce. Mori-san, cependant, donnait des soins à une plante, ou regardait par la fenêtre sans s'apercevoir, apparemment, de notre arrivée. Bientôt nous étions tous assis par terre devant la peinture, échangeant nos observations presque en chuchotant : « Et regarde comme Sensei a rempli ce coin ici. Remarquable ! » Mais personne n'aurait dit : « Sensei, quel splendide tableau ! » car, par une sorte de convention tacite, nous nous comportions comme si notre maître n'était pas là.

Souvent le nouveau tableau présentait une innovation frappante, qui suscitait un débat animé entre nous. Une fois, par exemple, nous découvrîmes en entrant l'image d'une femme agenouillée vue de bas – de si bas que, sans être encore assis, nous avions eu l'impression de la voir de par terre.

J'entends encore l'un de nous affirmer : « Il est évident que cet effet de perspective confère à cette femme une dignité qu'elle n'aurait pas autrement. C'est un tour de force. Car, pour tout le reste, on voit bien que c'est une pauvre femme en train de s'apitoyer sur son sort. Cela crée une tension qui explique la force indéfinissable qui émane de ce tableau.

— Il est possible, observa un autre, qu'il y ait effectivement une espèce de dignité chez cette femme, mais l'effet de perspective n'a rien à voir avec ça. Il est clair que par là, Sensei nous dit quelque chose de bien plus pertinent. À savoir, que si la position de l'observateur semble basse, c'est uniquement parce que nous sommes trop habitués à une certaine hauteur de l'œil. L'intention de Sensei est clairement de nous libérer d'habitudes aussi arbitraires et aussi restrictives. Il nous dit en quelque sorte : "Ne voyez pas les choses toujours sous le même angle, défaites-vous des perspectives éculées." Voilà pourquoi ce tableau est tellement suggestif. »

Comme chacun voulait donner son avis et qu'aucun ne concordait, le ton monta bien vite. Mais nous avions beau crier ce que nous pensions des intentions de notre maître, tout en jetant sans cesse des coups d'œil de son côté, aucun signe de Mori-san ne nous indiquait qu'il approuvât l'une ou l'autre de nos théories. Il se tenait immobile, je me souviens, à l'autre bout de la pièce, les bras croisés, contemplant quelque chose au-delà de la cour par la fenêtre à treillis de bois, l'air amusé. Puis, après nous avoir écoutés nous disputer un certain temps, il se retourna et dit : « Je vous prie de me laisser seul maintenant. Je voudrais m'occuper de certaines cho-ses. » Et tous de sortir à la queue leu leu, en marmonnant encore quelques formules admiratives.

Tout en faisant ce récit, je n'ignore pas que le comportement de Mori-san peut vous sembler bien arrogant. Pour comprendre la réserve distante qu'il manifestait dans de telles occasions, il faut peut-être s'être trouvé soi-même dans une position où l'on reçoit en perma-nence des marques de respect et d'admiration. Il n'est nullement souhaitable, en effet, de toujours dire à ses élèves ce que l'on sait et ce que l'on pense ; dans bien des cas, il est préférable de se taire pour leur donner la possibilité de débattre et de réfléchir par eux-mêmes. Comme je l'ai dit, quiconque a joui d'un tel ascendant ne peut que louer cette attitude.

Il en résultait, en tout cas, que nos discussions sur telle ou telle œuvre de notre maître pouvaient se prolonger pendant des semaines. Ne recevant de lui aucune explication, nous finissions par nous tourner vers l'un des nôtres, un peintre nommé Sasaki, qui à cette époque-là, était le meilleur élève, le disciple par excellence, de Mori-san. La controverse, je le répète, pouvait durer fort longtemps ; elle prenait fin, en général, dès que Sasaki était lui-même parvenu à une opinion définitive sur la question débattue. De même, Sasaki suggérait-il que tel ou tel tableau manquait de « loyauté » envers notre maître, aussitôt le « coupable » capitulait – renonçant à son œuvre, ou même la brûlant avec les ordures.

De fait je crois bien me souvenir qu'à maintes reprises, au cours des mois qui suivirent notre arrivée à la villa, « la Tortue » fut ainsi amené à détruire ses peintures. Alors que personnellement, je n'avais pas eu de peine à me mettre au diapason, les productions de mon compagnon contenaient toujours des éléments manifestement contraires aux principes de notre maître ; c'était à croire qu'il le faisait exprès. Que de fois ne me fallut-il pas prendre sa défense contre mes nouveaux collègues, en expliquant qu'il n'avait nullement l'intention d'être déloyal à Mori-san !

Bien souvent, durant les premiers temps, je le voyais venir vers moi l'air pitoyable ; il m'emmenait dans la pièce écartée où il travaillait à un nouveau tableau, et me le montrait, en disant tout bas : « Dites-moi, s'il vous plaît, Ono-san, est-ce comme cela que ferait notre maître ? » Et parfois, même moi j'étais exaspéré en découvrant qu'il s'était encore débrouillé pour commettre une énorme bévue.

Les exigences de Mori-san n'étaient pourtant pas difficiles à comprendre. Nous savions qu'on parlait souvent de lui comme de l'« Outamaro de notre époque » ; et bien que ce fût alors un titre galvaudé, que l'opinion décernait à tout peintre de talent pourvu que ses sujets favoris fussent les femmes des quartiers de plaisir, il n'en résume pas moins assez bien la tendance de Mori-san. Mori-san, en effet, s'efforçait tout à fait consciemment de « moderniser » la tradition d'Outamaro. Dans beaucoup de ses meilleurs tableaux – *Attachant un tambour de danse*, disons, ou *Après le bain* – la femme est vue de dos, dans la manière classique d'Outamaro. On retrouve d'autres traits classiques dans son œuvre : la femme portant une serviette à son visage, la femme aux cheveux longs en train de se peigner. Et Mori-san recourait aussi largement au procédé traditionnel qui consiste à exprimer l'émotion au moyen des tissus que la femme tient ou porte, plutôt que par les mouvements mêmes de la face. Mais en même temps, son œuvre était pénétrée d'influences européennes que les plus fidèles admirateurs d'Outamaro eussent qualifiées de sacrilèges ; il avait depuis longtemps cessé, par exemple, de marquer d'un trait sombre les contours des formes – ainsi que le veut la tradition – et, à l'instar des Occidentaux, jouait sur les masses de couleurs, et sur les contrastes d'ombre et de lumière, pour créer une illusion tridimensionnelle. C'était des Européens, indéniablement, qu'il tenait sa grande passion : les demi-teintes ; son désir le plus cher était d'évoquer autour de ses femmes une certaine atmosphère de mélancolie nocturne. Durant toutes ces années où je fus son élève, il ne cessait d'expérimenter de nouvelles façons d'utiliser les couleurs pour rendre l'ambiance particulière que répand la lumière d'une lanterne ; ainsi, ses tableaux de cette période sont tous marqués par la présence, réelle ou implicite, d'une lanterne. Or, « la Tortue », au bout d'un an passé à la villa, persistait – et ceci pouvait sembler typique de sa lenteur d'esprit, puisque apparemment, il n'avait toujours pas compris l'essentiel de la manière de Mori-san – persistait, dis-je, à utiliser des couleurs qui produisaient l'exact contraire de l'effet voulu, s'étonnant ensuite d'être encore une fois accusé de déloyauté, alors qu'il n'avait pas oublié d'inclure une lanterne dans sa composition !

Malgré tous mes plaidoyers, Sasaki et les autres se montraient de moins en moins compréhensifs, et parfois la situation se faisait menaçante, laissant craindre la répétition de scènes semblables à celles que mon compagnon avait subies chez maître Takeda. Puis – je crois que ce fut au cours de notre deuxième année à la villa – un changement se produisit soudain chez Sasaki, changement qui déchaîna contre lui une hostilité âpre, ténébreuse, d'une tout autre nature que celle qu'il avait lui-même suscitée contre « la Tortue ».

Dans tout groupe d'élèves, j'imagine, apparaît un chef de file – celui que le maître a distingué pour ses capacités et qu'il donne plus ou moins en exemple aux autres. Étant celui qui comprend le mieux et le plus vite les idées de son maître, il aura aussi tendance, comme c'était le cas de Sasaki, à jouer le rôle de principal interprète de ces idées auprès de ses condisciples moins doués ou moins expérimentés. Mais inversement, c'est lui, plus que tout autre, qui risque de découvrir des défauts dans l'œuvre de son maître, ou sinon d'élaborer des conceptions personnelles et divergentes. En théorie, bien sûr, le bon maître admet cette tendance, et même s'en réjouit, y voyant un signe de la maturité à laquelle, grâce à lui, est parvenu son élève. Mais pratiquement, des émotions très complexes entrent en jeu. Et parfois, lorsque la formation d'un élève doué vous a longtemps coûté beaucoup d'efforts, il est difficile de voir dans cet aspect de la maturation d'un talent autre chose qu'une trahison, ce qui peut conduire à des situations regrettables.

Assurément ce que nous fîmes à Sasaki après sa querelle avec notre maître était tout à fait injustifié ; mais à quoi bon évoquer ici ce genre de choses ? Je garde quelques souvenirs très nets cependant de la nuit où Sasaki finalement nous quitta.

Presque tout le monde était déjà allé se coucher. J'étais moi-même étendu, mais encore éveillé dans le noir, dans une de ces pièces délabrées, quand j'entendis Sasaki appeler à voix basse un de mes voisins, vers le début de la véranda. Je ne savais à qui exactement il s'adressait ; en tout cas, il n'obtenait apparemment aucune réponse ; finalement, j'entendis le bruit d'un panneau mobile qu'on referme et des pas qui se rapprochaient. Sasaki s'arrêta devant une autre chambre et dit quelque chose ; de nouveau ce fut le silence. Le bruit de ses pas se fit encore plus proche, puis il ouvrit le panneau de la pièce attenante à la mienne.

« Toi et moi, nous avons été bons amis pendant des années, dit-il. Ne veux-tu pas, au moins, me parler ? »

Silence.

« Peux-tu me dire simplement où sont mes peintures ? »

Toujours rien. Mais à ce moment-là, de ma couche, dans le noir, j'entendis des rats s'enfuir sous le plancher de la chambre voisine, et ce bruit me parut une sorte de réponse.

« Si elles vous choquent tant, poursuivit Sasaki, vous n'avez pas de raison de les garder. Pour moi, il se trouve qu'elles ont beaucoup d'importance en ce moment. Je veux les emporter avec moi, où que j'aille. Je n'ai rien d'autre à prendre ici. »

De nouveau lui répondit le tapage des rats en fuite, puis un long silence. Si long que je pensai qu'il était peut-être parti dans le noir, sans que je m'en fusse aperçu. Puis de nouveau j'entendis sa voix :

« Ces derniers jours, les autres m'ont fait des choses terribles. Mais ce qui m'a fait le plus de mal, c'est ton refus de m'accorder ne serait-ce qu'une parole de réconfort. »

Il y eut un autre silence. Sasaki le rompit une dernière fois en disant : « Tu ne veux même pas me regarder maintenant et me souhaiter bonne chance ? »

Finalement, j'entendis Sasaki refermer le panneau mobile, puis descendre de la véranda et s'éloigner dans la cour.

Après son départ, il ne fut presque plus question de lui à la villa, et dans ces rares cas, on évitait de prononcer son nom, on disait simplement « le traître ». Au fond, le souvenir de Sasaki recelait l'offense la plus terrible pour nous, l'offense absolue : le fait m'apparaît très net, quand je repense à nos « concours d'insultes » et à ce qui est arrivé une fois, deux fois peut-être tout au plus, à cette occasion.

Quand la journée était chaude, nous laissions volontiers les panneaux coulissants de nos chambres grands ouverts ; ainsi se créait parfois une situation curieuse : plusieurs d'entre nous, réunis dans une de ces pièces, apercevaient un autre groupe pareillement rassemblé dans l'aile opposée ; immanquablement, d'un côté ou de l'autre de la cour, un trait d'esprit mordant était lancé, et bientôt les deux groupes, sortis dans leur véranda respective, se bombardaient d'insultes. Ce comportement peut paraître absurde maintenant que je l'évoque, mais il y avait quelque chose dans l'architecture même de la villa et dans la résonance qui se produisait quand on criait d'une aile à l'autre, qui, dirais-je, nous incitait à nous livrer à ces concours puérils. La gamme des injures ainsi échangées était très étendue – on se gaussait des prouesses viriles de l'un, du tableau que venait de terminer l'autre, etc. Dans l'ensemble, elles étaient dépourvues de toute intention de blesser ; nous ne voulions que nous amuser, et je revois encore nos visages tout rouges, congestionnés de rire, dans les deux camps. Je dirais même que le souvenir que je garde de ces joutes verbales, souvent hautement comiques, résume bien ce qui faisait le charme de cette existence à la villa, où la compétition n'empêchait pas qu'on se sentît comme en famille. Or donc, la seule fois (ou les deux seules fois) où le nom de Sasaki fut évoqué au cours de ces batailles, la situation soudain dégénéra, des collègues descendirent dans la cour et en vinrent réellement aux mains. Nous comprîmes vite que jamais aucun de nous n'accepterait d'être comparé au « traître », fût-ce par plaisanterie.

On déduira de ces souvenirs que notre attachement

pour notre maître et ses principes était absolu, farouche. Il est facile, une fois que les défauts d'une influence sont devenus manifestes, de critiquer rétrospectivement un maître qui entretient de tels sentiments. Mais encore une fois, tout homme qui a nourri de vastes ambitions, tout homme qui s'est trouvé en position d'accomplir quelque chose de grand et a ressenti le besoin de transmettre le mieux possible ses idées, ne peut que considérer avec une certaine sympathie la façon dont Mori-san menait sa barque. Elle peut sembler ridicule, certes, quand on sait ce que fut l'aboutissement de sa carrière ; mais à l'époque, Mori-san n'aspirait à rien de moins qu'à révolutionner l'image qu'on se faisait de la peinture dans notre ville. C'est à cette fin qu'il formait des élèves, sacrifiant pour eux son temps et sa fortune ; il est important de rappeler cet aspect, je crois, quand on émet des jugements sur mon ancien maître.

L'influence qu'il avait sur nous ne se limitait pas, bien entendu, au seul domaine de la peinture. En fait, nous tendions à nous conformer en tout à ses valeurs et à son style de vie ; aussi consacrions-nous beaucoup de notre temps à explorer le « monde flottant » de la ville – ce monde nocturne du plaisir, du divertissement et de l'ivresse qui formait l'arrière-plan de tous nos tableaux. J'éprouve toujours une certaine nostalgie aujourd'hui, quand je repense au centre de la ville tel qu'il était à cette époque ; il n'y avait pas autant de circulation ni autant d'usines : on s'entendait dans les rues, et à la belle saison, le parfum des fleurs se répandait dans l'air du soir. Nous fréquentions beaucoup une petite maison de thé de la rue Kojima en bordure du canal ; elle s'appelait « Les lanternes d'eau » ; effectivement, en approchant de cet établissement, on voyait ses lanternes se refléter dans l'eau du canal. C'était une vieille amie de Mori-san qui le tenait ; grâce à elle, nous pouvions être sûrs d'être toujours très bien traités, et nous y avons passé des nuits mémorables, à boire et à chanter en compagnie de nos hôtesses. Je me souviens aussi d'un salon de tir à l'arc, dans la rue Nagats, dont la patronne ne se lassait jamais de nous rappeler que des années auparavant, quand elle était geisha à Akihara, Mori-san l'avait choisie comme modèle, pour une série de gravures sur bois qui avait connu un immense succès. Le charme de ce salon était surtout lié à la présence de six ou sept jeunes femmes, parmi lesquelles chacun de nous eut bientôt sa favorite, avec qui fumer quelques pipes et passer la nuit.

Mais souvent, nous pouvions nous épargner ces expéditions jusqu'à la ville : Mori-san semblait avoir des relations infinies dans le monde des artistes de spectacle, et sans cesse, des troupes appauvries d'acteurs, danseurs et musiciens ambulants arrivaient à la villa, où on leur faisait fête, comme à des amis perdus de vue depuis des années. Nos visiteurs chantaient et dansaient toute la nuit, on avait sorti toutes les bouteilles, on les vidait toutes ; et il fallait toujours qu'à un certain moment, l'un de nous allât tirer de son sommeil le marchand de vin du village le plus proche. Nous recevions souvent la visite à l'époque d'un conteur d'histoires nommé Maki, homme corpulent et enjoué qui avait le don, lorsqu'il récitait les vieilles légendes, de nous faire mourir de rire ou pleurer à chaudes larmes. Je l'ai revu quelques fois, des années plus tard, au Migi-Hidari ; nous évoquions ces nuits à la villa, et cela nous semblait presque incroyable. Et pourtant, Maki soutenait mordicus qu'à maintes reprises, ces soirées s'étaient prolongées non seulement toute la nuit, mais toute la journée du lendemain et jusqu'à l'aube de la nuit suivante. Cela, je ne l'aurais pas juré personnellement, mais je devais bien reconnaître que ma mémoire conservait des images de la villa de Mori-san en plein jour, jonchée de corps endormis, de personnes qui s'étaient effondrées épuisées là où elles étaient, même dans la cour sous le soleil ardent.

Une de ces nuits, cependant, est restée gravée dans ma mémoire. Je me revois marchant tout seul dans la cour centrale, heureux de respirer l'air frais de la nuit et d'avoir un moment échappé aux festivités. Je me dirigeais vers la resserre, et je me souviens qu'avant d'entrer, je me retournai pour regarder, de l'autre côté de la cour, la pièce où s'amusaient mes compagnons et nos visiteurs. De nombreuses silhouettes dansaient sur les écrans de papier et la voix d'un chanteur me parvenait vaguement dans la nuit.

J'avais choisi d'aller dans cette resserre parce que c'était un des rares endroits de la villa où l'on ne risquait pas d'être dérangé à tout moment. J'imagine que jadis, quand il y avait à la villa des gardes et des serviteurs, ce local avait servi à entreposer les armes et les armures. Désormais ce n'était plus qu'un débarras. Quand j'allumai la lanterne suspendue au linteau de la porte, m'apparut un inextricable fouillis d'objets hétéroclites, et surtout des piles de vieilles toiles attachées avec des cordes, des chevalets cassés et toutes sortes de pots de terre ou de verre, d'où jaillissaient des pinceaux et des baguettes. Tant bien que mal j'arrivai jusqu'à un espace dégagé où je m'assis par terre. Tous ces objets, à la lumière de la lanterne, projetaient des ombres extravagantes autour de moi ; l'effet était sinistre, on se serait cru dans un grotesque cimetière miniature.

Mais bientôt j'ai dû m'absorber dans mes sombres pensées, car j'ai sursauté, je me souviens, en entendant soudain la porte coulisser. C'était Mori-san. Je m'empressai de le saluer : « Bonsoir, Sensei. »

Il plissa les yeux et demanda :

« Qui est-ce ? Ono ?

— Oui, Sensei. »

La lumière au-dessus de la porte n'était peut-être pas assez forte pour éclairer la partie de la pièce où j'étais – à moins que je n'eusse le visage dans l'ombre. Toujours est-il qu'il plissa les yeux encore un moment. Puis, décrochant la lanterne et la tenant devant lui, il avança lentement vers moi, en contournant ou enjambant les obstacles. Les ombres s'animèrent autour de nous. J'essayai de lui faire une place à côté de moi, mais il s'assit sur une vieille caisse en bois. Il poussa un soupir, puis dit :

« J'étais sorti prendre le frais quand j'ai vu que c'était allumé ici. Partout le noir, sauf ici. Et je me suis dit : des amoureux ? Dans la resserre, ça m'étonnerait ; ce doit être plutôt quelqu'un d'humeur solitaire.

— J'ai dû me mettre à rêvasser, Sensei, car je n'avais pas l'intention de rester ici si longtemps. »

Comme il avait posé la lanterne par terre, à côté de lui, je ne voyais que sa silhouette. « J'ai cru remarquer tout à l'heure que vous avez beaucoup plu à une de ces danseuses, dit-il. Elle sera déçue de voir que vous avez disparu maintenant que la nuit est venue.

— Je n'ai pas voulu me montrer impoli envers nos hôtes, Sensei. Comme vous, je suis simplement sorti pour prendre le frais. »

Nous nous tûmes un moment. De l'autre côté de la cour, on entendait nos compagnons chanter et battre des mains en cadence.

« Eh bien, Ono, dit finalement Mori-san, que pensez-vous de mon vieil ami Gisaburo ? Quel numéro, n'est-ce pas ?

— En effet, Sensei. Il m'a l'air d'un monsieur très aimable.

— Il a beau être en haillons ces temps-ci, c'était une célébrité autrefois. Quel talent ! Et il en a toujours beaucoup, comme il nous l'a montré ce soir.

— En effet.

— Alors, Ono, qu'est-ce qui vous tracasse ?

— Ce qui me tracasse, Sensei ? Mais rien du tout.

— Y aurait-il quelque chose qui vous choque chez le vieux Gisaburo ?

— Mais pas du tout, Sensei ! dis-je, avec un rire gêné. Non, pas du tout. C'est un monsieur tout à fait charmant. »

Sur quoi nous nous mîmes à parler d'autres choses, à bâtons rompus. Mais à un moment, Mori-san revint à la charge, me demanda ce qui me « tracassait ». Je compris qu'il était prêt à ne pas bouger de cette caisse tant que je ne me serais pas ouvert à lui, et je finis par dire :

« Gisaburo-san semble vraiment le meilleur des hommes. C'est très gentil de sa part, et de la part de ses danseuses de nous offrir ces distractions. Mais je ne peux m'empêcher de penser, Sensei, que nous avons trop souvent reçu ce genre de visites ces derniers mois. »

Mori-san ne répondit pas.

« Excusez-moi, Sensei, poursuivis-je, si je dis cela, ce n'est pas que je manque de respect pour Gisaburo-san et ses amis. Mais parfois je ne sais que penser : faut-il que nous autres artistes, passions tant de temps à nous amuser en compagnie de gens comme Gisaburo-san ? »

C'est vers ce moment-là, je crois, que mon maître se leva et, lanterne à la main, se fraya un chemin vers le mur du fond, où la lumière fit apparaître soudain trois estampes sur bois, suspendues l'une plus bas que l'autre. Chacune représentait une geisha, assise par terre et vue de dos, en train d'ajuster sa coiffure. Mori-san les examina quelques instants, approchant la lanterne tantôt de l'une, tantôt de l'autre. Puis il hocha la tête, et je l'entendis marmonner : « Mauvais. Mauvais. La banalité est un vice irrémédiable. » Quelques secondes plus tard, il ajouta, sans se détourner des peintures : « Mais on reste toujours attaché à ses premières œuvres. Peut-être éprouverez-vous la même chose un jour, pour ce que vous avez fait ici. » Puis il hocha de nouveau la tête en disant : « Mais dans celles-ci, il y a quelque chose d'irrémédiablement mauvais, Ono.

— Je ne peux être d'accord avec vous, Sensei. Je pense au contraire que ces estampes illustrent à merveille à quel point le talent d'un artiste peut transcender les limitations d'un style particulier. J'ai toujours trouvé scandaleux que les premières estampes de Sensei soient reléguées dans des réduits comme celui-ci. Il faudrait les exposer aux côtés de ses tableaux. »

Mori-san continuait d'observer pensivement ses peintures. « Non, c'est irrémédiable, répéta-t-il. Mais je devais être très jeune alors. » Il déplaça de nouveau sa lanterne ; une estampe retomba dans l'ombre, une autre s'éclaira. « Ce sont des scènes d'une certaine maison de geishas à Honcho, poursuivit-il. Maison qui avait très bonne réputation dans ma jeunesse. Nous y allions souvent ensemble, Gisaburo et moi. » Quelques instants passèrent, puis, encore une fois, il dit : « Elles ont un défaut irrémédiable, Ono.

— Mais, Sensei, même à les regarder de l'œil le plus critique qui soit, je ne vois pas quels défauts on pourrait leur trouver. »

Il étudia encore un certain temps ses gravures, puis il se disposa à retraverser la pièce. Qu'il en mettait du temps, à se frayer son chemin ! Parfois je l'entendais parler entre ses dents, tout en poussant du pied un pot ou une boîte. Cherchait-il vraiment quelque chose – d'autres estampes de jeunesse peut-être – parmi ces piles chaotiques ? Mais non ; finalement il se rassit sur la vieille caisse en bois et poussa un soupir.

« Gisaburo, dit-il, après un long silence, n'a pas eu la vie drôle. Son talent a complètement périclité. Ceux qu'il aimait sont morts depuis longtemps ou l'ont abandonné. Même du temps de notre jeunesse, c'était déjà un type triste, solitaire. » Mori-san marqua une pause. « Mais parfois, nous buvions et nous nous amusions avec les femmes des quartiers de plaisir ; et alors, Gisaburo était heureux. Ces femmes lui disaient tout ce qu'il avait besoin d'entendre, et pour une nuit au moins, il arrivait à les croire. Une fois le matin venu, bien sûr, il était trop intelligent pour continuer de se leurrer. Mais Gisaburo ne prisait pas moins ces nuits plus que tout. Les plus belles choses, disait-il toujours, vivent une nuit et s'évanouissent avec le matin. C'est ce que les gens appellent le monde flottant : c'était un monde, Ono, dont Gisaburo connaissait toute la valeur. »

Mori-san marqua une autre pause. Je ne voyais que les contours de sa personne, comme auparavant, mais j'eus l'impression qu'il écoutait le bruit de la fête de l'autre côté de la cour. « Maintenant il est plus vieux, plus triste ; mais au fond, il n'a guère changé. Ce soir il est heureux, exactement comme il l'était dans ces maisons de plaisir. » Il prit une longue inspiration, comme s'il fumait du tabac. « La beauté la plus pure, la plus fragile qu'un artiste puisse espérer saisir passe à la nuit tombée par ces maisons de plaisir. Et par des nuits comme celle-ci, Ono, un peu de cette beauté passe aussi ici chez nous. Mais dans ces peintures-ci, il n'y a pas la moindre trace de cette dimension transitoire, illusoire. Et cela, c'est leur vice fondamental, Ono.

— Et pourtant, c'est justement cette dimension qu'elles me semblent suggérer admirablement, Sensei.

— J'étais très jeune quand j'ai fait ces gravures. J'étais encore incapable de célébrer le monde flottant, pour la simple raison, je crois, que je ne pouvais me résoudre à croire à sa valeur. Le plaisir apparaît souvent comme une faute, aux yeux des jeunes gens ; ce devait être mon cas. Je jugeais sans doute alors que passer son temps dans ce genre d'endroits, que consacrer son art à exalter des choses aussi impalpables, aussi fugitives, je devais penser que c'était du gaspillage, que c'était décadent. Comment pourrait-on être sensible à la beauté d'un monde quand on doute de sa valeur même ?

— En fait, Sensei, dis-je après un moment de réflexion, ce que vous dites pourrait fort bien s'appliquer à mon propre travail. Je ferai tout mon possible pour corriger ce défaut. »

Mori-san semblait ne pas m'entendre. « Mais cela fait longtemps que j'ai perdu tous ces doutes, Ono, continua-t-il. Quand je serai vieux, et que je repenserai à ma vie, je crois que je pourrai me féliciter de l'avoir consacrée à poursuivre et à essayer de retenir, et de rendre, la beauté unique de ce monde. Et on pourra toujours venir me dire que j'ai perdu mon temps ! »

Il est possible, bien entendu, que Mori-san ne se soit pas exprimé exactement dans ces termes. À la réflexion, beaucoup de ces formules ressemblent fort à ce qu'il m'arrivait de déclarer moi-même à mes élèves quand l'ivresse commençait à nous gagner, au Migi-Hidari. « Vous représentez la nouvelle génération des artistes japonais, et, à ce titre, vous avez des devoirs exaltants à accomplir envers la culture de notre nation. Je suis fier d'avoir pour élèves des gens comme vous. Il se peut que je ne mérite nullement d'être loué pour mes peintures ; mais un jour, en repensant à ma vie, je me souviendrai que je vous ai tous formés, que j'ai favorisé vos débuts, et alors, on pourra toujours venir me dire que j'ai perdu mon temps ! » Chaque fois ce genre d'affirmations provoquait des tollés tout autour de la table : tous ces jeunes gens s'indignaient que je fisse si peu de cas de mes propres peintures, s'écriaient que c'étaient des œuvres immortelles... Cependant, comme je l'ai dit, c'est de Mori-san que j'ai hérité en fait maintes formules, maintes tournures « personnelles » ; il est donc très probable, après tout, que j'aie rapporté exactement les paroles de mon maître cette nuit-là – gravées à jamais dans ma mémoire par la forte impression qu'elles me firent alors.

Mais me voilà de nouveau en pleine digression. J'en étais, il me semble, à l'éloge des épinards par mon petit-fils, quand nous avons déjeuné ensemble au grand magasin le mois dernier, juste après cette conversation agaçante avec Setsuko dans le parc de Kawabe.

Quand on nous servit notre repas, Ichiro, je me souviens, contempla ses épinards d'un air soucieux, en les touchant délicatement avec sa cuiller. Puis il leva les yeux et dit : « Oji, regardez ! »

Il mit le plus d'épinards possible sur sa cuiller, l'éleva bien haut et en fit retomber peu à peu le contenu dans sa bouche. On eût dit quelqu'un buvant au goulot les dernières gouttes d'une bouteille.

« Ichiro, tiens-toi bien, s'il te plaît ! »

Mais mon petit-fils continuait d'ingurgiter ses épinards, tout en mâchant vigoureusement. Il ne posa sa cuiller que lorsqu'elle fut vide, et ses joues gonflées à éclater. Alors, sans cesser de mâcher, il prit un air dur, bomba le torse et se mit à envoyer des coups de poing dans l'air autour de lui.

« Mais qu'est-ce que c'est que ça, Ichiro ? Dis-moi maintenant qui tu imites.

— Devinez, Oji, dit-il, la bouche toujours pleine d'épinards.

— Hem. Je ne sais pas, Ichiro. Quelqu'un qui boit du saké et qui se bat ? Non ? Alors dis-le-moi. Oji donne sa langue au chat.

— Popeye le Marin !

— Comment, Ichiro ? Encore un de tes héros ?

— Popeye le Marin mange des épinards. Les épinards le rendent fort. » Il bomba de nouveau le torse et assena d'autres coups de poing à des ennemis imaginaires.

« Je vois, Ichiro, dis-je en riant. Tu as raison, c'est très bien de manger des épinards.

— Le saké, ça rend fort ? »

Je souris en secouant la tête. « Le saké peut faire croire qu'on est fort. Mais en réalité, Ichiro, on n'est pas plus fort qu'avant de l'avoir bu.

— Pourquoi alors les hommes boivent du saké, Oji ?

— Qui sait, Ichiro ? Peut-être parce que pendant un moment, ils peuvent croire qu'ils sont forts. Mais le saké ne rend pas plus fort en réalité.

— Tandis que les épinards, si !

— Alors les épinards sont bien mieux que le saké, et il faut continuer d'en manger, Ichiro. Mais tu n'as pas encore touché à tout ce qui reste dans ton assiette.

— J'aime le saké aussi. Et le whisky. À la maison, il y a un petit bar, je vais toujours m'y servir.

— Tiens, tiens. Mais je crois qu'il vaut mieux que tu continues de manger des épinards. Comme tu l'as dit, les épinards donnent vraiment des forces.

— Moi, ce que je préfère, c'est le saké. J'en bois dix bouteilles tous les soirs. Et ensuite dix bouteilles de whisky.

— Tiens, tiens. Ça, c'est ce qui s'appelle boire ! Ta mère doit se faire de gros soucis pour toi, Ichiro.

— Les femmes veulent toujours nous empêcher de boire, nous les hommes. Elles ne comprennent rien ! » s'exclama mon petit-fils. Il se tut, considérant son assiette. Mais bientôt il releva les yeux et dit : « Oji vient dîner ce soir ?

— C'est exact. Tante Noriko aura sûrement préparé quelque chose de très bon.

— Tante Noriko a acheté du saké. Elle a dit que Oji et oncle Taro boiront tout.

— Bah, c'est possible. Mais je crois que les femmes en voudront un peu aussi. Mais ta tante a raison, Ichiro. Le saké, c'est surtout pour les hommes.

— Qu'est-ce qui arrive, Oji, si les femmes boivent du saké ?

— Hem. Qui sait ? Les femmes ne sont pas aussi fortes que nous autres hommes, Ichiro. Elles seront peut-être tout de suite ivres.

— Peut-être que tante Noriko va se soûler ! Une petite tasse, hop, et elle sera complètement soûle !

— Eh oui, dis-je en riant, c'est tout à fait possible.

— Tante Noriko va être complètement soûle ! Elle va se mettre à chanter des chansons, puis elle s'endormira à table !

— Dans ce cas, Ichiro, dis-je en continuant de rire, il vaut peut-être mieux que le saké soit réservé aux hommes, tu ne crois pas ?

— Les hommes sont plus forts, donc nous pouvons boire plus.

— C'est cela, Ichiro. Nous ferions bien de garder tout le saké pour nous. »

Puis, après avoir réfléchi un moment, j'ajoutai : « Tu dois avoir dans les huit ans maintenant, Ichiro. Tu seras bientôt une grande personne. Qui sait ? Oji réussira peut-être à te faire avoir un peu de saké ce soir. »

Mon petit-fils me regarda d'un air un peu apeuré et ne

dit rien. Je lui souris, puis jetai un coup d'œil au ciel gris pâle, par les larges fenêtres à côté de nous.

« Tu n'as jamais connu ton oncle Kenji, Ichiro. Quand il avait ton âge, il était aussi grand et aussi fort que toi maintenant. C'est vers ce moment-là, je me rappelle, qu'il a bu du saké pour la première fois. Je veillerai à ce qu'on t'en fasse goûter un peu ce soir. »

Il sembla réfléchir un instant, puis il dit :

« L'ennui, peut-être, c'est mère.

— Ne te fais pas de soucis pour ça, Ichiro. Oji saura la raisonner. »

Ichiro secoua la tête, l'air abattu. « Les femmes veulent toujours empêcher les hommes de boire, répéta-t-il.

— Mais il est temps qu'un homme comme toi boive un peu de saké. Ne t'en fais pas, Ichiro : ta mère, je m'en occupe. Nous n'allons tout de même pas nous laisser régenter par les femmes, n'est-ce pas ? »

Mon petit-fils resta un moment absorbé dans ses pensées. Puis tout à coup il s'écria, très fort :

« Tante Noriko va peut-être se soûler !

— Nous verrons, Ichiro, dis-je en riant.

— Tante Noriko sera complètement soûle ! »

C'est un quart d'heure ou vingt minutes plus tard, peut-être, qu'Ichiro demanda, d'une voix pensive, alors que nous attendions les glaces :

« Oji, vous avez connu Yujiro Naguchi ?

— Yukio Naguchi, tu veux dire ? Non, je ne l'ai jamais connu personnellement. »

Mon petit-fils ne répondit rien ; apparemment il regardait son propre reflet dans la vitre à côté de lui.

« Il m'a semblé que ta mère aussi pensait à M. Naguchi tout à l'heure, quand j'ai parlé avec elle dans le parc. Je suppose que les grandes personnes ont parlé de lui au dîner, hier soir, n'est-ce pas ? »

Ichiro continuait de se regarder dans la vitre. Puis il se retourna et demanda :

« Est-ce que M. Naguchi était comme Oji ?

— Si M. Naguchi était comme moi ? En tout cas, ça

n'a pas l'air d'être l'avis de ta mère, Ichiro. C'est sans doute à cause d'une petite chose sans importance que j'ai dite une fois à oncle Taro. Mais ta mère semble l'avoir prise bien trop au sérieux. Moi, je ne me rappelle même plus ce que j'ai dit à oncle Taro à ce moment-là ; Oji a tout au plus laissé entendre qu'il avait une ou deux choses en commun avec M. Naguchi. Et qu'est-ce que disaient les grandes personnes hier soir ?

— Oji, pourquoi M. Naguchi s'est tué ?

— C'est difficile à dire, Ichiro. Je ne connaissais pas M. Naguchi personnellement.

— Mais c'était quelqu'un de méchant ?

— Non, pas du tout. C'était quelqu'un qui n'épargnait pas sa peine, et tout ce qu'il a fait, il l'a fait avec les meilleures intentions. Mais voilà : à la fin de la guerre, tout a changé. Les chansons composées par M. Naguchi étaient devenues très populaires, et pas seulement ici, mais dans tout le Japon. On les passait à la radio et dans les bars. Et les gens comme ton oncle Kenji, à l'armée, les chantaient pendant les marches ou avant la bataille. Après la guerre, M. Naguchi s'est dit que ses chansons avaient été, en quelque sorte, une erreur. Il a pensé à tous les gens qui ont été tués, à tous les petits garçons de ton âge, Ichiro, qui n'avaient plus leurs parents ; il a pensé à toutes ces choses, et il s'est dit qu'il avait peut-être mal fait de composer ces chansons. Et il s'est dit qu'il devait s'excuser. Faire ses excuses à tous ceux qui restaient. Aux petits garçons restés sans parents. Et aux parents qui avaient perdu des petits garçons comme toi. À tous ces gens, il a voulu dire pardon. Je crois que c'est pour cela qu'il s'est suicidé. M. Naguchi n'était pas du tout un méchant homme, Ichiro. Il a eu le courage de reconnaître ses erreurs. C'était un homme très courageux et très honorable. »

Ichiro me considérait l'air pensif. Je ris un peu et dis : « Qu'est-ce qu'il y a, Ichiro ? »

Il sembla sur le point de parler, puis il se tourna de nouveau vers son visage reflété dans la vitre.

« Oji ne voulait rien dire de sérieux en se comparant à M. Naguchi, dis-je. C'était une espèce de plaisanterie, c'est tout. Dis cela à ta mère, la prochaine fois que tu l'entendras parler de M. Naguchi. Parce que, d'après ce qu'elle m'a dit ce matin, elle a tout compris de travers. Qu'est-ce qu'il y a, Ichiro ? Tu ne dis plus rien tout à coup. »

Après le déjeuner nous avons flâné dans le centre ville, de magasin en magasin, regardant les jouets et les livres. Puis j'ai offert à Ichiro une autre glace, dans une de ces crémeries élégantes de la rue Sakurabashi, et comme la fin de l'après-midi approchait, nous avons pris le chemin d'Izumimachi, où se trouve le nouvel appartement de Taro et Noriko.

Comme on sait, ce quartier d'Izumimachi a beaucoup de succès aujourd'hui auprès des jeunes ménages des meilleures familles, et il est certain que c'est un quartier propre, d'allure très convenable. Mais ces immeubles neufs qui attirent tant les jeunes gens me semblent, personnellement, trop dénués de fantaisie et un peu oppressants. L'appartement de Taro et Noriko, par exemple, est un petit deux-pièces au troisième étage : les plafonds sont bas, on entend ce qui se passe dans les appartements voisins, et l'on ne voit par les fenêtres que les fenêtres de l'immeuble d'en face. Je suis certain que si très vite, je m'y sens à l'étroit, ce n'est pas simplement parce que je suis habitué à une maison traditionnelle, plus spacieuse. Noriko, cependant, a l'air très fière de son appartement, et ne perd jamais une occasion d'en vanter les aspects « modernes ». Il paraît que c'est un jeu d'enfant de le nettoyer et que le système d'aération est très efficace ; en particulier, la cuisine et la salle de bains – à l'occidentale, comme dans tout le reste de l'immeuble – sont infiniment plus commodes, m'assure ma fille, que chez moi.

Aussi pratique que soit cette cuisine, elle n'en est pas

moins minuscule. J'y suis rentré ce soir-là, pour voir où en était la préparation du repas et saluer mes deux filles : impossible de s'asseoir ; même debout j'avais l'impression de gêner. Aussi je ne suis pas resté longtemps à bavarder avec elles, d'autant plus qu'elles semblaient fort occupées. Mais je leur ai touché un mot à propos d'Ichiro :

« Vous savez, Ichiro m'a dit tout à l'heure qu'il aimerait beaucoup goûter un peu de saké. »

Setsuko et Noriko, qui étaient en train d'émincer des légumes – elles aussi debout, l'une à côté de l'autre – s'arrêtèrent toutes deux pour me regarder.

« J'y ai réfléchi, poursuivis-je, et je pense que nous pourrions lui en faire goûter un tout petit peu. Mais vous devriez peut-être le diluer.

— Excusez-moi, père, dit Setsuko, mais vous voulez vraiment faire boire du saké à Ichiro ce soir ?

— Juste un peu. C'est qu'il se fait grand... Mais comme je l'ai dit, il faudrait le diluer. »

Mes filles se regardèrent. Puis Noriko dit : « Mais, père, il n'a que huit ans.

— Il n'y a rien à craindre, si vous le coupez avec de l'eau. Vous autres femmes ne comprenez pas peut-être, mais ce sont des choses qui comptent pour un jeune garçon comme Ichiro. C'est une question de fierté. Il s'en souviendra tout le restant de sa vie.

— Ne dites pas de bêtises, père. Ichiro sera malade, c'est tout, dit Noriko.

— Bêtises ou pas, j'y ai mûrement réfléchi. Vous autres femmes, parfois, vous ne voyez pas qu'un petit garçon a sa fierté. » Je montrai du doigt la bouteille de saké sur l'étagère, au-dessus de leurs têtes. « Une petite goutte suffira parfaitement. »

Comme je sortais, j'entendis Noriko dire : « Setsuko, c'est hors de question. Je me demande comment père peut avoir une telle idée.

— Que d'histoires ! » dis-je, me retournant dans l'embrasure de la porte. Derrière moi, de la pièce principale me parvenaient les éclats de rire de Taro et de mon petit-fils. J'abaissai la voix et je poursuivis :

« De toute façon, je lui ai promis maintenant, et il est très content à cette idée. Les femmes, parfois, ne comprennent pas du tout ce qu'est la fierté. »

De nouveau j'allais m'éloigner quand Setsuko parla.

« C'est très gentil de la part de père de se préoccuper des sentiments d'Ichiro. Mais je me demande s'il ne vaudrait pas mieux attendre qu'Ichiro soit un peu plus grand.

— Tu sais, dis-je avec un petit rire, je me souviens que ta mère a eu exactement la même réaction quand j'ai décidé de faire boire un peu de saké à Kenji, au même âge. Et pourtant, ça n'a certainement pas fait de mal à ton frère. »

Je regrettai immédiatement d'avoir introduit Kenji dans une dispute aussi insignifiante. Je crois même que je fus sur le moment très irrité contre moi-même, et donc peu attentif à ce qui se disait ; mais il me semble que Setsuko répliqua à peu près ceci :

« Nul doute que père a toujours consacré tous ses soins à l'éducation de mon frère. Néanmoins, quand on voit ce qui s'est passé, on peut se demander peut-être, si sur un point ou deux, ce n'était pas mère qui avait les idées les plus justes. »

L'honnêteté m'oblige à reconnaître que je ne suis pas sûr qu'elle ait dit quelque chose d'aussi désagréable. J'ai pu me méprendre complètement – et d'ailleurs, la seule réaction de Noriko aux propos de sa sœur fut, je m'en souviens très bien, de se remettre à couper ses légumes d'un air las. Quant à moi, je n'arrivais pas à croire qu'une fille comme Setsuko eût été capable de donner un tel ton à la conversation, pour des raisons aussi futiles. Et pourtant, ce n'est pas impossible – quand je repense aux insinuations qu'elle fit ce matin-là dans le parc de Kawabe. Quoi qu'il en soit, je me souviens qu'elle conclut par ces mots :

« D'autre part, Suichi s'opposerait certainement à ce

qu'Ichiro goûte déjà du saké. Mais c'est très gentil de la part de père d'être aussi attentif aux sentiments d'Ichiro. »

Pensant qu'Ichiro pouvait nous écouter, et ne voulant pas non plus gâter notre réunion de famille, chose si rare, j'abandonnai la discussion et je sortis de la cuisine. J'allai rejoindre Taro et Ichiro dans la grande pièce, et nous parlâmes de choses et d'autres, fort plaisamment, en attendant le dîner.

Quand, au bout d'une heure peut-être, nous nous sommes finalement assis pour manger, Ichiro a tendu la main vers le flacon de saké sur la table, l'a tapoté des doigts et a regardé de mon côté d'un air entendu. Je lui ai souri sans rien dire.

Les femmes avaient préparé un excellent repas, et bientôt la conversation est devenue parfaitement spontanée. Taro, en particulier, nous a bien amusés en parlant d'un de ses collègues, pauvre bougre affligé d'une malchance et d'une stupidité proprement comiques, qui lui ont donné la réputation d'être par nature incapable de respecter les délais. « C'en est au point que nos supérieurs l'ont surnommé "la Tortue". Pendant une réunion, récemment, M. Hayasaka a même déclaré textuellement – c'était un lapsus, bien sûr : "Maintenant, écoutons le rapport de la Tortue, puis nous ferons la pause du déjeuner !"

— Tiens, par exemple ! me suis-je exclamé. C'est vraiment curieux. J'ai moi-même eu un collègue qui portait ce surnom. Et pour les mêmes raisons, semblerait-il. »

Mais Taro ne fut pas particulièrement frappé par cette coïncidence. Il inclina la tête et dit : « Je me souviens qu'à l'école aussi, il y avait un élève que nous appelions "la Tortue". De même que tout groupe a un chef naturel, de même, je suppose, tout groupe a aussi sa "Tortue". »

Sur quoi, Taro reprit son récit. Maintenant que j'y repense, c'est une observation très juste qu'avait faite mon gendre : la plupart des groupes d'égaux ont leur

« Tortue », même si le mot lui-même n'est pas toujours utilisé. Parmi mes propres élèves, par exemple, c'était Shintaro qui jouait ce rôle. Non que je veuille nier les compétences de Shintaro ; mais c'est un fait que son talent semblait bien étriqué, auprès de celui de gens comme Kuroda.

Dans l'ensemble, je n'ai guère d'admiration, je crains, pour les « Tortues » de ce monde. Si l'on peut apprécier leur esprit bûcheur et leur habileté à survivre, on soupçonne cependant chez eux un manque de franchise, une aptitude à trahir ; et l'on finit, il me semble, par les mépriser, en constatant qu'ils ne sont jamais prêts à prendre de risques, ni par ambition, ni pour les principes auxquels ils prétendent croire. Ces gens-là peuvent être certains qu'il leur sera épargné de connaître cette forme d'échec total, mais ô combien méritoire, que subit, disons, Akira Sugimura avec ses projets de transformation du parc de Kawabe ; mais pour les mêmes raisons, en dépit des petites réputations d'honorabilité qu'ils se font parfois comme professeur ou que sais-je encore, ils n'accompliront jamais rien qui les élève au-dessus de la médiocrité.

C'est vrai, je me pris vraiment d'affection pour « la Tortue », au cours de ces années de vie commune à la villa de Mori-san ; mais je ne crois pas l'avoir jamais respecté comme un égal. Cela était dû à la nature même de notre amitié ; ce sentiment qui s'était forgé au temps des persécutions contre « la Tortue » chez maître Takeda, puis dans les difficultés qu'il avait rencontrées à la villa au cours des premiers mois, avait gardé la marque de ses origines : mon compagnon éprouvait le besoin, en quelque sorte, de se sentir perpétuellement en dette avec moi, comme si j'eusse continué de le soutenir. Des années après qu'il eut compris comment peindre sans provoquer l'hostilité des autres, à une époque, donc, où depuis très longtemps, tout le monde à la villa l'aimait bien pour son caractère aimable et obligeant, il était encore capable de me sortir des phrases comme celles-ci :

« Je vous suis tellement reconnaissant, Ono-san. C'est grâce à vous que je suis si bien traité ici. »

Il est certain que dans un sens, « la Tortue » avait une dette réelle envers moi ; si je n'avais pas été là pour le pousser, en effet, il n'aurait jamais envisagé de quitter maître Takeda pour devenir l'élève de Mori-san. Il avait opposé toutes les résistances possibles à cette idée aventureuse, mais une fois le pas franchi, il n'avait plus jamais douté de la justesse de cette décision. Il avait une telle vénération pour Mori-san que deux années passèrent, au moins, avant qu'il réussît à articuler autre chose que « Oui, Sensei » ou « Non, Sensei », quand notre maître lui adressait la parole.

« La Tortue » continua toujours de peindre avec la même lenteur, mais il ne vint jamais à l'esprit de personne, à la villa, de lui en faire grief. Il faut dire qu'il n'était pas du tout le seul dans son cas ; il y avait tout un groupe de lambins à la villa, et ils n'hésitaient pas à se moquer de ceux, dont j'étais, qui travaillaient plus vite qu'eux. Ils nous avaient surnommés, je me souviens, « les chauffeurs » – comparant la frénésie avec laquelle nous nous mettions à la tâche, une fois qu'une idée nous était venue, avec l'attitude d'un chauffeur de locomotive qui ne cesserait d'alimenter sa chaudière, de peur que la vapeur ne manque à tout moment. De notre côté, nous traitions les lents de « reculeurs ». Ce terme avait été inventé à l'origine, pour désigner ceux qui, dans une pièce pleine de monde travaillant au chevalet, s'entêtaient à prendre à chaque instant du recul par rapport à leur toile – avec ce résultat qu'ils heurtaient régulièrement les collègues travaillant derrière eux. Il était tout à fait injuste, bien sûr, d'accuser l'un de nous de ce comportement antisocial sous prétexte qu'il aimait prendre du recul, au sens figuré, par rapport à son travail, autrement dit, simplement, prendre son temps ; mais ce qui avait fait le succès de ce sobriquet, c'était justement sa force provocatrice. Cette opposition entre « chauffeurs » et « reculeurs » était une source inépuisable de plaisanteries.

En vérité, n'importe lequel d'entre nous pouvait à l'occasion perpétrer un recul fracassant ; aussi nous évitions autant que possible, quand nous peignions, de nous entasser au même endroit. Durant les mois d'été, beaucoup de mes collègues s'installaient çà et là sous les vérandas, ou carrément dans la cour, tandis que d'autres n'hésitaient pas à s'attribuer plusieurs pièces, pour pouvoir changer de place selon la lumière.

« La Tortue » et moi avions une prédilection pour l'ancienne cuisine – qui occupait tout un bâtiment annexe en forme de grange, derrière une des ailes. Le sol y était de terre battue, mais du côté opposé à l'entrée il était recouvert d'une estrade, largement assez grande pour nous accueillir tous les deux avec nos chevalets. Les poutres basses avec leurs crochets – qui servaient autrefois à suspendre récipients et autres ustensiles de cuisine – et les étagères de bambou le long des murs nous étaient très utiles pour ranger notre matériel : pinceaux, chiffons, couleurs, etc. C'était très pratique aussi pour l'eau, je me rappelle : nous en remplissions un vieux pot tout noirci que nous suspendions entre nous à hauteur d'épaule.

Je me souviens d'un après-midi : nous peignions comme à l'accoutumée dans cette vieille cuisine, quand « la Tortue » me dit :

« Ono-san, j'aimerais bien savoir ce que vous avez en tête en ce moment. Ça va être une œuvre tout à fait extraordinaire certainement. »

Je souris, tout en gardant les yeux fixés sur ma toile. « Pourquoi dis-tu ça ? Ce n'est qu'une petite expérience que je fais, rien d'autre.

— Mais, Ono-san, cela fait longtemps que je ne vous ai pas vu travailler avec une telle ardeur. Et puis vous avez demandé le secret. Cela fait au moins deux ans que vous n'aviez pas demandé le secret. Depuis que vous travailliez à la *Danse du lion*, pour votre première exposition. »

Il arrivait exceptionnellement que l'un de nous « demandât le secret » pour une certaine œuvre, quand il redoutait, étant donné la nature particulière de ce qu'il projetait, que la réussite ne fût compromise par les commentaires des autres ; dans ce cas, il était entendu que personne ne tenterait de regarder, tant que lui-même n'aurait pas levé l'interdiction. Sage disposition, qui permettait d'oser sans craindre d'être moqué.

« Cela se remarque vraiment ? dis-je. Moi qui croyais dissimuler parfaitement mes émotions...

— Vous oubliez, Ono-san, que cela fait presque huit ans, désormais, que nous peignons sans cesse côte à côte. Cette fois, vous allez faire quelque chose de tout à fait extraordinaire, j'en mettrais ma main à couper.

— Huit ans, répétai-je. Eh oui, certainement.

— Certainement, Ono-san. Et c'est un privilège d'avoir travaillé si longtemps aux côtés d'un homme de votre talent. Assez mortifiant parfois... mais un grand privilège tout de même.

— Quelle exagération ! dis-je en souriant et en continuant de peindre.

— Pas du tout, Ono-san. Au contraire, je n'aurais jamais fait autant de progrès, si je n'avais été inspiré, tout au long de ces années, par le spectacle de vos œuvres apparaissant devant mes yeux. Vous aurez remarqué tout ce que ma modeste *Fille d'automne* doit à votre splendide *Jeune fille à l'heure du couchant* ; et que ce n'est pas la première fois que j'essaie d'imiter votre talent. Piètre essai, je le sais, Ono-san, mais Mori-san a eu la bonté de le louer, de dire qu'il signifiait un grand pas en avant pour moi.

— Je me demande maintenant... » Je m'arrêtai de peindre, posai mon pinceau et considérai mon tableau. « Je me demande si ça aussi va t'inspirer. »

Je continuai de regarder un moment mon œuvre encore inachevée, puis je tournai les yeux vers mon ami, de l'autre côté du vieux pot rempli d'eau suspendu entre nous. « La Tortue », tout à la joie de peindre, ne sentait pas mon regard. Il avait pris un peu d'embonpoint depuis l'époque où nous nous étions connus, chez maître Takeda ; et il n'avait plus du tout l'air d'un animal traqué ; au contraire, tout son être respirait une espèce de contentement enfantin. Quelqu'un de la villa l'avait comparé, je me souviens, à un jeune chiot qui vient de se faire câliner ; cela correspondait assez bien à l'impression que j'avais en le regardant peindre cet après-midi-là, dans l'ancienne cuisine.

« Dis-moi, Tortue. Tu es très content de ce que tu fais en ce moment, n'est-ce pas ?

— Très content, merci, Ono-san... Évidemment, s'empressa-t-il d'ajouter avec un grand sourire en me regardant, je suis toujours très loin de ce que vous faites vous-même, Ono-san. »

Il s'absorba de nouveau dans sa peinture, et je continuai de le regarder travailler. Puis je lui demandai :

« Il ne t'arrive jamais de penser à essayer de... de nouvelles possibilités ?

— De nouvelles possibilités, Ono-san ? dit-il, sans lever les yeux.

— Dis-moi, Tortue, n'as-tu jamais eu l'ambition de créer un jour des œuvres vraiment importantes ? Pas de ces choses que nous pouvons admirer ici, louer entre nous à la villa... Je veux dire des œuvres d'une importance réelle – qui apportent vraiment quelque chose à notre peuple, à notre nation. C'est dans ce sens que je te parle de la nécessité de penser à autre chose. »

Je l'avais bien observé tout en parlant, mais « la Tortue » ne s'était pas arrêté un instant de peindre.

« À dire vrai, Ono-san, quand on se trouve dans mon humble position, on essaie sans cesse de nouvelles possibilités. Mais depuis un an à peu près, je crois que je me suis engagé enfin dans la bonne voie. Je remarque, Ono-san, que depuis un an, Mori-san s'intéresse de plus en plus à mes peintures ; et je sais qu'il est content de moi.

174

Et peut-être qu'un jour, il me sera même donné d'exposer avec vous et avec Mori-san. » Il me regarda finalement et dit, avec un rire gêné : « Excusez-moi, Ono-san, ce n'est qu'une idée, qui me permet de persévérer. »

Je décidai de ne pas insister pour le moment, et d'attendre une autre occasion de mettre mon ami dans la confidence. Mais je fus devancé par les événements.

Cela se passa quelques jours plus tard, par une belle matinée ensoleillée, lorsque j'arrivai dans la vieille cuisine pour me mettre au travail. « La Tortue » était déjà là, sur l'estrade au fond de la pièce, et me regardait fixement. Après l'éclatante lumière du dehors, il me fallut quelques secondes avant de voir clair à l'intérieur ; mais tout de suite je remarquai qu'il se tenait sur ses gardes, il semblait presque avoir peur ; et de fait, comme s'il pensait que j'allais l'attaquer, il leva son bras devant sa poitrine, maladroitement, puis le laissa retomber. Visiblement, il n'avait encore rien fait pour se préparer au travail de la journée, il n'avait même pas installé son chevalet ; et quand je le saluai, il ne répondit pas.

« Qu'y a-t-il ? lui demandai-je en me rapprochant.

— Ono-san... » dit-il à mi-voix. Puis il regarda avec inquiétude sur sa gauche, et indiqua d'un geste nerveux mon tableau inachevé, couvert de linges et rangé face au mur.

« Ono-san, est-ce une plaisanterie ?

— Non, Tortue, dis-je en montant sur l'estrade. Ce n'est pas du tout une plaisanterie. »

J'allai vers ma toile, la découvris et la retournai vers nous. Aussitôt « la Tortue » détourna les yeux.

« Mon ami, dis-je, tu as déjà eu une fois le courage de m'écouter, et nous avons franchi ensemble une étape importante de notre carrière. Aujourd'hui, je te demande d'accomplir un autre pas en avant avec moi. »

« La Tortue » continuait de refuser de voir.

« Ono-san, est-ce que notre maître sait ?

— Non, pas encore. Mais je crois que je ferais bien de le lui montrer maintenant. Car dorénavant, tout ce que je ferai sera dans ce style. Regarde cette toile, que je t'explique mon intention. Alors, peut-être que nous pourrons de nouveau accomplir ensemble un grand pas en avant. »

Enfin il se retourna vers moi.

« Ono-san, dit-il, presque en chuchotant, vous êtes un traître. Maintenant, je vous prie de m'excuser. »

Il se précipita hors du petit bâtiment.

L'œuvre qui avait tant choqué « la Tortue » s'intitulait *Complaisance*. Bien qu'elle ne soit pas restée longtemps en ma possession, j'avais mis tant de moi-même dans cette toile, que tous les détails en sont restés gravés dans ma mémoire – à tel point que si j'en avais envie, je pourrais, je crois, la recréer aujourd'hui avec une exactitude parfaite. Elle m'avait été inspirée par une petite scène que j'avais vue, quelques semaines auparavant, au cours d'une sortie avec Matsuda.

Ce jour-là nous avions rendez-vous avec des connaissances de Matsuda, certains collègues de la société Okada-Shingen auxquels il désirait me présenter. C'était vers la fin de l'été, les journées les plus torrides étaient passées ; mais je me souviens que j'avais de la peine à suivre le pas rapide de Matsuda, et je me revois encore, épongeant mon visage en sueur et pestant intérieurement contre mon compagnon, tandis que nous traversions le pont métallique de Nishizuru. Matsuda était très élégant, avec son complet d'été blanc et son chapeau, comme toujours légèrement incliné sur les yeux. Malgré son allure, il n'avait pas l'air de quelqu'un qui se presse, et quand il s'arrêta, au milieu du pont, je vis qu'il ne semblait même pas souffrir de la chaleur.

« On a une vue intéressante d'ici, observa-t-il. N'est-ce pas, Ono ? »

Ce que l'on découvrait en dessous, c'était un enchevêtrement de toits, de mauvais bardeaux ou de tôle ondulée, coincé entre deux usines sinistres. Encore aujourd'hui, le faubourg de Nishizuru est un quartier pauvre, qui a assez mauvaise réputation, mais à l'époque, c'était infiniment pire. Le passant qui n'y aurait jeté qu'un coup d'œil, du haut du pont, aurait pu croire, d'ailleurs, qu'il s'agissait d'un faubourg abandonné et en voie de démolition ; mais un examen plus attentif révélait partout de petites silhouettes de gens allant et venant entre les maisons.

« Regarde ça, Ono. Il y a de plus en plus de quartiers comme celui-ci dans cette ville. Il y a encore deux ou trois ans, ce n'était pas si mal comme endroit. Maintenant il est envahi par les taudis. Il y a de plus en plus de pauvres, Ono – de gens obligés de quitter les campagnes et qui viennent rejoindre leurs compagnons de misère dans des endroits de ce genre.

— C'est terrible, dis-je. Cela donne envie de faire quelque chose pour eux. »

Matsuda m'adressa un de ses sourires supérieurs qui avaient le don de me désarçonner et de me mettre mal à l'aise. « Ah, les bons sentiments ! dit-il en regardant de nouveau vers le bas. Qui n'en a pas ? Qui ne les proclame pas ? Et en attendant, ces quartiers prolifèrent partout comme de mauvais champignons. Respire à fond, Ono. Même d'ici, on sent l'odeur de vidange.

— J'avais remarqué une odeur, effectivement. Ça vient vraiment de là ? »

Matsuda ne répliqua pas ; il continuait de regarder ces taudis, avec un étrange sourire aux lèvres. Puis il dit :

« Les politiciens et les industriels ne voient pas souvent ce genre d'endroits. Du moins, si ça leur arrive, ils se gardent bien d'approcher – comme nous, du reste, en ce moment. Je doute que beaucoup de politiciens ou d'industriels aient été faire un tour là en bas. J'en doute autant pour les artistes, d'ailleurs.

— Je n'aurais rien contre, dis-je, relevant le défi, si cela ne nous met pas en retard pour notre rendez-vous.

— Au contraire, nous gagnons un ou deux kilomètres en coupant par là. »

Matsuda avait eu raison à propos de l'origine de l'odeur : elle était de plus en plus forte, à mesure que nous descendions la pente sous le pont, et elle devint carrément nauséabonde quand nous nous engageâmes dans les ruelles étroites. En bas, il n'y avait plus un souffle de vent pour tempérer l'ardeur du soleil ; le seul mouvement dans l'air était celui des mouches bourdonnant sans cesse autour de nous. De nouveau j'avais du mal à suivre Matsuda, mais cette fois, je ne désirais nullement qu'il ralentît son allure.

Nous passions entre de bizarres constructions, ressemblant tout à fait à des baraques de foire qui eussent été fermées ce jour-là ; en réalité, c'étaient des habitations individuelles, que seule une pièce de toile, parfois, séparait de la ruelle. Des vieillards, assis devant les portes, nous jetaient des regards intéressés, mais jamais hostiles ; des enfants passaient dans tous les sens, et à chaque instant, des chats s'enfuyaient devant nous. Évitant les couvertures et le linge étendus sur des bouts de corde au-dessus de la ruelle, nous allions de l'avant ; des nourrissons criaient, des chiens aboyaient, et les gens faisaient la causette avec leurs voisins d'en face, sans sortir de chez eux, ni même soulever leur « rideau ». Mais mon attention était de plus en plus attirée par les rigoles des égouts, de part et d'autre du chemin, au-dessus desquelles voltigeaient des nuées de mouches ; et j'avais la nette impression, tout en marchant derrière Matsuda, qu'elles se resserraient de plus en plus, jusqu'à nous obliger à avancer en équilibre, comme sur un tronc d'arbre tombé.

Finalement nous débouchâmes dans une espèce de cour ; des bicoques misérables s'entassaient devant nous, bouchant la voie. Mais Matsuda indiqua du doigt une brèche dans ce mur de taudis ; au-delà, on apercevait un terrain vague.

« En prenant par là, dit-il, on arrivera derrière la rue Kogane. »

A côté de l'entrée du passage indiqué par Matsuda, je remarquai trois petits garçons penchés au-dessus de quelque chose, par terre, qu'ils poussaient avec des bâtons. À notre approche, ils se retournèrent vivement, nous montrant des visages grimaçants ; et, bien que je n'eusse rien vu, quelque chose dans leur attitude me dit qu'ils devaient torturer un animal. Matsuda dut avoir la même pensée, car il me dit : « Bah, ils n'ont guère d'autres moyens de s'amuser par ici. »

Je ne repensai plus à cette scène sur le moment. Mais quelques jours plus tard, l'image de ces trois gamins, dans ce cadre sordide, tournant vers nous leurs faces grimaçantes et brandissant leurs bâtons, me revint à l'esprit avec une grande netteté ; et j'en fis le motif central de *Complaisance*. Cela dit, les trois gosses que « la Tortue » découvrit ce matin-là, en se permettant de jeter un coup d'œil à ma toile inachevée, présentaient une ou deux différences notables par rapport à leurs modèles. Certes ils portaient les mêmes haillons et l'arrière-plan était le même : une horrible masure – mais ils n'avaient plus l'air de petits criminels pris sur le fait, coupables et se mettant sur la défensive, car j'avais plaqué sur leurs visages les grimaces viriles de samouraïs prêts au combat. De plus, je leur faisais tenir leurs bâtons selon des positions classiques du kendo.

« La Tortue » dut remarquer aussi qu'au-dessus des têtes des trois garçons apparaissait un autre motif : trois hommes gras, bien vêtus, confortablement assis dans un café. Ils rient, et leurs faces hilares ont un air typiquement « décadent » ; on peut supposer qu'ils échangent des plaisanteries sur leurs maîtresses ou sur quelque sujet semblable. Et ces deux motifs contrastants sont moulés dans un même cadre : les contours de l'archipel nippon. En bas de la marge droite se détache le mot « Complaisance », tracé en caractères rouges vigoureux ; tandis que le côté gauche proclame, en caractères plus petits : « Mais les jeunes sont prêts à se battre pour leur dignité. »

La description de cette œuvre de jeunesse, assurément bien naïve, vous rappelle peut-être quelque chose ; car il est possible que vous connaissiez mon tableau *Tête à l'horizon !* qui sous forme d'estampe, dans les années trente, acquit une certaine célébrité et exerça une certaine influence dans notre ville. *Tête à l'horizon !* est en effet une refonte de *Complaisance* – avec, évidemment, toutes les différences qui étaient apparues entre-temps dans ma manière. Ce tableau utilise aussi, si vous vous souvenez, le contraste de deux motifs reliés l'un à l'autre à l'intérieur des côtes du Japon. Le motif supérieur représente de nouveau trois hommes bien vêtus en train de discuter ; mais cette fois ils ont l'air soucieux : il y a une initiative à prendre, mais chacun renvoie la balle à l'autre. Leurs visages, inutile de le rappeler, étaient ceux de trois politiciens en vue. Pour ce qui est du motif central, les trois petits pauvres avaient été remplacés par trois soldats à la face sévère : deux fantassins, baïonnette au canon, encadrant un officier dont l'épée brandie en avant indiquait la marche à suivre, vers l'ouest, vers l'Asie. Plus de bicoques misérables à l'arrière-plan, mais le drapeau militaire du soleil levant. *Complaisance* était devenu *Tête à l'horizon !* ; et le message, dans la marge de gauche, était : « Le temps n'est plus aux parlotes poltronnes. Le Japon doit aller de l'avant. »

Assurément, si vous ne vous êtes installé que récemment dans notre ville, il est tout à fait possible que vous n'ayez jamais vu cette œuvre. Mais je ne crois pas exagérer en affirmant que beaucoup, beaucoup de nos concitoyens doivent la connaître, car elle eut son heure de gloire avant la guerre ; on en louait le coup de pinceau hardi et puissant, surtout en ce qui concerne l'utilisation des couleurs. Cela dit, je n'ignore nullement que *Tête à l'horizon !*, quels que soient ses mérites esthétiques, est un tableau qui exprime des sentiments et des opinions périmés, et peut-être même condamnables – ce que je serais le premier à admettre, n'étant pas de ces gens qui ont peur de reconnaître les défauts de leur œuvre.

Mais si j'ai mentionné ici *Tête à l'horizon !*, c'est uniquement à cause de ses rapports évidents avec ce tableau précédent, et aussi pour bien marquer, je crois, tout ce

que ma carrière doit à la rencontre de Matsuda. Quand
« la Tortue » fit sa découverte dans la cuisine, cela faisait déjà plusieurs semaines que je voyais Matsuda régulièrement. Le fait même que je continuais de le
fréquenter, d'ailleurs, donne toute la mesure de l'attrait
que ses idées exerçaient sur moi, car, autant que je me
souvienne, je n'avais guère de sympathie pour sa personne, dans les premiers temps. De fait, les conversations que nous avions alors avaient invariablement pour
effet de nous monter l'un contre l'autre. Un soir, par
exemple, peu après qu'il m'eut fait découvrir la misère
de Nishizuru, il m'emmena dans un bar dont j'ai oublié
le nom, quelque part dans le centre ; mais je revois
encore très bien cet antre sombre, sale, qui semblait un
repaire de la racaille. Je ne me sentais guère rassuré,
mais Matsuda se comportait là-dedans en habitué ; il
salua un groupe de joueurs de cartes, puis me conduisit
dans un renfoncement où se trouvait une petite table
libre.

Mon appréhension ne fit que croître quand peu après,
deux individus à la mine patibulaire et passablement
éméchés arrivèrent en titubant dans notre réduit pour
engager la conversation. Matsuda les envoya promener ;
je m'attendais au pire, mais quelque chose dans l'attitude de mon compagnon dut déconcerter ces deux
hommes qui nous laissèrent sans dire un mot.

Nous nous mîmes nous-mêmes à boire tout en parlant,
et bien vite la discussion s'envenima.

« J'admets, disais-je à un moment, je me souviens,
j'admets que nous autres artistes puissions parfois mériter les railleries de gens comme toi. Mais tu m'excuse-
ras : tu te trompes en nous prenant tous pour des naïfs. »

Matsuda éclata de rire et dit :

« Tu ne devrais pas oublier, Ono, que je vois sans
cesse des artistes. Dans l'ensemble, vous êtes une
engeance incroyablement décadente et puérile, vous
n'avez aucun sens des réalités, vous ne savez rien du
monde. »

J'allais protester, mais Matsuda continua : « Prenons ton projet, par exemple. Celui que tu viens de m'exposer si sérieusement. C'est très touchant, mais si tu me permets, ce n'est qu'une preuve de plus de votre naïveté indécrottable d'artistes.

— Je ne vois vraiment pas comment tu peux te moquer de ce projet. Mais évidemment je me suis trompé en supposant que tu ressentais quoi que ce soit pour les pauvres de la ville.

— Inutile de prendre ce ton sarcastique, Ono, c'est puéril. Tu connais très bien mes sentiments. Mais considérons un moment ton petit projet. Admettons l'impossible : que ton maître soit d'accord. Alors tous tant que vous êtes, à la villa, vous allez consacrer une semaine, peut-être deux, à peindre – combien ? – vingt toiles ? Trente tout au plus. À quoi bon d'ailleurs en produire davantage ? Dans le meilleur des cas, vous n'en vendrez pas plus de dix ou onze. Après quoi, donc, vous mettez le produit de ce dur labeur dans une petite bourse, et en avant pour la tournée des quartiers pauvres ! Un *sen* à chaque pauvre !

— Excuse-moi, Matsuda, mais au risque de me répéter : tu te trompes complètement en croyant que je suis aussi naïf. Je n'ai jamais dit que seul le groupe de Mori-san devait participer à cette exposition. Je sais parfaitement qu'il ne s'agit pas de secourir deux ou trois malheureux, et c'est pour cela que je te fais cette proposition. Vous autres de chez Okada-Shingen, vous êtes très bien placés pour réaliser un tel projet. De grandes expositions, organisées régulièrement dans toute la ville et attirant de plus en plus d'artistes, permettraient d'améliorer sensiblement le sort de tous ces gens.

— Je regrette, Ono, dit Matsuda en souriant et en secouant la tête, mais malheureusement, je constate encore une fois que j'ai raison, quand je dis que la race des artistes est d'une naïveté désespérante. » Il se laissa aller en arrière sur son siège et poussa un soupir. Il y avait plein de cendres de cigarettes sur notre table, et

Matsuda y traçait pensivement des formes géométriques, avec l'arête d'une boîte d'allumettes vide laissée par des clients. « Il y a une certaine catégorie d'artistes, de nos jours, poursuivit-il, dont le plus grand talent consiste à fuir le monde réel. Et dans le monde des arts, hélas, ce sont eux qui dominent ; toi-même, Ono, tu es tombé sous la coupe de l'un d'entre eux. Ne te mets pas en colère ; c'est la vérité. Aussi tu ne connais pas le monde, pas plus qu'un gosse. Tiens, je parie que tu ne saurais même pas me dire qui était Karl Marx. »

Je le regardai de travers sans rien dire, et il dut avoir l'impression que je boudais. Il rit et dit : « Tu vois ? Mais ne fais pas cette tête. Tes collègues n'en savent pas plus long.

— Ne sois pas ridicule. Bien sûr que j'ai entendu parler de Karl Marx.

— Dans ce cas je suis désolé, Ono. Je t'ai peut-être vraiment sous-estimé. Parle-moi de Karl Marx, s'il te plaît. »

Je haussai les épaules. « C'est celui qui a dirigé la révolution russe, non ?

— Et Lénine alors, Ono ? C'était le second de Marx sans doute ?

— Un de ses collègues en quelque sorte. » Voyant qu'il souriait de nouveau, je m'empressai d'ajouter, avant qu'il ouvrît la bouche : « De toute façon, tu es absurde avec tes questions. Ce sont les affaires d'un pays lointain. Moi, je te parle des pauvres ici, dans notre propre ville.

— Mais oui, Ono, mais oui. Mais encore une fois, vois-tu, tu démontres que tu ne sais pas grand-chose. Tu as eu tout à fait raison de supposer que la société Okada-Shingen se propose de tirer les artistes de leur léthargie et de les faire entrer dans le monde réel. Mais si jamais j'ai laissé entendre que nous voulons devenir une grande sébile de mendiant, je t'ai induit en erreur, excuse-moi. La charité ne nous intéresse pas.

— Je ne vois pas ce qu'on peut avoir contre un peu

de charité. Et si cela a en même temps pour effet de nous ouvrir les yeux, à nous autres artistes décadents, alors tant mieux, dirais-je.

— Tes yeux ne se dessilleront jamais, Ono, si tu crois qu'un peu de charité bien intentionnée peut aider les pauvres de notre pays. La vérité, c'est que le Japon court à la crise. Nous sommes dans les mains de rapaces, les hommes d'affaires, et de femmelettes, les politiciens. Avec des gens pareils, il ne peut qu'y avoir de plus en plus de misère. À moins, à moins que nous, la génération qui monte, ne passions à l'action. Mais je ne suis pas un agitateur politique, Ono. Ce qui m'intéresse, c'est l'art. Et les artistes comme toi. Les jeunes talents qui ne sont pas encore irrémédiablement englués dans votre petit monde clos. Okada-Shingen a été créée pour aider des jeunes gens dans ton cas à ouvrir les yeux, et à produire des œuvres d'une valeur réelle pour cette époque difficile.

— Excuse-moi, Matsuda, mais il est évident que le naïf, c'est toi. La raison d'être de l'artiste est de rechercher la beauté et d'essayer de la rendre. Mais, même si la réussite est parfaite, il n'aura guère d'influence sur le genre de choses dont tu parles. Si les buts d'Okada-Shingen sont vraiment tels que tu le prétends, alors c'est une association mal conçue, fondée sur une erreur naïve concernant les possibilités de l'art.

— Mais tu sais très bien que nous ne voyons pas les choses de façon aussi simpliste. En fait, Okada-Shingen n'est pas une association isolée. Il y a des jeunes gens comme nous dans toutes les couches de la société, dans l'armée, dans la politique. Nous sommes la génération montante. Tous ensemble, nous pouvons vraiment accomplir quelque chose. Et il se trouve, Ono, que certains d'entre nous sont profondément attachés à l'art et voudraient qu'il corresponde au monde d'aujourd'hui. Or ce monde, c'est la misère qui augmente, ce sont tous ces enfants affamés et malades autour de nous ; à une époque pareille, il est tout bonnement indécent, de la part d'un artiste, de se cacher dans son trou pour fignoler ses tableaux de courtisanes. Je vois que tu es encore en colère contre moi et qu'en ce moment même tu cherches de nouveaux arguments pour m'attaquer. Mais mes intentions sont bonnes, Ono ; et j'espère que tu réfléchiras mûrement à tout cela ; et je l'espère d'autant plus, je dois dire, que tu as un très grand talent.

— Bon, mais alors dis-moi, Matsuda : comment nous autres artistes décadents et stupides pouvons-nous contribuer à l'avènement de ta révolution politique ? »

À ma grande irritation, Matsuda me gratifia d'un de ses sourires supérieurs et méprisants. « La révolution ? Du calme, Ono ! Ce sont les communistes qui veulent la révolution. Nous, nous ne voulons rien de tel. Au contraire. Nous voulons la restauration. Nous demandons simplement que Sa Majesté l'Empereur soit rétabli dans sa position légitime de chef de notre État.

— Mais c'est ce que notre Empereur est déjà, précisément.

— Vraiment, Ono. Que tu as l'esprit confus et naïf ! » Sa voix, toujours parfaitement calme, se fit soudain plus dure. « Notre Empereur est notre chef légitime ; or, qu'en est-il en réalité ? Le pouvoir lui a été ravi par ces industriels et leurs politiciens. Écoute, Ono, le Japon n'est plus un pays agricole arriéré. Nous sommes maintenant une nation puissante, capable de rivaliser avec n'importe quelle nation occidentale. Dans notre hémisphère asiatique, le Japon est un géant au milieu de nains et d'infirmes. Malgré cela, notre peuple est dans une misère de plus en plus noire, nos enfants meurent de malnutrition, et nous laissons faire. Et entre-temps, les industriels s'enrichissent, et les politiciens trouvent toutes les excuses pour se dérober et bavardent. Y a-t-il un seul pays, en Occident, où l'on tolérerait une telle situation ? Les Occidentaux, à notre place, seraient passés à l'action depuis longtemps.

— À l'action ? À quelle sorte d'action penses-tu, Matsuda ?

— Il est temps pour nous de fonder un empire aussi puissant et prospère que ceux des Anglais et des Français. Nous devons utiliser la force que nous avons pour étendre notre domination. Il est temps que le Japon prenne la place qui lui revient parmi les puissances mondiales. Crois-moi, Ono, nous en avons les moyens ; ce qu'il nous faut, maintenant, c'est un sursaut de volonté. Et pour cela nous devons nous débarrasser de ces affairistes et de leurs politiciens. Alors l'armée n'aura de comptes à rendre qu'à Sa Majesté l'Empereur. » Il eut un petit rire léger, et son attention se reporta un moment aux dessins qu'il traçait dans la cendre de cigarette. « Mais de tout cela d'autres se chargeront, dit-il. Notre affaire à nous, Ono, c'est l'art. »

Cependant je ne crois pas que ces questions aient été pour quelque chose dans la stupeur que ressentit « la Tortue » (pour revenir à lui une dernière fois) en faisant sa découverte dans la cuisine, deux ou trois semaines plus tard ; « la Tortue » n'avait sûrement pas l'acuité de perception nécessaire pour deviner toutes les implications de ce tableau inachevé. Ce qui l'aura frappé, c'est que cette œuvre ne respectait aucune des obsessions de Mori-san ; elle faisait fi du monde du plaisir et de l'effort collectif pour capturer la fragile lumière de la lanterne ; elle admettait une calligraphie impudente, appuyant l'effet visuel ; enfin, et c'est ce qui aura le plus choqué « la Tortue », elle réintroduisait les contours bien marqués – méthode on ne peut plus traditionnelle, comme on sait, mais dont le rejet était à la base de l'enseignement de Mori-san.

Quels que fussent les motifs de l'indignation de « la Tortue », je compris en tout cas ce matin-là que je ne pouvais plus cacher mes nouvelles idées à mes compagnons, et que tôt ou tard, notre maître lui-même serait instruit de ce qui se passait. Aussi, lorsque j'eus cette conversation avec Mori-san, au pavillon des jardins de Takami, j'avais déjà pensé maintes et maintes fois à ce que je pourrais lui dire ; et j'étais fermement résolu à ne pas mollir.

Cela se passa une semaine environ après la scène de la cuisine. Mori-san et moi étions allés faire des courses en ville – il s'agissait peut-être de choisir et de commander du matériel, je ne me souviens plus. Ce dont je me souviens, c'est que je ne notai rien de bizarre dans son comportement cet après-midi-là, tandis que nous vaquions ensemble à nos affaires. Puis, vers le soir, comme il nous restait encore un peu de temps avant de prendre notre train, nous montâmes aux jardins de Takami, en empruntant l'escalier raide qui part derrière la gare de Yotsugawa.

En ce temps-là, il y avait dans ces jardins de Takami un pavillon très agréable, juste en haut du coteau qui domine cette partie de la ville – non loin, en fait, de l'endroit où se trouve aujourd'hui le mémorial de la paix. Ce que ce pavillon avait de plus remarquable, c'étaient ses nombreuses lanternes suspendues aux avancées du toit – lui-même très élégant ; ce soir-là cependant, aucune n'était allumée quand nous arrivâmes. L'intérieur avait les dimensions d'une vaste pièce – intérieur si l'on peut dire, car en fait ce pavillon était ouvert de tous côtés, et seuls les poteaux, s'élargissant en arc, qui soutenaient le toit s'interposaient entre le visiteur et le paysage.

Peut-être est-ce ce soir-là, et donc grâce à Mori-san, que j'ai découvert l'existence de ce pavillon. Il devait rester un de mes lieux préférés, des années durant, jusqu'à sa destruction pendant la guerre ; souvent, chaque fois qu'il nous arrivait de passer par là, j'y emmenais mes propres élèves. Je crois même que c'est encore dans ce pavillon qu'à la veille de la guerre, j'eus ma dernière conversation avec Kuroda, le plus doué de mes élèves.

Le ciel était d'un rose virant au pourpre, je me souviens, ce premier soir où j'y suis entré à la suite de Mori-san ; et des lumières s'allumaient dans la mosaïque des toits encore visibles, en contrebas, dans l'obscurité. Mori-san alla jusqu'au bord opposé, du côté du vide, et s'appuyant de l'épaule à l'un des montants de bois, regarda vers le ciel avec contentement et me dit, sans se retourner :

« Ono, il y a des allumettes et des petites bougies dans notre balluchon. Ayez la bonté d'allumer ces lanternes. L'effet sera très intéressant, j'imagine. »

Au fur et à mesure que j'accomplissais le tour du pavillon, allumant lanterne après lanterne, les jardins alentour, où tout s'était tu, sombraient dans les ténèbres. Je ne cessais de jeter des coups d'œil du côté de Mori-san dont la silhouette se détachait contre le ciel ; il continuait de regarder pensivement le paysage. J'avais allumé la moitié peut-être des lanternes, quand je l'entendis dire :

« Alors, Ono, qu'est-ce qui vous tracasse tant ?

— Pardon, Sensei ?

— Vous avez vaguement dit, tout à l'heure, qu'il y a quelque chose qui vous ennuie. »

J'étouffai un petit rire tout en tendant le bras vers une autre lanterne.

« Oh, ce n'est rien, Sensei. Je ne voudrais pas importuner Sensei avec de telles vétilles, mais je ne sais que penser : le fait est que je me suis aperçu, il y a deux jours, que certaines de mes peintures avaient disparu de l'endroit où je les range depuis toujours, dans l'ancienne cuisine. »

Mori-san resta un moment silencieux. Puis il dit :

« Et les autres, que pensent-ils de cela ?

— Je leur ai demandé, mais apparemment, personne ne sait rien. Du moins, personne ne semble vouloir me le dire.

— Qu'en avez-vous conclu, Ono ? Y a-t-il une conspiration contre vous ?

— Le fait est, Sensei, que j'ai vraiment l'impression que tout le monde me fuit. Depuis quelques jours, je n'ai plus réussi à avoir la moindre conversation avec eux. Quand j'entre dans une pièce, les gens se taisent, ou bien sortent tous ensemble. »

Il ne fit aucun commentaire. Il continuait de contempler le couchant. Je m'apprêtais à allumer une autre lanterne quand enfin, il dit :

« Vos toiles sont à présent en ma possession. Je suis désolé de vous avoir causé cette inquiétude en les prenant. Il se trouve que l'autre jour j'avais un peu de temps libre, et je me suis dit que c'était une bonne occasion de voir ce que vous faites ces derniers temps. Vous étiez sorti, semble-t-il, à ce moment-là. J'aurais dû vous avertir quand vous êtes rentré. Mes excuses, Ono.

— Mais je vous en prie, Sensei. Je vous suis infiniment reconnaissant de prendre un tel intérêt à mon travail.

— C'est tout à fait naturel. Vous êtes le plus capable de mes élèves. J'ai consacré des années à former votre talent.

— C'est certain, Sensei. Je ne saurais estimer tout ce que je vous dois. »

Nous nous tûmes tous deux pendant quelques instants. Je continuais d'allumer les lanternes. Puis je m'arrêtai et dis :

« Je me sens vraiment soulagé qu'il ne soit rien arrivé de grave à mes tableaux. Il est vrai que l'explication ne pouvait être qu'aussi simple. Maintenant je peux être tranquille. »

Mori-san ne répondait rien ; apparemment, il continuait de regarder le paysage. Peut-être ne m'avait-il pas entendu. Je répétai, en haussant un peu la voix :

« Je suis heureux de ne plus avoir d'inquiétude à me faire à propos de mes peintures.

— Ah oui, Ono, dit-il, comme si je l'avais arraché à de tout autres pensées. J'avais un peu de temps devant moi ; aussi j'ai demandé à quelqu'un d'aller me chercher vos œuvres récentes.

— Je suis ridicule de m'être fait du souci. Je suis heureux que ces peintures soient en de bonnes mains. »

Il se taisait, et encore une fois je me demandai s'il m'avait entendu. Puis il dit : « Ce que j'ai vu m'a un peu

189

surpris. Vous explorez de curieuses possibilités, il me semble. »

Bien entendu, il est possible qu'il n'ait pas dit précisément : « explorer de curieuses possibilités » – d'autant plus que, maintenant que j'y repense, c'était une de « mes » formules à une certaine époque ; et donc il se peut que je sois en train de citer ce que moi-même, je dis à Kuroda lors de notre dernière explication, sous ce même pavillon. Il n'en reste pas moins, je crois, que Mori-san aussi parlait parfois d'« explorer des possibilités » ; ainsi il s'agirait encore d'une de ces caractéristiques personnelles que j'ai en fait héritées de mon ancien maître. Quoi qu'il en soit, ma seule réponse à ces paroles fut un petit rire embarrassé, tandis que je me hissais vers une lanterne.

« Qu'un jeune artiste expérimente, dans certaines limites, n'est pas une mauvaise chose, continua-t-il. Entre autres parce que cela lui permet de se purger de ses intérêts les plus superficiels. Ensuite il peut se remettre à un travail sérieux, en s'y donnant vraiment cette fois. » Puis, après une pause, il marmonna, comme à part soi : « Non, ce n'est pas mauvais d'expérimenter. C'est la jeunesse... Ce n'est pas du tout une mauvaise chose.

— Sensei, dis-je. Je suis convaincu que mes œuvres récentes sont les meilleures que j'aie jamais faites.

— Ce n'est pas une mauvaise chose, non, pas du tout. Mais encore une fois, il ne faut pas trop s'attarder à de telles expériences. Ce serait comme trop voyager... Non, le mieux serait de revenir sans tarder aux choses sérieuses. »

J'attendis quelques instants, pensant que peut-être il n'avait pas fini, avant de dire : « J'ai été vraiment ridicule de me faire tant de souci à propos de ces peintures. Mais voyez-vous, Sensei, ce sont celles dont je suis le plus fier. Malgré tout, j'aurais dû deviner que l'explication était des plus simples. »

Mori-san se taisait. Je regardai de son côté, par-delà la lanterne que j'étais en train d'allumer : il aurait été difficile de dire s'il réfléchissait à ce que je venais de dire ou s'il pensait à tout autre chose. Il s'opérait un étrange mélange de lumières dans le pavillon, à mesure que la nuit tombait et que j'allumais de plus en plus de lanternes. Mais de Mori-san je continuais de ne voir que la silhouette, de dos, appuyée contre un montant.

« À propos, Ono, dit-il finalement, on m'a parlé d'une ou deux autres toiles que vous avez achevées récemment, mais qui n'étaient pas avec celles que j'ai maintenant.

— Une ou deux... Il est très possible, en effet, que je ne les aie pas rangées avec les autres.

— Ah. Et ce sont sans doute celles qui vous plaisent le plus, n'est-ce pas ? »

Je ne répondis rien.

« Peut-être que lorsque nous rentrerons, Ono, vous me les apporterez. Cela m'intéresserait beaucoup de les voir. »

Je réfléchis un moment, puis je dis : « Je saurais un gré infini à Sensei, bien sûr, de me dire ce qu'il en pense. Mais je ne sais pas très bien où je les ai laissées.

— Mais vous vous efforcerez de les retrouver, n'est-ce pas ?

— Oui, Sensei. Entre-temps, peut-être que je pourrai débarrasser Sensei de ces autres peintures qu'il a eu la bonté d'examiner. Elles doivent encombrer son appartement ; je les reprendrai dès notre retour.

— Ne vous en faites pas pour ces peintures, Ono. Il suffit que vous trouviez les autres et me les apportiez.

— Je regrette, Sensei : il m'est impossible de retrouver ces autres peintures.

— Je vois, Ono. » Il poussa un soupir plein de lassitude ; encore une fois je vis qu'il regardait le ciel. « Ainsi vous ne pensez pas que vous pourrez m'apporter ces toiles.

— Non, Sensei. Je regrette.

— Je vois. Bien entendu, vous avez envisagé votre avenir au cas où vous renoncez à ma protection.

— J'espérais que Sensei comprendrait ma situation et continuerait de me soutenir dans ma carrière. »

Il se taisait.

« Sensei, poursuivis-je, rien ne pourrait me faire plus de peine que de quitter la villa. Toutes ces années que j'y ai passées ont été les plus heureuses et les plus riches de ma vie. Mes collègues sont pour moi des frères. Quant à Sensei, comment pourrais-je estimer tout ce que je lui dois ? Laissez-moi vous supplier de réexaminer mes nouvelles toiles ; peut-être même qu'à notre retour, Sensei pourrait accepter que je lui explique ce que je me suis proposé dans chacune de ces œuvres. »

Il ne répondait toujours pas, il avait même l'air de ne pas m'entendre. Aussi je continuai :

« J'ai appris beaucoup de choses durant ces dernières années. J'ai beaucoup appris en contemplant le monde du plaisir et en cherchant à reconnaître sa fragile beauté. Mais désormais j'estime qu'il est temps pour moi de passer à d'autres choses. Ma conviction, Sensei, est qu'à des époques aussi troublées que la nôtre, les artistes doivent apprendre à apprécier des choses plus tangibles que cette beauté agréable qui s'évanouit avec la lumière du matin. Il n'est pas nécessaire que les artistes occupent toujours un monde clos et décadent. Ma conscience, Sensei, me dit que je ne peux demeurer à jamais un artiste du monde flottant. »

Ayant dit cela, je m'occupai de nouveau des lanternes. Au bout de quelques instants, Mori-san dit :

« Vous êtes depuis quelque temps mon élève le plus accompli. Ce ne sera pas sans chagrin que je vous verrai partir. Disons, donc, que vous avez trois jours pour me remettre ces autres peintures. Vous me les remettrez, puis vous retournerez à des occupations plus convenables.

— Comme je l'ai déjà dit, Sensei, je regrette infiniment, je ne pourrai vous remettre ces tableaux. »

Il émit un son curieux, comme s'il riait. Puis il dit : « Comme vous l'avez fait remarquer vous-même, Ono, cette époque est une époque troublée. D'autant plus incertaine pour un jeune artiste presque inconnu et sans ressources. Si vous aviez moins de talent, je craindrais pour votre avenir. Mais vous êtes un garçon intelligent, vous avez certainement pris vos dispositions.

— À vrai dire, je n'ai pris aucune disposition que ce soit. Cela fait si longtemps que la villa est mon foyer que je n'ai jamais envisagé sérieusement qu'elle puisse cesser de l'être.

— Ah bon... Comme je l'ai dit, Ono, si vous aviez moins de talent, il y aurait de quoi s'inquiéter. Mais vous êtes un jeune homme intelligent. » Il se retourna vers moi ; mais je ne voyais toujours que sa silhouette. « Vous réussirez sans doute à travailler pour des illustrés ; ou même, qui sait, à entrer dans une compagnie comme celle qui vous employait la première fois que vous êtes venu me voir. Bien entendu, ce sera la fin de votre carrière d'artiste sérieux ; mais vous avez sûrement tenu compte de tout cela. »

On peut trouver surprenant qu'un maître se montre aussi vindicatif à l'égard d'un élève dont il se sait toujours admiré. Mais, encore une fois, quand un maître a consacré autant de son temps et de ses ressources à un certain élève, quand, de plus, il a permis que le nom de cet élève soit publiquement associé au sien, il est peut-être compréhensible, sinon entièrement excusable, que ce maître se laisse aller un moment à des réactions excessives qu'il risque ensuite de regretter. Et s'il est certain que l'on jugera mesquines ces manœuvres pour récupérer les œuvres, on comprendra néanmoins qu'un maître qui a fourni, en fait, tout, ou presque tout le matériel, toiles, couleurs, etc., oublie en un tel moment que son élève a quand même quelques droits sur son propre travail.

Quoi qu'il en soit, une telle arrogance, et un tel esprit de propriété sont, de la part d'un maître – aussi renommé qu'il soit – regrettables. De temps en temps, je repense à ce froid matin d'hiver, et il me semble sentir de nou-

veau à mes narines l'odeur de plus en plus âcre de brûlé
C'était le dernier hiver avant la guerre ; j'étais, très
inquiet, devant la porte de la maison de Kuroda – petite
bicoque qu'il louait du côté de Nakamachi. Cette odeur
de brûlé – cela ne faisait aucun doute – provenait de l'intérieur ; on entendait aussi une femme qui sanglotait
J'avais sonné maintes fois, j'avais appelé, mais personne
ne venait m'accueillir. Finalement je décidai d'entrer
tout de même, mais au moment où je faisais coulisser la
porte, un policier en uniforme apparut dans le vestibule.

« Que voulez-vous ? demanda-t-il d'un ton impérieux.

— Je cherche M. Kuroda. Est-il à la maison ?

— L'occupant des lieux a été emmené à la direction
de la police pour interrogatoire.

— Pour interrogatoire ?

— Je vous conseille de rentrer chez vous, dit l'agent.
Sinon nous allons vous contrôler vous aussi. Toutes les
personnes qui fréquentaient l'occupant des lieux nous
intéressent maintenant.

— Mais   pourquoi ?   Quel   crime   a   commis
M. Kuroda ?

— On ne veut pas de gens comme ça chez nous. Si
vous ne repartez pas, nous allons vous aussi vous emmener pour interrogatoire. »

À l'intérieur de la maison, la femme (la mère de
Kuroda certainement) continuait de sangloter. Quelqu'un lui parlait en criant.

« Où est votre chef ? demandai-je.

— Circulez. Vous voulez vous faire arrêter ?

— Avant toute autre chose, dis-je, sachez que je
m'appelle Ono. » Apparemment, mon nom ne lui disait
rien. « C'est moi, continuai-je, un peu plus hésitant, qui
ai fourni les informations qui vous ont amenés ici. Je
suis Masuji Ono, le peintre – membre de la commission
culturelle du ministère de l'Intérieur, conseiller officiel
à la commission des activités antipatriotiques. Je pense

que cette opération résulte d'une erreur, et je voudrais parler à la personne qui la dirige. »

L'agent me considéra d'un air soupçonneux ; puis il pivota sur ses talons et disparut à l'intérieur. Bientôt il revint et me fit signe de le suivre.

Les placards et les tiroirs avaient été vidés ; partout on voyait leur contenu répandu sur le sol. Je remarquai des piles de livres ficelées ; d'autres livres traînaient par terre. Dans la pièce principale, le tatami avait été soulevé, et un agent inspectait le plancher avec une torche électrique. En passant devant un panneau fermé, j'entendis distinctement les sanglots de la mère de Kuroda qu'un homme interrogeait en hurlant.

Je fus conduit jusqu'à la véranda, à l'arrière de la maison. Au milieu de la petite cour, un autre agent en uniforme et un homme en civil se tenaient à côté d'un feu. L'homme en civil se retourna et fit quelques pas vers moi.

« Monsieur Ono ? » dit-il, avec beaucoup de respect.

Le policier qui m'avait introduit comprit sans doute qu'il avait mal fait de m'accueillir aussi impoliment, car il s'empressa de retourner à l'intérieur.

« Qu'est-il arrivé à M. Kuroda ?

— Emmené pour interrogatoire, monsieur. Nous prendrons soin de lui, ne vous inquiétez pas. »

Je posai mon regard sur le feu, derrière lui. Presque tout avait brûlé ; l'agent en uniforme remuait le tas noir avec un bâton.

« Aviez-vous le droit de brûler ces œuvres ? dis-je.

— Nous avons pour règle de détruire tout matériel immoral qui n'est pas nécessaire comme pièce à conviction. Nous avons gardé un bel échantillon de ces ordures. Quant au reste, nous le brûlons, c'est tout.

— Jamais je n'aurais cru, dis-je, qu'on en arriverait à une chose pareille. J'avais simplement suggéré à la commission d'envoyer quelqu'un passer un bon savon à M. Kuroda, dans son propre intérêt. » Je fixai de nouveau les yeux sur le tas qui se consumait au milieu de la

195

cour. « Il n'était vraiment pas nécessaire de brûler tout ça. Il y avait beaucoup d'œuvres excellentes là-dedans.

— Nous vous savons gré de votre aide, monsieur. Mais maintenant l'enquête a commencé, il faut laisser agir les autorités compétentes. Nous veillerons à ce que votre M. Kuroda soit traité équitablement. »

Il sourit, et retournant auprès du feu, dit quelque chose à l'agent en uniforme. Celui-ci remua encore les cendres et marmotta entre ses dents : « Saleté antipatriotique », ou une expression analogue.

Je restais sous la véranda, je n'en croyais toujours pas mes yeux. L'agent en civil finit par se retourner pour me dire : « Je vous conseille de rentrer chez vous, monsieur.

— Cela dépasse les bornes ! dis-je. Et pourquoi interrogez-vous Mme Kuroda ? Elle n'a rien à voir dans tout cela.

— C'est l'affaire de la police maintenant, monsieur. Cela ne vous concerne plus.

— Cela dépasse toutes les bornes. J'en parlerai à M. Ubukata... Je pourrais même soumettre directement cette affaire à M. Saburi lui-même. »

L'homme en civil appela quelqu'un dans la maison, et le policier qui était venu m'ouvrir apparut.

« Remercie M. Ono pour son aide et raccompagne-le », dit l'homme en civil. Il se retourna vers le feu et se mit soudain à tousser. « La mauvaise peinture fait de la mauvaise fumée », dit-il en grimaçant et en agitant la main devant son nez.

Mais tous ces souvenirs n'ont guère de rapports avec ce dont je voulais parler. Je crois que j'évoquais les événements de cette journée du mois dernier, lors du bref séjour de Setsuko. Oui, de fait, j'en étais arrivé au moment où Taro nous a fait tous rire à table, avec ses anecdotes concernant ses collègues.

Autant que je me souvienne, la suite du dîner a été tout à fait plaisante. Malgré tout, j'étais un peu ennuyé pour Ichiro : au début, quand Noriko nous servait du saké, il me jetait un coup d'œil par-dessus la table, avec un sourire entendu que je lui rendais, tout en essayant de prendre l'air le plus neutre possible. Mais bientôt, ce n'est plus moi mais sa tante qu'il se mit à regarder, fixement, et avec humeur, chaque fois qu'elle remplissait nos tasses.

Taro nous avait encore raconté quelques histoires amusantes sur ses collègues, quand Setsuko lui a dit :

« Vous transformez tout en plaisanterie, Taro-san. Mais je sais par Noriko qu'il règne un très bon esprit en ce moment dans votre entreprise. Ce doit être vraiment stimulant de travailler dans une telle atmosphère. »

Taro est devenu soudain très sérieux. « C'est le cas en effet, Setsuko-san, dit-il en inclinant la tête. Les changements que nous avons faits après la guerre commencent à porter leurs fruits à tous les niveaux de notre société. Nous envisageons l'avenir avec beaucoup d'optimisme. D'ici dix ans, pourvu que nous travaillions tous de notre mieux, KNC sera une firme connue non seulement dans tout le Japon mais dans le monde entier.

— Quelle perspective ! Et Noriko me disait que votre directeur régional est quelqu'un de très gentil. Cela aussi doit compter énormément.

— Vous avez tout à fait raison. Mais M. Hayasaka n'est pas seulement quelqu'un de gentil, c'est aussi un homme très capable, un esprit de large envergure. Croyez-moi, Setsuko-san, cela peut être vraiment démoralisant de travailler pour un supérieur incompétent, aussi aimable soit-il. Nous avons beaucoup de chance d'être dirigés par quelqu'un comme M. Hayasaka.

— Pour cela, Suichi aussi a beaucoup de chance, car il a un supérieur très capable.

— Vraiment ? Mais au fond, ce n'est pas étonnant dans une société comme Nippon Electrics. Seuls des gens très bien doivent pouvoir y accéder aux postes de responsabilité.

— Cela semble être le cas en effet, et c'est une

grande chance pour nous. Mais je suis certaine qu'il en est de même à KNC, Taro-san. Suichi dit toujours le plus grand bien de KNC.

— Excusez-moi, Taro, ai-je dit à ce moment-là. Je suis certain, bien entendu, que vous avez toutes les raisons d'être optimistes à KNC. Mais je voulais vous demander – à propos de tous ces changements, de ce grand nettoyage qu'on a fait après la guerre dans votre société – est-ce entièrement bien, à votre avis ? Il paraît qu'il ne reste pour ainsi dire plus personne de l'ancienne administration. »

Mon gendre sourit pensivement, puis il répondit : « Je suis très touché de l'intérêt que père porte à notre affaire. Assurément, la jeunesse et l'énergie à elles seules ne produisent pas toujours les meilleurs résultats. Mais en toute franchise, père, une révision radicale s'imposait. Nous avions besoin de nouveaux dirigeants, avec de nouvelles conceptions adaptées au monde d'aujourd'hui.

— Certes, certes. Et je ne doute pas que vos nouveaux dirigeants soient des hommes extrêmement capables. Mais dites-moi, Taro, ne trouvez-vous pas parfois que nous mettons un peu trop de hâte à suivre les Américains ? Qu'il faille effacer à jamais beaucoup d'anciennes habitudes, je serais le premier à en convenir, mais vous ne trouvez pas que parfois on rejette aussi de bonnes choses avec les mauvaises ? Il y a des moments où le Japon d'aujourd'hui est vraiment comme un petit enfant qui suivrait les leçons d'un étranger.

— Père a raison. Parfois, j'en suis sûr, nous avons été un peu rapides. Mais dans l'ensemble, les Américains ont énormément à nous apprendre. Quelques années ont suffi, par exemple, pour que nous comprenions – du moins, pour que nous commencions à comprendre beaucoup mieux des choses telles que la démocratie et les droits de l'individu. J'ai même l'impression, père, que le Japon s'est finalement donné une base sur laquelle construire un brillant avenir. C'est pourquoi des firmes

198

comme la nôtre se tournent vers cet avenir avec autant d'assurance.

— En effet, Taro-san, dit Setsuko. Suichi a exactement le même sentiment. Je l'ai entendu dire à plusieurs reprises récemment qu'à son avis, après quatre ans de confusion, notre pays s'est finalement tourné vers l'avenir. »

J'aurais juré que c'était à moi, en fait, que cette remarque s'adressait. Et apparemment, Taro l'interpréta de la même façon, car au lieu de répondre à Setsuko, il continua :

« De fait, il y a juste une semaine, père, j'ai revu mes camarades de promotion pour notre dîner annuel ; et pour la première fois depuis la capitulation, tous les présents, quelle que soit leur place dans la société, se sont montrés optimistes. Ce n'est donc pas seulement à KNC qu'on sent que les choses s'arrangent. Et si je comprends tout à fait les inquiétudes de père, je suis persuadé que les leçons de ces dernières années sont dans l'ensemble une bonne chose, qui nous prépare un avenir radieux. Mais peut-être que je me trompe, père.

— Pas du tout, pas du tout, dis-je en lui souriant. Comme vous dites, il est certain que votre génération a un avenir radieux devant elle. Et vous êtes tous si sûrs de vous. Je ne peux que vous souhaiter de réussir. »

Mon gendre semblait sur le point de me répondre, mais juste à ce moment-là, Ichiro tendit le bras au-dessus de la table et tapota le flacon de saké du bout du doigt, comme il l'avait déjà fait une fois auparavant. Taro se tourna vers lui en disant : « Ah, Ichiro-san ! Juste l'homme qu'il nous fallait pour nos discussions. Dis-nous, sais-tu ce que tu feras quand tu seras grand ? »

Mon petit-fils continua de regarder un moment la bouteille de saké, puis il me jeta un regard maussade. Sa mère lui toucha le bras en chuchotant : « Ichiro, oncle Taro t'a posé une question. Dis-lui ce que tu veux faire.

— Je serai président de Nippon Electrics ! » déclara-t-il.

199

Tout le monde éclata de rire.

« Tu en es bien sûr, Ichiro-san ? demanda Taro. Tu ne préférerais pas être notre chef à KNC ?

— Nippon Electrics est mieux ! »

Tout le monde de rire encore une fois.

« Quelle honte pour nous ! s'exclama Taro. Ichiro-san est juste l'homme qu'il nous faudra à KNC dans quelques années. »

Dès lors Ichiro sembla ne plus penser au saké ; il avait l'air très content, participait bruyamment aux rires des grandes personnes ; mais vers la fin du repas, il demanda, d'une voix complètement indifférente :

« Tout le saké est fini maintenant ?

— Plus une goutte, dit Noriko. Ichiro-san veut-il encore un peu de jus d'orange ? »

Ichiro déclina fort poliment cette offre et se retourna vers Taro qui était en train de lui expliquer quelque chose. Malgré tout, j'imaginai sa déception et je ressentis de l'irritation contre Setsuko, qui aurait pu montrer un peu plus de compréhension pour les sentiments de son petit garçon.

Une heure peut-être plus tard, j'eus la possibilité de parler seul à seul avec Ichiro, quand je suis allé lui dire bonne nuit dans la petite chambre d'ami de l'appartement. La lumière était encore allumée, mais Ichiro était déjà sous sa couette, couché sur le ventre, la joue appuyée contre l'oreiller. En éteignant, j'ai constaté que le volet roulant n'empêchait pas la lumière de l'appartement d'en face de projeter des raies sur les murs et le plafond. On entendait mes filles rire dans la pièce voisine, et Ichiro a chuchoté, quand je me suis agenouillé à côté de lui :

« Oji, tante Noriko est soûle ?

— Je ne pense pas, Ichiro. Elle rit simplement de quelque chose, c'est tout.

— Elle est peut-être un petit peu soûle. Vous ne pensez pas, Oji ?

— Peut-être, juste un peu. Il n'y a aucun mal à cela.

200

— Les femmes ne tiennent pas le saké, hein, Oji ? »
dit-il, en se mettant à glousser dans son oreiller.

Je ris aussi, puis je lui dis : « Tu sais, Ichiro, il ne faut
pas se vexer à propos du saké. Cela n'a vraiment aucune
importance. Bientôt tu seras plus grand, et alors tu pour-
ras boire tout le saké que tu voudras. »

Je me levai et m'approchai de la fenêtre pour voir si
l'on ne pouvait pas resserrer un peu ce volet. Je le levai
et l'abaissai plusieurs fois, mais on continuait toujours
de voir entre les lamelles les lumières des fenêtres d'en
face.

« Non, Ichiro, il n'y a vraiment pas de quoi se vexer. »

Après un assez long silence, j'entendis sa voix, derrière moi : « Il ne faut pas que Oji se fasse du souci.

— Comment ? Que veux-tu dire, Ichiro ?

— Il ne faut pas que Oji se fasse du souci. Parce que
s'il se fait du souci, il ne dormira pas. Et si les gens vieux
ne dorment pas, ils tombent malades.

— Ah, je vois. Très bien, Ichiro. Oji promet de ne pas
se faire de soucis. Mais toi non plus, tu ne dois pas être
vexé. Parce que vraiment, il n'y a pas de quoi s'en
faire. »

Ichiro se tut. De nouveau, j'entrouvris et refermai le
volet.

« Mais bien sûr, dis-je, si Ichiro avait vraiment insisté
ce soir, pour le saké, Oji aussi aurait insisté pour qu'on
lui en donne un peu. Mais c'est bien comme ça ; nous
avons eu raison de laisser les femmes faire comme elles
voulaient cette fois. Cela ne vaut pas la peine de les
vexer pour de si petites choses.

— Des fois à la maison, dit Ichiro, père veut faire
quelque chose et mère dit qu'il ne faut pas. Des fois,
même père est moins fort que mère.

— Ah bon, dis-je en riant.

— Donc, il ne faut pas que Oji se fasse du souci.

— Nous n'avons pas à nous en faire, ni l'un ni
l'autre, Ichiro. » Je m'écartai de la fenêtre et m'age-

nouillai de nouveau à côté de sa couette. « Maintenant, essaie de dormir.

— Oji reste ici cette nuit ?

— Non, Oji va rentrer chez lui, dans sa maison.

— Pourquoi Oji ne peut pas rester ici lui aussi ?

— Il n'y a pas assez de place ici, Ichiro. Oji a une grande maison pour lui tout seul, rappelle-toi.

— Est-ce que Oji viendra nous dire au revoir à la gare demain ?

— J'y serai, bien entendu, Ichiro. Et puis, vous reviendrez certainement nous voir bientôt.

— Oji ne doit pas se faire du souci s'il n'a pas pu convaincre mère de me donner du saké.

— Quelle sagesse, quelle précocité, Ichiro ! dis-je en riant. Tu seras vraiment quelqu'un quand tu seras grand. Peut-être que tu seras réellement chef de Nippon Electrics. Ou quelque chose d'aussi important. Et maintenant taisons-nous un instant et voyons si tu vas t'endormir. »

Je restai assis à son chevet quelques minutes encore, lui répondant calmement chaque fois qu'il parlait. Et c'est alors, je crois, dans l'obscurité de cette chambre où j'attendais que mon petit-fils s'endormît, tout en écoutant les rires qui fusaient de temps à autre dans la pièce voisine, que je me suis mis à repenser à la conversation que j'avais eue le matin avec Setsuko, dans le parc de Kawabe. Jusque-là je n'avais pas eu la possibilité de m'abandonner à mes réflexions, et, en tout cas, je n'avais pas encore pris conscience de ce que les paroles de Setsuko avaient pour moi d'irritant. Mais lorsque, mon petit-fils s'étant endormi, je rejoignis les autres dans la grande pièce, c'était presque de la colère que je ressentais contre ma fille aînée ; ce qui m'incita à dire à Taro, peu après m'être rassis :

« Il y a des choses étranges quand on y pense, vous savez. Cela fait seize ans que votre père et moi devrions nous connaître ; or, ce n'est que cette année que nous sommes devenus de si bons amis.

— En effet, a dit mon gendre, mais je crois qu'il en

est souvent ainsi. On a toujours énormément de voisins à qui on dit tout juste bonjour. C'est bien dommage quand on y pense.

— Mais dans notre cas en plus, au Dr Saito et à moi, nous n'étions pas que voisins. Nous appartenions tous deux au même monde, le monde de l'art ; nous nous connaissions l'un l'autre de réputation. Que votre père et moi n'ayons pas fait plus d'efforts pour nous lier dès le début n'en est que plus regrettable. Vous ne trouvez pas, Taro ? »

Tout en disant cela, je jetai un coup d'œil furtif du côté de Setsuko, pour m'assurer qu'elle écoutait.

« C'est très regrettable en effet, a dit Taro. Mais au moins vous avez eu la chance de devenir amis finalement.

— Mais ce que je veux dire, Taro, c'est que c'est d'autant plus regrettable que durant tout ce temps-là, chacun de nous connaissait la réputation de l'autre dans le monde de l'art.

— Oui, c'est vraiment bien dommage. On s'attendrait que des voisins qui se connaissent pour d'éminents collègues nouent des relations plus étroites. Et pourtant, c'est si rarement le cas ! Sans doute parce qu'on est toujours trop occupé... »

Je regardai Setsuko d'un air satisfait. On aurait cru, à la voir, que Taro n'avait rien dit ! Certes, il est possible que malgré les apparences, l'attention de ma fille fût ailleurs ; je crois, cependant, qu'elle avait très bien compris le sens des paroles de mon gendre, mais que sa fierté lui interdisait de me rendre mon regard au moment même où venait d'être administrée, par Taro, la preuve éclatante de la fausseté des insinuations qu'elle avait faites ce matin-là, dans le parc de Kawabe.

Nous nous promenions sans nous presser dans la grande allée centrale, en admirant les arbres dans leur parure d'automne. Nous nous étions mis à parler de Noriko, de sa nouvelle vie, et, comparant nos impres-

203

sions à ce sujet, étions tombés d'accord sur le fait que Noriko était manifestement très heureuse.

« Tout cela est très réconfortant, disais-je. Tu sais, je commençais à me faire de sérieux soucis pour son avenir ; mais maintenant, la vie lui sourit. Taro est un homme admirable. On aurait pu difficilement espérer mieux.

— Oui, remarqua Setsuko en souriant, cela fait drôle de penser qu'il y a un an à peine nous étions tous si inquiets pour elle.

— Tout cela est très réconfortant. Et en ce qui te concerne, Setsuko, je te suis fort reconnaissant de ton rôle dans cette histoire. Tu as été d'un grand secours pour ta sœur quand les choses n'allaient pas très bien.

— Mais au contraire, je ne pouvais rien faire, étant si loin.

— Et c'est toi, bien sûr, continuai-je avec un petit rire, qui m'as mis en garde l'an dernier. « Prendre certaines précautions », disais-tu, tu te souviens ? Comme tu vois, je n'ai pas négligé tes conseils.

— Excusez-moi, père, mais de quels conseils s'agissait-il ?

— Allons, Setsuko, je sais que tu as beaucoup de tact, mais c'est inutile sur ce point : je suis tout à fait disposé à reconnaître, maintenant, que je n'ai pas lieu d'être fier de certains aspects de ma carrière. Et d'ailleurs je l'ai reconnu au moment des négociations, ainsi que tu avais suggéré de le faire.

— Excusez-moi, père, je ne vois pas du tout de quoi vous parlez.

— Noriko ne t'a pas parlé du miai ? Eh bien, ce soir-là j'ai veillé à lever tous les obstacles que ma carrière pouvait opposer à son bonheur. Je l'aurais sans doute fait de toute façon ; néanmoins je t'ai su gré, alors, de tes conseils.

— Je vous demande pardon, père, mais je ne me rappelle pas vous avoir donné quelque conseil que ce soit l'an dernier. Pour ce qui est du miai lui-même, effectivement, Noriko m'en a parlé à plusieurs reprises. Tout de suite après, je me souviens, elle m'a écrit qu'elle avait été très surprise par ce que père... ce que père a dit de lui-même.

— Je veux bien croire qu'elle a été surprise ! Noriko a toujours sous-estimé son vieux père. Mais je ne suis pas de ceux qui admettraient que leur propre fille souffre du seul fait qu'ils sont trop fiers pour regarder les choses en face.

— Noriko m'a dit qu'elle a trouvé le comportement de père tout à fait déroutant ce soir-là. Les Saito aussi ne savaient que penser, paraît-il. Personne n'arrivait à comprendre ce que père voulait dire. Suichi aussi, d'ailleurs, est tombé des nues quand je lui ai lu la lettre de Noriko.

— Voilà qui est extraordinaire, m'exclamai-je en riant. C'est bien toi, quand même, Setsuko, qui m'as poussé à agir ainsi l'an dernier. C'est toi qui m'as suggéré de "prendre certaines précautions" pour que les Saito ne nous fassent pas le même coup que les Miyake l'année d'avant. Tu ne t'en souviens pas ?

— Il faut croire que j'ai perdu la mémoire... Je regrette, père, je n'ai aucun souvenir de tout cela.

— Allons, Setsuko, voilà qui est extraordinaire ! »

Setsuko s'arrêta soudain et s'écria : « Que les érables sont beaux en cette période de l'année !

— En effet, dis-je. Et ils le seront de plus en plus certainement : nous ne sommes qu'au début de l'automne.

— Que c'est beau », répéta ma fille en souriant ; et nous nous remîmes en chemin. « Pour revenir à ce que nous disions, père, il se trouve qu'hier soir, alors que nous parlions de choses et d'autres, Taro-san a mentionné une conversation que vous avez eue tous deux la semaine dernière. À propos de ce musicien qui vient de se suicider.

— Yukio Naguchi ? Oui, oui, je me souviens de cette conversation. Attends... Il me semble que Taro disait que ce suicide n'a aucun sens.

— En fait, Taro-san était surtout inquiet de voir père prendre un tel intérêt à la mort de M. Naguchi. Il paraît même que père a comparé sa carrière à celle de M. Naguchi. Nous avons tous trouvé cela préoccupant. D'ailleurs, nous nous faisons tous du souci pour père depuis quelque temps ; la retraite le déprime un peu peut-être. »

J'ai ri, puis j'ai dit : « Pour cela, rassure-toi, Setsuko. Ce n'est pas moi qui envisagerais, ne fût-ce qu'un instant, d'imiter M. Naguchi.

— Si j'ai bien compris, continua-t-elle, les chants de M. Naguchi connurent une vogue extraordinaire, à tous les niveaux de l'effort de guerre. Il semblerait donc que son désir de partager les responsabilités des politiciens et des généraux n'était pas dénué de tout fondement. Père a tort ne serait-ce que d'avoir l'idée de se comparer à ce genre de personnes. Père était un peintre, après tout.

— Je peux t'assurer, Setsuko, que jamais je ne songerais à suivre l'exemple de M. Naguchi. Mais la fierté ne m'empêche pas de reconnaître que si à une certaine époque, j'ai eu moi aussi de l'influence, eh bien, cette influence, je l'ai mise au service de fins désastreuses. »

Ma fille sembla réfléchir un instant à ces paroles.

« Pardonnez-moi, dit-elle, mais il faudrait peut-être ramener les choses à leurs justes proportions. Père a peint de très beaux tableaux, et c'était quelqu'un de très influent – cela ne fait aucun doute – dans le monde de la peinture. Mais quelle influence son travail pouvait-il avoir sur ces grands sujets dont nous venons de parler ? Père était simplement un peintre. Il faut qu'il cesse de s'imaginer qu'il est un grand coupable.

— Ah, ça, alors ! Voilà un conseil bien différent de ceux que tu me donnais l'an dernier, Setsuko ! Ma carrière semblait bien compromettante alors...

— Pardonnez-moi, père, mais je ne peux que répéter que je ne comprends pas ces allusions aux négociations de mariage de l'an dernier. D'ailleurs je ne vois vraiment pas pourquoi la carrière de père aurait dû entrer en ligne de compte dans ces négociations. À ce qu'il paraît, c'est la dernière chose à laquelle pensaient les Saito ; et, comme nous l'avons dit, ils n'ont absolument pas compris le comportement de père lors du miai.

— Cela aussi est tout à fait étonnant, Setsuko. Le fait est que le Dr Saito et moi, nous nous connaissions depuis longtemps. Le Dr Saito était l'un des critiques d'art les plus éminents de la ville : en tant que tel, il aura suivi ma carrière d'année en année et n'aura rien ignoré de ses aspects les plus regrettables. J'ai donc bien fait – j'étais même tenu, au point où en étaient les choses – d'exprimer clairement ma position à ce sujet. Et d'ailleurs, je suis tout à fait persuadé que le Dr Saito a énormément apprécié mon attitude.

— Pardonnez-moi, mais il semblerait, d'après ce qu'a dit Taro-san, que le Dr Saito n'a jamais suivi de si près la carrière de père. Bien entendu, il a toujours connu père comme voisin. Mais il semblerait qu'il ne savait pas que père avait des rapports avec le monde de l'art – jusqu'à ce qu'il l'apprenne l'an dernier, au début des négociations.

— Tu te trompes complètement, Setsuko, dis-je en riant. Cela faisait déjà des années et des années que nous nous connaissions de réputation. Souvent, quand nous nous rencontrions dans la rue, nous nous arrêtions et parlions de choses et d'autres concernant le monde de l'art.

— C'est donc que j'ai tort. Pardonnez-moi. Mais l'important, c'est que jamais personne n'a songé à reprocher à père son passé. Aussi espérons qu'il cessera de s'identifier à des hommes tels que ce pauvre musicien. »

Je n'insistai pas et bientôt, autant que je me souvienne, la conversation dériva vers des sujets plus futiles. Il n'en est pas moins certain que ma fille a fait quantité d'affirmations erronées ce matin-là. Il est impensable, en particulier, que durant toutes ces années, le Dr Saito ait pu rester dans l'ignorance de ma réputation de peintre. C'est uniquement à l'intention de Setsuko que le soir même, après le dîner, je me suis arrangé pour faire confirmer la chose par Taro ; car, dans mon esprit, il n'y a jamais eu aucun doute à ce sujet. Comment pourrais-je oublier, par exemple, cette belle journée de soleil d'il y a quelque seize ans, où le Dr Saito m'adressa pour la première fois la parole, alors que je réparais la clôture de ma nouvelle demeure ? « Quel honneur de compter parmi nos voisins un artiste de votre valeur ! » avait-il dit en reconnaissant mon nom sur le montant du portail. Je revois cette rencontre comme si j'y étais ; il ne peut faire aucun doute que Setsuko se trompe.

Juin 1950

Après avoir reçu la nouvelle de la mort de Matsuda, hier, en fin de matinée, je me suis préparé un déjeuner léger, puis je suis sorti prendre un peu d'exercice.

Il faisait une bonne chaleur. J'ai descendu la colline et, en arrivant à la rivière, je suis monté sur le petit Pont de l'Hésitation pour regarder les alentours. Le ciel était d'un bleu très clair. Sur la rive, non loin en aval, là où commencent les nouveaux immeubles, deux petits garçons jouaient avec des cannes à pêche au bord de l'eau. Je les ai observés un certain temps, tout en repensant à cette nouvelle que je venais d'apprendre.

Bien que j'eusse toujours eu l'intention de revoir régulièrement Matsuda, depuis que j'avais renoué avec lui au moment des négociations pour le mariage de Noriko, ce n'est que le mois dernier que je suis enfin retourné à Arakawa. Je l'ai fait sur un coup de tête, sans me douter aucunement qu'il était si près de la fin. Peut-être est-il mort plus heureux, qui sait, d'avoir pu s'épancher avec moi cet après-midi-là.

Mlle Suzuki m'a tout de suite reconnu en m'apercevant à la porte et m'a accueilli avec empressement ; je me suis dit que Matsuda n'avait pas dû voir grand

monde depuis ma dernière visite, dix-huit mois auparavant.

« Il est dans une forme bien meilleure que lorsque
vous êtes venu la dernière fois », a-t-elle annoncé
gaiement.

Elle m'a fait entrer dans la salle de réception, et bientôt Matsuda est arrivé, sans aide, vêtu d'un ample
kimono. Il était manifestement content de me revoir, et
pendant un certain temps, nous n'avons parlé que
de choses sans importance ou de nos connaissances
communes. Ce n'est qu'après que Mlle Suzuki nous eut
apporté le thé, je crois, que je me suis souvenu de le
remercier de la gentille lettre qu'il m'a écrite, lors de ma
récente maladie.

« Tu m'as l'air de t'être très bien remis, Ono, a-t-il
remarqué. À te voir, on ne dirait jamais que tu viens tout
juste d'être malade.

— Je vais bien mieux maintenant. Il faut simplement
que j'évite le surmenage et que je ne me sépare jamais
de cette canne. Pour le reste, cela va aussi bien qu'avant.

— Tu me déçois, Ono : moi qui m'attendais à retrouver un autre vieillard, comme moi ; nous aurions pu parler en long et en large de nos maux respectifs... Eh bien,
non ! Il va falloir encore une fois que je t'envie ta santé
florissante !

— Ne dis pas de sottises, Matsuda. Tu as très bonne
mine.

— Ça, tu auras de la peine à me le faire croire, Ono,
dit-il en riant ; bien que, c'est vrai, j'aie repris quelques
kilos depuis un an. Mais dis-moi, Noriko-san est heureuse ? J'ai su que ce mariage s'était fait en fin de
compte. Tu te faisais beaucoup de soucis pour son avenir
la dernière fois, n'est-ce pas ?

— Eh oui, tout s'est bien passé finalement. Elle
attend un enfant pour cet automne. Quand je pense
comme j'étais inquiet... mais finalement, tout s'est bien
terminé ; je ne pouvais espérer mieux pour elle.

— Un petit-fils cet automne : voilà une perspective bien réjouissante sans doute.

— Et de plus, ma fille aînée attend elle aussi un enfant pour le mois prochain. Elle en mourait d'envie, c'est une très bonne nouvelle.

— Certes, certes. Deux petits-enfants en perspective... » Il resta un moment pensif, souriant et hochant la tête. Puis il dit : « Tu te souviens certainement, Ono, que j'ai toujours été bien trop préoccupé d'améliorer le monde pour songer au mariage. Tu te rappelles les discussions que nous avons eues juste avant que tu épouses Michiko-san ? »

Nous rîmes tous deux.

« Deux petits-enfants, répéta Matsuda. Voilà une perspective bien réjouissante, assurément.

— En effet. En ce qui concerne mes filles, j'ai eu beaucoup de chance.

— Et dis-moi, Ono, est-ce que tu peins en ce moment ?

— Quelques aquarelles pour passer le temps. Des plantes et des fleurs surtout. Pour mon propre plaisir.

— Je suis heureux d'entendre que tu as recommencé à peindre en tout cas. La dernière fois, tu semblais avoir renoncé définitivement à la peinture. Tu étais terriblement désenchanté.

— Je te crois : je suis resté des années sans reprendre le pinceau.

— Oui, Ono, tu avais l'air vraiment désenchanté. » Il leva les yeux vers moi en souriant. « Il faut dire que tu voulais apporter une sacrée pierre à l'édifice... »

Je lui rendis son sourire. « Mais toi aussi, Matsuda. Tu avais des objectifs assez impressionnants. C'est toi, après tout, qui as écrit le manifeste de notre campagne pendant la crise chinoise. On ne peut pas dire que ce texte péchait par modestie. »

Nous avons ri de nouveau.

« Tu te rappelles certainement, Ono, toutes les fois où je t'ai traité de naïf. Où je me suis moqué de l'étroitesse

211

de ton point de vue d'artiste. Cela te rendait furieux contre moi. Eh bien ! Il apparaît en fin de compte que ni l'un ni l'autre n'avait un point de vue assez vaste.

— Tu as raison sans doute. Mais qui sait si avec une vision un peu plus claire des choses, nous n'aurions pas pu faire un bien réel ? Surtout quand je pense aux types que nous étions alors, toi et moi, Matsuda. Pleins d'énergie, pleins de courage. Il fallait vraiment en avoir, et en vouloir, pour mener des actions comme cette fameuse campagne pour le Nouveau Japon, tu te souviens ?

— C'est vrai. À cette époque nous avions contre nous des gens très puissants. Nous aurions très bien pu nous dégonfler. Il faut croire que nous en voulions vraiment, Ono.

— Oui, mais pour ma part, je n'ai jamais eu une vision très claire des choses. À cause de l'étroitesse de mon point de vue d'artiste, comme tu dis. Et tu sais, même aujourd'hui, le monde, pour moi, c'est cette ville, ses alentours ; j'ai de la peine à concevoir ce qui se trouve au-delà.

— Et moi qui n'arrive plus à penser plus loin que le bout de mon jardin ! Tu vois, c'est toi, Ono, qui as maintenant l'horizon le moins borné ! »

Et de nouveau nous nous mîmes à rire. Puis Matsuda but une gorgée de thé.

« Mais, si nous avons quelques reproches à nous faire, il ne faudrait pas non plus exagérer, dit-il. Nous, au moins, nous croyions dans ce que nous faisions, et nous avons agi de notre mieux. Sauf qu'à la fin, il s'est avéré que nous étions des hommes ordinaires. Pas plus perspicaces que les autres. Nous avons été des hommes ordinaires durant une époque qui ne l'était pas : nous n'avons pas eu de chance. »

En faisant allusion peu auparavant à son jardin, Matsuda avait attiré mon attention de ce côté-là. Comme l'air était doux, vraiment printanier, Mlle Suzuki avait laissé un panneau entrouvert, si bien que de ma place, je voyais les reflets brillants du soleil sur les planches astiquées de la véranda. La brise qui pénétrait dans la pièce apportait une légère odeur de fumée. Je me levai et m'approchai des panneaux mobiles.

« Encore aujourd'hui, l'odeur de brûlé me rend nerveux, observai-je. Il n'y a pas si longtemps, c'était l'odeur des bombardements et des incendies. » Je continuai de contempler le jardin, puis j'ajoutai : « Dans un mois, cela fera cinq ans, déjà, que Michiko est morte. »

Matsuda garda un instant le silence. Puis je l'entendis dire derrière moi :

« De nos jours, quand ça sent le brûlé, ça veut dire en général qu'un voisin est en train de nettoyer son jardin. »

Quelque part dans la maison, une horloge sonna.

« C'est l'heure de donner à manger aux carpes, dit Matsuda. Tu sais, il a fallu que je me dispute je ne sais combien de fois avec Mlle Suzuki pour qu'elle m'autorise de nouveau à nourrir mes carpes. Avant, je le faisais tous les jours ; mais il y a quelques mois, j'ai trébuché sur une des pierres plates du chemin. J'en ai eu des disputes avec elle après ça ! »

Matsuda se leva, nous chaussâmes des sandales de paille qui se trouvaient dans la véranda, et nous descendîmes dans le jardin. L'étang miroitait au soleil de l'autre côté, tandis que nous avancions prudemment sur les pierres plates qui coupent à travers le tapis ondulé et soyeux de la mousse.

Nous étions déjà au bord de l'étang, plongeant nos regards dans l'eau glauque, quand un bruit nous fit brusquement lever les yeux. Non loin de nous, un petit garçon de quatre ou cinq ans, agrippé des deux mains à une branche d'arbre, nous observait par-dessus la clôture. Matsuda sourit et lui cria :

« Ah, bonjour, Botchan ! »

Le petit garçon continuait de nous regarder fixement. Puis il disparut. Matsuda sourit de nouveau et se mit à jeter de la nourriture dans l'eau. « Le fils d'un voisin, dit-il. Tous les jours, quand le moment arrive, il grimpe à cet arbre pour me regarder sortir donner à manger à mes poissons. Mais il est timide ; si j'essaie de lui parler il s'enfuit. » Matsuda rit doucement à part soi. « Souvent je me demande pourquoi il se donne cette peine chaque jour. Pour voir simplement un vieillard avec une canne, à côté de son étang, en train de donner à manger aux carpes ? Tu parles d'un spectacle pour lui ! Je me demande ce qu'il y trouve de si fascinant. »

Je regardais de nouveau du côté de la clôture, là où nous avions vu la petite frimousse. « Mais aujourd'hui, dis-je, il aura eu une surprise. Aujourd'hui il a vu deux vieillards avec leur canne à côté de l'étang. »

Matsuda rit gaiement et continua de jeter la pâture aux poissons. Deux ou trois carpes splendides étaient montées à la surface, et leurs écailles scintillaient au soleil.

« Militaires, politiciens, affairistes, dit Matsuda. Eux, oui, on les a tous accusés des malheurs de ce pays. Mais des types comme nous, Ono, n'ont jamais eu qu'un rôle marginal. Tout le monde se fiche maintenant de ce que nous avons fait autrefois. On nous regarde et on ne voit que deux vieillards avec leur canne. » Il me sourit, puis continua de donner à manger aux poissons. « Nous sommes les seuls à nous soucier de ça désormais. Nous et nos pareils, quand nous repensons à ce qu'a été notre vie, nous en voyons les défauts, bien sûr ; mais, Ono, nous sommes vraiment les seuls à nous soucier de ça maintenant. »

Mais même derrière ces paroles on percevait les vestiges de son ancienne manière d'être ; non, Matsuda, cet après-midi-là, n'était pas du tout un désenchanté. Il n'est certainement pas mort désenchanté, il n'en avait aucune raison. Quand il repensait à ce qu'avait été sa vie, il voyait certains défauts, bien sûr ; mais cela ne l'aura sûrement pas empêché de voir aussi les aspects de cette vie dont il pouvait être fier. En effet, c'est une satisfaction de savoir – comme lui-même l'a dit – que quoi que nous ayons fait, nous l'avons fait sur le moment en toute bonne foi. Je reconnais que nous prîmes des initiatives bien audacieuses et que souvent, nous ne nous encom-

214

brions guère de nuances ; mais mieux vaut cela que ne jamais mettre ses propres idées à l'épreuve, par manque de volonté ou de courage. Quand on a des convictions, un moment vient où l'on ne peut plus tergiverser, sous peine de mépris. Je suis persuadé que Matsuda aussi se sera dit ce genre de choses en repensant à ce que fut sa vie.

Il y a un moment de la mienne, que je me rappelle souvent : c'était en mai 1938, juste après qu'on m'eut décerné le prix de la fondation Shigeta. À cette époque j'avais déjà reçu divers prix et autres distinctions, mais jamais rien d'aussi marquant dans la carrière d'un artiste alors que le prix de la fondation Shigeta. De plus, cet événement coïncida, autant que je me souvienne, avec les derniers jours de notre campagne pour le Nouveau Japon, campagne qui se soldait par un franc succès. Le soir même, bien entendu, « on arrosa ça » au Migi-Hidari. Je me revois assis à ma table, entouré de mes élèves et de quelques collègues, et sans cesse il fallait boire en réponse aux toasts qui se succédaient en mon honneur. Tout ce que je pouvais avoir comme relations passa ce soir-là au Migi-Hidari pour me féliciter ; même un officier supérieur de police que je n'avais jamais vu vint à un moment me présenter ses respects. Mais curieusement, aussi heureux que je fusse, je ne triomphais pas, je ne ressentais pas la satisfaction profonde qu'aurait dû me procurer ce prix. Ces sentiments, je ne devais les éprouver que quelques jours plus tard, au cours d'une virée dans les campagnes montueuses de la province de Wakaba.

Je n'étais plus jamais retourné dans cette province depuis que, seize ans auparavant, j'avais quitté la villa de Mori-san, plein de résolutions, mais aussi d'appréhensions quant à mon avenir. Bien qu'ayant tout à fait rompu avec mon ancien maître, j'avais continué de me tenir informé de ce qu'il faisait ; aussi n'ignorais-je rien du déclin constant de sa réputation en ville. On avait fini par juger fondamentalement antipatriotiques, bien sûr, ses tentatives pour introduire l'influence européenne dans la tradition d'Outamaro. De temps en temps on apprenait qu'il exposait, non sans difficultés, et chaque fois dans un endroit moins prestigieux. J'avais même entendu dire par plusieurs personnes qu'il s'était mis à illustrer des magazines populaires pour maintenir ses revenus. De son côté, il avait certainement suivi l'évolution de ma carrière, et il devait savoir qu'on venait de m'octroyer le prix de la fondation Shigeta. Ainsi, c'est avec une conscience très claire des changements que le temps avait apportés pour chacun de nous que, ce jour-là, je descendis du train à la petite gare du village. C'était un bel après-midi de printemps.

Je partis pour la villa de Mori-san, par les sentiers, par ces montagnes et ces bois que j'avais si bien connus autrefois, marchant lentement, pour goûter pleinement le plaisir de refaire ce chemin. Et tout le temps, je m'imaginais ce qu'allait être cette nouvelle rencontre. Mori-san m'accueillerait-il comme un hôte de marque ? Ou se montrerait-il aussi froid et distant que lors de mes derniers jours à la villa ? À moins qu'il n'adoptât plus ou moins la même attitude qu'il avait toujours eue à mon égard lorsque j'étais son élève préféré – qu'il affectât d'ignorer, autrement dit, le renversement de nos positions respectives. Cette dernière éventualité me semblant la plus probable, j'envisageais, je me souviens, la conduite à suivre dans ce cas. Je résolus de ne pas revenir, pour ma part, aux anciennes habitudes, de ne plus lui dire « Sensei », mais au contraire de m'adresser à lui simplement, comme à un collègue. Et s'il s'entêtait à ne pas reconnaître ma nouvelle position, je lui dirais, avec un rire amical, quelque chose du genre : « Comme vous voyez, Mori-san, je n'ai pas été obligé de travailler pour des illustrés, comme vous le craigniez. »

Finalement j'arrivai à cet endroit où l'on découvre du haut du sentier la villa entourée de ses arbres tout en bas dans le vallon. Je fis une halte pour admirer cette vue, ainsi que je le faisais souvent des années auparavant. Un vent soufflait, rafraîchissant ; les arbres, au fond du vallon, se balançaient doucement. La villa avait-elle été restaurée ? À une telle distance, il était impossible de s'en assurer.

Je me suis assis dans les herbes folles sur la crête et j'ai continué de regarder la villa de Mori-san. J'avais acheté des oranges dans la rue près de la gare ; je me suis mis à les manger l'une après l'autre, lentement. Et c'est à ce moment-là, tandis que je regardais la villa en bus tout en savourant ces oranges fraîches, que ce sentiment profond de triomphe et de satisfaction a commencé à s'épanouir en moi. Il est difficile de décrire ce sentiment qui différait complètement de l'espèce d'exultation que procurent les petits triomphes – et n'avait rien de commun non plus avec ce que j'avais éprouvé au Migi-Hidari lorsqu'on avait fêté l'événement. C'était un état de bonheur intense, fondé sur la certitude qu'on a eu raison de faire tant d'efforts ; que cela valait la peine de surmonter ses doutes et de s'atteler à la tâche ; que l'œuvre accomplie possède une valeur réelle qui à elle seule distingue son auteur. Je ne m'approchai pas davantage de la villa ce jour-là – cette visite n'avait plus de sens. Je restai assis, là où j'étais, une heure encore peut-être, mangeant mes oranges, et mon contentement était parfait.

Ce sentiment, je doute que beaucoup de gens puissent l'éprouver. Les « Tortues », les Shintaro auront beau faire, compétents et inoffensifs bûcheurs, ils ne connaîtront jamais l'espèce de félicité que j'ai ressentie ce jour-là – car cette sorte de gens ignorent ce que c'est que tout risquer afin de s'élever au-dessus du médiocre.

Le cas de Matsuda est différent. Malgré nos fréquentes querelles, en effet, nous avions la même façon d'aborder la vie ; et je suis certain que lui aussi pouvait revenir en pensée à un ou deux moments semblables de son existence. D'ailleurs c'est cela qu'il avait à l'esprit, j'en suis persuadé, lorsque, la dernière fois que nous nous sommes vus, il m'a dit, son visage s'éclairant d'un doux sourire : « Nous, au moins, nous croyions dans ce que nous faisions, et nous avons agi de notre mieux. » Il peut arriver certes, les années passant, qu'on n'accorde plus du tout la même valeur à ses propres œuvres, mais il est toujours réconfortant de savoir que votre vie a comporté un moment ou deux de satisfaction réelle, comme celle que j'ai éprouvée ce jour-là sur ce haut sentier de montagne.

Hier matin, après être resté un certain temps sur le Pont de l'Hésitation, pensant à Matsuda, j'ai repris mon chemin vers ce qui fut notre quartier de plaisir. L'endroit, maintenant que les nouvelles constructions sont achevées, est devenu tout à fait méconnaissable. À la place de la ruelle centrale qui jadis grouillait de gens déambulant sous les enseignes d'étoffe des divers établissements, passe maintenant une large route bétonnée, sur laquelle toute la journée se croisent de lourds camions. Et là où se trouvait le petit bar de Mme Kawakami se dresse la façade tout en vitres d'un immeuble de bureaux, à quatre étages comme les immeubles voisins. Aux portes, c'est un va-et-vient continuel d'employés de bureau, livreurs, commissionnaires. Pour trouver un bar, aujourd'hui, il faut aller jusqu'à Furukawa ; mais çà et là, on peut reconnaître un bout de palissade, ou encore un arbre – vestiges de l'ancien temps qui jettent une note bizarre, discordante dans ce nouveau cadre.

Là où s'élevait autrefois le Migi-Hidari s'étend une vaste cour desservant un ensemble de bureaux situés en retrait de la route. Certains employés supérieurs y garent leur voiture, mais c'est surtout un espace dégagé, revêtu de goudron, où l'on a planté par endroits de jeunes arbres. Devant cette cour, face à la route, il y a un banc, du genre des bancs qui se trouvent dans les parcs. À l'intention de qui l'a-t-on mis ici ? Je me le demande, car je n'ai jamais vu une seule de ces personnes affairées s'y asseoir pour se détendre. Il me plaît de penser que ce banc occupe à peu près le même emplacement que notre vieille table au Migi-Hidari, et j'ai pris l'habitude de m'y asseoir de temps à autre. Ce n'est peut-être pas un banc public, mais il est bien près du trottoir ; du reste, ma présence sur ce banc ne semble importuner personne. Encore une fois, hier matin, je m'y suis assis ; il faisait bon au soleil tandis que j'observais autour de moi toute cette activité.

L'heure du déjeuner devait approcher, car de l'autre côté de la rue, des groupes d'employés en chemise blanche, sans veston, sortaient de l'immeuble tout en vitres qui a remplacé la maison de Mme Kawakami. En les regardant, j'ai été frappé par l'optimisme, l'enthousiasme de ces jeunes gens. A un certain moment, deux d'entre eux se sont arrêtés pour parler avec un troisième, qui, lui, s'apprêtait à rentrer. Tous trois riaient dans le soleil, sur les marches de cet immeuble de verre. Celui dont je distinguais le mieux le visage riait comme un enfant, avec la même gaieté débordante, la même limpide innocence. Puis, sur un geste vif, le trio de collègues s'est séparé, et chacun est allé de son côté.

Moi-même je souriais, en regardant de mon banc ces jeunes employés de bureau. Je n'ai pas oublié, bien sûr, tous les bars vivement éclairés, tous les gens attroupés sous les lumières, qui riaient eux aussi, un peu plus bruyamment peut-être que ces jeunes gens, mais avec la même bonhomie ; et en y repensant, j'ai parfois la nostalgie du passé et de ce qu'était jadis ce quartier. Mais quand je vois notre ville reconstruite, quand je vois la rapidité avec laquelle la vie a repris, mon cœur se remplit d'une joie sincère. Quelques erreurs qu'ait commises notre nation dans le passé, il semble bien qu'une nouvelle chance lui est donnée d'améliorer son sort. On ne peut que souhaiter à ces jeunes gens de réussir.

Table

Imprimé en France sur Presse Offset par

BRODARD & TAUPIN

GROUPE CPI

La Flèche (Sarthe), 13998
N° d'édition : 2029
Dépôt légal : septembre 2002